クリスティー文庫
29

複数の時計

アガサ・クリスティー
橋本福夫訳

Agatha Christie

早川書房

5257

THE CLOCKS

by

Agatha Christie

Translated by

Fukuo Hashimoto

Published 2003 in Japan by

HAYAKAWA PUBLISHING, INC.

This book is published in Japan by

arrangement with

AGATHA CHRISTIE LIMITED

A CHORION GROUP COMPANY

through TUTTLE-MORI AGENCY, INC., TOKYO.

本書を
カプリースで味わった
素晴しいご馳走の愉しい思い出とともに
旧友マリオに捧げます

複数の時計

登場人物

エルキュール・ポアロ……………………私立探偵
コリン・ラム…………………………………秘密情報部員。海洋生物学者
ベック大佐……………………………………コリンの上司
K・マーティンデール……………………カヴェンディシュ秘書・タイプ引受所所長
シェイラ・ウエッブ………………………速記タイピスト
ミセス・ロートン…………………………シェイラの叔母
エドナ・ブレント…………………………タイピスト兼受付係
R・H・カリイ………………………………殺された謎の男
マーリナ・ライヴァル……………………殺された謎の男の妻と称する女
ゼラルディン………………………………アパートに住む少女
ディック・ハードキャスル………………クローディン警察署捜査課警部
ミリセント・ペブマーシュ………………身体障害施設の教師
ジョサイア・ブランド……………………建設業者
ミセス・ブランド…………………………ジョサイアの妻
ミセス・ラムジイ…………………………土木技師の妻
アンガス・マクノートン…………………引退した教授
ミセス・ヘミング…………………………猫ずきの老婦人
ジェームズ・ウォーターハウス……弁護士

プロローグ

その九月九日の午後もいつもの午後とそっくり同じだった。その日の事件にかかわりを持つ運命になった者たちにしても、何か災厄が起きそうな予感を抱いたと主張できる者は一人もなかった。（もっとも、ウイルブラーム新月通り四七号の住人、ミセス・パッカーだけは例外で、彼女は予感をかんじる特芸の持ち主だったのだから、あとになってからだが、いつも不思議な前兆を見たとか、身ぶるいが走ったなどと、長々と話して聞かせるくせがあった。ところが、ミセス・パッカーの住んでいる四七号の家は一九号の家とは距離も離れていたし、ご当人もその家の内部事情にはほとんど無関心だったのだから、彼女にも予感をうける必然性があったとは思えない）

カヴェンディッシュ秘書・タイプ引受所でも、所長のミス・K・マーティンデールにとっては、九月九日は平凡な一日、つまり平生どおりの日にすぎなかった。電話が鳴り、タイプライターがカチカチと音をたて、忙しさも通常なみで、平日以上でも以下でもなかった。とくに興味をそそられるような仕事が持ちこまれていたわけでもなかった。二時三十五分までは、九月九日もほかの日と変わりのない一日になりそうだった。

ところが、二時三十五分に、所長室からのブザーが鳴り、表の事務室にいたエドナ・ブレントが、口にいれていたタフィを舌で横側へおしやりながら、いつもの多少鼻にかかったささやき声で答えた。

「何かご用でしょうか、ミス・マーティンデール？」

「エドナ、どうしたのよ――電話に出るときにはそういうものの言いかたをしてはいけないと、言っといたはずよ。息がこもらないようにし、はっきり発音しなきゃ」

「すみません、ミス・マーティンデール」

「それならましだわ。その気になればできるじゃないの。シェイラ・ウエッブをこちらへよこしておくれ」

「あのひとはまだ昼ごはんから帰ってきていないのですが」

「まあ、そうなの」ミス・マーティンデールはデスクの上の置き時計に眼を走らせた。二時三十六分。かっちり六分の遅刻。シェイラ・ウエッブは近ごろだらしなくなりかかっている。

「帰ってきたら、こちらへよこしておくれ」

「承知しました」

エドナはタフィを舌の中央へもどし、おいしそうにその味を吸いこみながら、アーマンド・レヴァインの小説『はだかの愛』の原稿をタイプする仕事にもどった。この小説の苦心をこらしたエロチシズムには、彼女はいっこうに興味をそそられてはいなかった――そういえば、作者の努力にもかかわらず、レヴァイン氏の読者もたいていは興味を失いかかっていた。彼の作品は退屈なエロ小説ほど退屈きわまるものはないという事実の、顕著な実例だった。けばけばしい表紙絵、挑発的な題名にもかかわらず、彼の小説の売れゆきは年ごとに下落してゆき、この前の原稿のタイプ料金も三回に分けて送ってきているほどだった。

ドアが開き、シェイラ・ウエッブが多少息をきらしてはいってきた。

「砂色猫があなたを呼んでるわよ」とエドナは言った。

シェイラ・ウエッブは顔をしかめた。

「ついてないわね――たまたま遅刻した日に呼ばれるなんて」

彼女は髪をなでつけ、メモ帳と鉛筆を手にして所長室のドアをノックした。

ミス・マーティンデールはデスクから顔を上げた。四十を多少こした年ごろの、能率のかたまりのような女性だった。束髪（ポンパドール）の赤みがかった髪とキャサリンという名前から砂色猫というあだ名が生まれたのだった。

「遅刻ですよ、ミス・ウエッブ」

「すみません。バスで通りが混んでいたものですから」

「いまごろの時間はいつでも通りはバスで混んでいるのよ。それを見こして行動しなきゃ」彼女は自分のメモ帳の書きこみを読んだ。「ミス・ペブマーシュというひとから電話があったのよ。三時に速記タイピストをよこしてくれということなの。あなたを名指しての注文よ。前にもこのひとの仕事をしたことがあるの？」

「そんな記憶はありませんけど。いずれにしても、最近のことではありませんわ」

「住所はウイルブラーム新月（クレスント）通り、一九、なのよ」彼女は尋ねるようにちょっと言葉をきったが、シェイラ・ウエッブは首を振った。

「やはりそんなところへうかがった記憶はありませんわ」

ミス・マーティンデールはちらと置き時計に眼をやった。

「三時よ。この仕事はらくに片づけられるはずなの。あなたは今日の午後はほかには約束がなかったわねえ？」彼女は手もとの日程表に眼を走らせた。「ああ、そうそう。五時に、カーリュー・ホテルのパーディ教授。五時よ。それまでには帰ってきてもらわなきゃいけないわ。だめそうだったら、ジャネットを派遣してもいいけど」

彼女はもう去ってもいいとうなずいてみせ、シェイラは表の事務室へひきあげた。

「シェイラ、何かおもしろいことなの？」

「おもしろいことなんかあるはずがないわよ。ウイルブラーム新月（クレスント）通りのお婆さんの仕事なの。おまけに五時にはパーディ教授――厄介な考古学の専門用語ばかりとくるんだから！　ああ、ああ、ときには興奮させられるようなことでも起きてくれないかなあ」

所長室のドアの開く音がした。

「シェイラ、ひかえておいたメモが出てきたわ。向こうへ行ってみて、ミス・ペブマーシュがまだ帰っていない場合には、遠慮なしにはいっていてくれということなのよ。ドアには鍵がかかっていないそうだから。玄関をはいって、ホールの右側の部屋で待っていればいいのよ。おぼえていられる？　紙に書いといてあげようか？」

「それくらいおぼえていられますわ」

ミス・マーティンデールは自分の部屋へ引きかえした。

エドナ・ブレントは椅子の下へ手をのばし、少々派手くるしい靴と、そこからもげてしまったピンヒールをこっそり取りだした。

「これでは家へ帰るにもどうしようもないわ」と彼女は情けなさそうに言った。

「そんなこと、騒ぎたてるのはやめなさいよ——なんとか考えたげるわよ」とほかのタイピストの一人がたしなめ、自分の仕事にもどった。

エドナは溜息をつき、新しい紙をはさんだ。

〝欲情が彼をとらえた。彼は狂ったように彼女の胸からうすいシフォンをひき裂き、彼女をソープの上に押し倒した〟

「チェッ」とエドナは呟いて、字消しのほうへ手をのばした。

シェイラはハンドバッグを手にとり、出ていった。

ウイルブラーム新月通り（クレスント）というのは、一八八〇年代のヴィクトリア女王時代の建築家の気まぐれな設計による住宅街だった。ふたならびの家が半月形にならび、庭が背中合わせになっていた。この気まぐれな設計には土地不案内な者は少なからずとまどわせられた。最初に外側の家のならびのほうへ来た者は、小さな数の番号の家が見つからなくて困らされるし、最初に内側のならびに行きあたった者は、大きな数の番号の家のありかがわからなくて閉口させられた。家々は瀟洒（しょうしゃ）としていて、風流なバルコニーがあり、いかにも上品な感じだった。現代化の波もまだここまでは押しよせていなかった——少なくとも外から見たかぎりでは。時代の変遷（へんせん）の影響を最初にうけるのは台所や浴室なのだから。

一九号の家にはどことといって変わったところはなかった。こぎれいなカーテンが下がっており、玄関の真鍮（しんちゅう）のハンドルもよく磨いてあった。玄関道の両側には標準的なバラが植えてあった。

シェイラ・ウエッブは門を開け、玄関に歩みよって、ベルを鳴らした。なんの応答もなかったので、一、二分待ってみてから、指図どおりにすることにし、ハンドルをまわした。ドアは開き、彼女はなかへはいった。小さなホールの右側のドアがいくらか開いていた。彼女はノックし、ちょっと待ってから室内へはいりこんだ。そこは、現代人の趣味には、多少飾りつけがごてごてしすぎている感じではあったが、いかにも居心地のよさそうな普通の居間だった。ただ一つめだった点があるとすれば、やたらに時計が置いてあることだった――片隅では、振子式の柱時計がチクタクと音をたてているし、炉棚にはドレスデンの陶製の置き時計、デスクの上には旅行用の銀の置き時計、暖炉のそばの飾り棚には、しゃれた形のメッキをほどこした小さな置き時計、窓のそばのテーブルの上には、〈ローズマリー〉というかすれたメッキ文字が片隅に見える色褪せた旅行用の革時計。

シェイラ・ウエッブは多少驚きの眼でデスクの上の置き時計を見つめた。その時計のさしている時間が四時十分を少しまわっていたからだった。彼女の視線は炉棚の置き時計のほうへ移った。その時計も同じ時刻をさしていた。

シェイラはドキリとした。不意に頭の上でファッというような音とカタリという音がして、壁の彫刻のある木製の柱時計の小さな口からカッコーが飛びだし、大きなきっぱりした声で「カッコー、カッコー、カッコー」と時を告げたからだった。その耳ざわりな音色には威嚇するような響きがあった。またパタリという音とともにカッコーは姿を消した。

シェイラ・ウエッブは半ば笑い顔になり、ソファの横をまわっていった。とたんに、グイと引きとめられたように立ちどまった。

床に大の字に横たわっている男がいた。眼は半ば開いていたが、うつろだった。濃いグレイの服の胸にしめりをおびた黒ずんだしみがあった。シェイラは機械的にかがみこんだ。頰にさわってみた――ひやりとした触感――手のほうも同じ……胸のしめりをおびたしみにさわってみたとたんに、パッと手をひっこめ、恐怖の眼で指さきを見つめた。

その瞬間に、表の門の開くパタンという音がし、彼女の頭は機械的に窓のほうを向いた。窓から玄関道を急ぎ足にはいってくる女の姿が見えた。シェイラは機械的に喉をゴクリとさせた――喉がカラカラだった。動きだすことも、声をたてることもできず、根が生えたようにその場に突っ立っていた、呆然と前方を見つめたままで。

玄関のドアが開き、背の高い中老の婦人が買いもの袋をさげてはいってきた。うしろへなでつけているウエーブをおびた髪には白いものがまじっており、眼は大きくて美しい青色だった。だが、その視線はシェイラの上をむなしく通りすぎていった。

シェイラは、声にもならぬかすかな声をたてた。大きな青い眼が彼女のほうへ向きなおり、中老の女は鋭い声で訊いた。

「誰かそこにいるの？」

「わ、わたしは――じつは――」シェイラは言葉をとぎらせた。中老の女は足ばやにソファのうしろをまわってこちらへ来かかっていた。

とたんに、シェイラは金切り声をあげた。

「いけません――そちらへ行っては……踏んづけますよ――その人を……死人なのです、……」

第一章

コリン・ラムの話

1

警察官の報告流に書けば、九月九日、午後二時五十九分、わたしはウイルブラーム新月(クレスント)通りを西へ向かっていた。このあたりはわたしは初めてだったし、正直なところ、ウイルブラーム・クレスントにはとまどわせられた。

わたしは執拗(しつよう)に第六感を追求していたのだが、その第六感もあやしくなってくるにつれて、わたしの執拗さも一日ごとにばか頑固さに変わってゆく感じだった。わたしという男はそういう人間なのだ。

わたしのさがしていた住宅は六一号だったのだが、さがしあてることができたか?

ところが、だめだったのだ。一号から三五号まで着実にたどってゆくと、ウイルブラーム・クレスントはそこで終わっているみたいだった。見間違えようもなくオールバニ・ロードと書かれた大通りがわたしの前途をふさいでいた。わたしはあともどりした。北側にはぜんぜん住宅はなく、長い塀が続いているだけだった。塀の内側には現代風なアパートが幾棟もそびえたっていて、入り口は別の通りに面しているらしかった。そちらのほうには望みなしというわけだ。

わたしは家々の番号を見定めながら歩いていった。二四号、二三号、二二号、二一号。ダイアナ・ロッジ（おそらくは二〇号なのだろう、オレンジ色の猫が門柱の上で顔を洗っていた）、一九号——

一九号の家の玄関のドアが開き、若い女が出てきたと思うと、爆弾のような速さで玄関道を走ってきた。爆弾を想いおこさせたのは彼女が悲鳴をあげながら走ってくるせいもあった。かん高い奇妙に非人間的な悲鳴だった。彼女は門を飛びだしたと思うと、猛烈な勢いでわたしにぶっつかり、わたしはもう少しで舗道の上にひっくりかえるところだった。彼女はぶっつかっただけではなかった。しがみついてきた——狂ったような必死のしがみつきかただった。

「しっかりしたまえ」わたしは身体を立てなおすとともに言った。ちょっと彼女をゆすぶりもした。「さあ、しっかりしたまえ」

若い女も身体を立てなおした。まだしがみついてはいたが、悲鳴はあげなくなっていた。その代わりにハアハアと喘いだ――深いすすり泣くような喘ぎかただった。

わたしの事態の処しかたも気がきいていたとは言えない。わたしはどうかしたのかと訊いた。自分でも頼りない訊きかただと気がついたので、言いなおした。

「どうしたのですか？」

若い女は大きく息をした。

「あそこに！」彼女は身ぶりで背後をさした。

「あそこに？」

「床に男の人が……死体が……あのひとはそれを踏んづけそうで」

「誰が？　なぜなのですか？」

「たぶん――あのひとは眼が見えないのですわ。それに、死体には血が」彼女は下へ眼をやり、しがみついていた片手をはなした。「わたしにもついているわ。わたしにも、血が」

「そのようですね」とわたしは言った。わたしは自分の上着の袖のしみに眼をやった。

「ぼくにもついている」わたしはそれを指し示した。わたしは溜息をつき、どうしたものか考えてみた。「ぼくをそこへ案内してくれませんか？」

だが、彼女ははげしくふるえだした。

「そんなこと——とてもわたしには……もう二度とはいっていく気になんか」

「なるほど、無理もありませんね」わたしはあたりを見まわした。いまにも気を失いそうな若い女を置いておけるような、適当な場所はなさそうだった。わたしは彼女を静かに舗道にしゃがみこませ、鉄の手摺（てすり）にもたれかからせるようにした。

「ここにじっとしていなさいね、ぼくが引きかえしてくるまでは。長くはかからないつもりだから。もう大丈夫ですよ。気が遠くなりそうだったら、うつむいて、膝のあいだに頭をのせるのです」

「わたし——もう大丈夫だと思います」

彼女は自信がなさそうだったが、わたしはそれ以上ぐずつくのはよした。元気づけるように肩を軽く叩いておいて、大またに玄関道をはいっていった。玄関を通りぬけたものの、はいったところでちょっとためらい、左側の戸口から覗きこむと、そこは食堂で、誰もいなかったので、ホールを横ぎり、反対側の居間に入った。

最初に眼についたのは、椅子に座りこんでいる髪の白くなりかかった中老の婦人だった。わたしがはいってゆくと、彼女はさっと頭を振り向けた。

「どなたですか？」

その婦人が眼が見えないということはわたしにはすぐわかった。まっすぐにわたしに向けているはずの彼女の眼は、焦点がわたしの左の耳のうしろあたりに当たっていた。

わたしはいきなり要点にはいった。

「若い女性が、ここに死体があると叫びながら、通りへ飛びだしてきたのです」

そうは言いながらも、自分でもばかげたことを言っている感じがした。平静そうな婦人が手を組んで椅子に座りこんでいる、このきちんとした部屋には、死体なんかありそうに思えなかったからだ。

だが、彼女はすぐにこう答えた。

「そのソファのうしろですの」

わたしはソファのかどをまわってみた。すると、眼にはいった――投げだした両腕――ガラスのような眼――凝結しかかっている血のしみ。

「どうしてこんなことが起きたのですか？」とわたしは唐突に訊いた。

「存じませんわ」

「だって――いったいこれは何者なのですか？」

「ぜんぜん見当もつきません」

「警察を呼ばなきゃいけませんね」わたしは室内を見まわした。「電話はどこなのですか?」

「電話はつけていません」

わたしはいままでにもまして彼女に関心の眼を向けた。

「あなたはここにお住まいなのですか? ここはあなたのお宅なのですね?」

「そうなのです」

「事情を話していただけませんか?」

「ええ、いいですとも。買いものから帰ってきましたときに――」戸口のそばの椅子に買いもの袋が置いてあるのをわたしは眼にとめた。「わたしはこの部屋へはいってゆきました。すぐ誰かが室内にいると悟りました。眼が見えないと、わけなしに感じとれるものなのです。わたしは、そこにいるのは誰なの、と訊きました。なんの返事もありませんでした――はやい息づかいが聞こえるだけで。わたしはそのほうへ近よってゆきました――すると、その誰ともわからない人が金切り声で叫ぶのです――誰かが死んでいて、わたしがその死体を踏んづけそうだというようなことを。ついでその人は、悲鳴をあげながら、わたしの横を走りぬけ、部屋を飛びだしてゆきました」

わたしはうなずいた。二人の話は合っていた。

「それからどうなさったのですか？」

「用心して手さぐりで歩いてゆくと、足さきが何かにさわりました」

「それから？」

「わたしは膝をつきました。手が何かにさわりました――男の手でした。つめたくなっていました――脈拍もありませんでしたし……そこでわたしは立ちあがり、ここへ来て椅子に座りこんだのです――待っているつもりで。いずれは誰かが来てくれるものと思ったのです。さっきの誰かわからない女のひとが叫びたてるでしょうから。わたしは家にとどまっているほうがいいと思ったわけなのです」

わたしはこの婦人の冷静さに感銘をうけた。彼女は悲鳴もあげなければ、恐怖にかられて家からころがりでるようなまねもしなかったわけだ。椅子に座りこんで冷静に待ちうけていた。分別のあるふるまいかただし、相当人間ができていなければやれないことだ。

今度は彼女のほうから訊いてきた。

「あなたはどういうお方なのですか？」

「ぼくはコリン・ラムという者です。偶然通りかかった人間なのです」

「さっきの若い女のひとはどこにいるのですか？」

「門柱にもたれさせておきました。ショックをうけているものですから。この近くでは電話はどこにあるのですか？」

「前の通りを五十ヤードばかり行ったところ。街角のちょっと手前に公衆電話があります」

「ああ、そうでしたね。その前を通りすぎたことを想いだしましたよ。ぼくは警察に電話をかけてくることにします。あなたは――」わたしはためらった。

どう言ったらいいか迷ったからだ。「ここに残っていらっしゃいますか？」という言葉にするか、「大丈夫ですか？」と訊くことにするか。

彼女はわたしのためらいに決着をつけてくれた。

「あのひとをここへおつれになったほうがいいと思います」と彼女はきっぱりと言った。

「承知するかどうか疑問ですがね」とわたしは自信がなさそうに答えた。

「もちろん、この部屋へではありません。ホールの反対側の食堂へ連れておいでなさい。わたしが紅茶でもいれてあげると言っていると、おっしゃって」

彼女は立ちあがって、わたしのほうへやってきた。

「しかし――あなたにそんなことが――」

一瞬彼女の顔に陰気な微笑が漂った。

「これでもわたしは、この家に暮らすようになって以来——もう十四年になりますけれど——ずっとここの台所で炊事をしてきているのですよ。眼が見えないということは必ずしも無力だということにはなりません」

「これは失礼しました。おろかなことを言ってしまって。よろしかったら、お名前をうかがっておきたいと思いますが？」

「ミリセント・ペブマーシュ——ミスです」

わたしは家を出て、玄関道を歩いていった。さっきの若い女はわたしを見上げ、よろよろと立ちあがりかかった。

「わたし——もういくらか気分がよくなったようですわ——」

わたしは手を貸して立ちあがらせてやり、陽気に言った。

「それはけっこうだ」

「あそこには——あれは死んでいる人だったんでしょうねえ？」

わたしはすぐにそのとおりだと答えてやった。

「間違いなしですよ。警察へしらせなきゃいけないから、ちょっと電話をかけてきます。ぼくなら、家のなかで待っていますがねえ」たちまち彼女が文句を言いかかるのをわたしは声を高めておさえた。「食堂のほうへはいっていなさい——玄関をはいって左側です。ミス・ペブマーシュがあなたに紅茶をいれてくれるそうですよ」

「すると、あれがペブマーシュさんだったのですね？　あの方、眼が見えないのですか？」

「そうなのです。もちろんあのひとにもショックだったでしょうが、いまはもうすっかり落ちつきをとりもどしています。さあ、ぼくが連れていってあげましょう。警察が来るのを待っているあいだに、紅茶でも飲めば元気づきますよ」

わたしは肩に手をまわし、せきたてるようにして彼女を玄関へ向かわせた。ついで、食堂のテーブルの前に、身体がらくなように落ちつかせておいて、また大急ぎで電話をかけにいった。

2

なんの感情もない声が電話に答えた。「こちらはクローディン警察署です」

「ちょっとハードキャスル警部にお願いしたいのですが？」

相手は慎重な口ぶりになった。

「署内におられるかどうかわかりませんがね。どなたですか？」

「コリン・ラムだと言ってください」

「ちょっとお待ちください」

わたしは待っていた。やがてディック・ハードキャスルの声が聞こえてきた。

「コリンか？　まだしばらくは逢えないものと思っていたが。いまどこにいるんだい？」

「クローディンだよ。げんにウイルブラーム・クレスントに来ているのだ。一九号の家の床の上に男の死体があるのだが、刺し殺されたものと思われる。死後半時間かそこらだろう」

「誰が見つけたのだ？　きみかい？」

「ちがう。ぼくはただの通りがかりの通行人だったのだ。不意にその家から、まるで地獄からコウモリが飛びだすみたいに、若い女が飛びだしてきた。ぼくはぶっつかられて、もう少しでひっくりかえるところだったよ。床の上に死体があり、眼の見えない女がそれを踏んづけそうだと言うのだ」

「まさかぼくをかついでいるんじゃあるまいね？」ディックの声には疑わしそうな響きがこもっていた。

「空想めいた話だということはぼくも認めるよ。だが、事実はいま述べたとおりらしい。目が不自由な女はミス・ミリセント・ペブマーシュといって、その家の持ち主なのだ」

「そしてその女が死体を踏みつけようとしていたというのかい？」

「きみの想像しているような意味とはちがうのだ。眼が見えないために、死体があるのがわからなかったらしい」

「それでは、こちらも活動を開始することにしよう。きみはそちらで待っていてくれ。その若い女のほうはどうしたね？」

「ミス・ペブマーシュが紅茶を出してやってくれているところだ」

いやに家庭的な感じだなあとディックは評した。

第二章

ウイルブラーム・クレスント一九号の家は警察機構の占領下にあった。警察医、警察の写真係、指紋係、などの連中が来ていた。みんなそれぞれの専門の仕事の手順に応じて能率的に動きまわっていた。

最後に、ハードキャッスル捜査課警部が、たくましい感じの眉毛、ポーカーフェイスの、背の高い男だったが、やってきて、神様然として、自分の動員した機構のすべてが適切に動いているかどうか、監督に当たった。彼は最後にもう一度死体を調べ、警察医と二、三簡単な言葉をかわしてから、食堂のほうへ行ってみると、そこには三人の人間がからっぽのティーカップを前にして座りこんでいた。三人というのは、ミス・ペブマーシュと、コリン・ラム、それから、鳶(とび)色のカールした髪、おびえた大きな眼の、背の高い若い女だった。〝相当の美人だな〟と、警部は、いわば挿入句でもはさむように、脳裡に書きこんだ。

彼はミス・ペブマーシュに自己紹介した。

「捜査課の警部ハードキャスルです」

ミス・ペブマーシュのことは、おたがいの職業上の関係では逢ったことが一度もなかったが、彼も多少は知っていた。彼女の姿を見かけたこともあったし、以前小学校の教師をしていたひとで、いまは身体障害児のための学校アーロンバーグ・インスティテュートで、点字を教えていることも知っていた。そういう女性の、きびしい感じの整然とした家で、死体が発見されるなどということは、どう考えてもありそうにもない事件のように思えた——ところが、そういうありそうにもない事件が、世間では信じがたいほどしばしば起きているのだ。

「ペブマーシュ先生、たいへんなことが起きたものですね」と彼は口をきった。「さぞショックをおうけになったことでしょう。それにしても、わたしとしては、皆さんから起きたとおりのことを明確にお聞かせ願う必要があるのです。わたしの聞いたところでは、最初に死体を発見されたのはミス——」彼は巡査に手渡された手帳にすばやく眼を走らせた。「——シェイラ・ウエッブだったそうですね。ペブマーシュ先生、ウエッブさんと静かに話がしたいのですが、お差しつかえなかったら、お宅の台所を拝借させていただけませんか？」

彼は食堂から台所に通じるドアを開け、シェイラがそちらへはいってゆくまで待った。若い私服の刑事が一人、すでに台所のフォーマイカ製の小さなテーブルの前に陣取っていて、ひかえめに書きものをしていた。

「この椅子が座り心地がよさそうですよ」ハードキャスルはモダンなウインザー椅子を引きだしてやった。

シェイラ・ウエッブはびくびくした様子で腰をおろし、大きなおびえた眼で彼を見つめた。

ハードキャスルはもう少しで、「あなたをとって食おうとしているわけじゃありませんよ」と言うところだったが、自分をおさえ、こう言いかえた。

「なにも心配なさることはないですよ。われわれは、はっきりとした状況をつかみたいだけなのですから。お名前はシェイラ・ウエッブでしたね――ご住所は？」

「パマーストン・ロード、一四――ガス工場のさきですの」

「ええ、知っています。どこかへお勤めなのでしょうね？」

「ええ、速記タイピストなのです――ミス・マーティンデールの事務所に勤めています」

「カヴェンディッシュ秘書・タイプ引受所――正確にはそういう名称でしたね？」

「そうです」

「そこには何年ぐらいお勤めですか?」

「ほぼ一年。そうですね、正確には十カ月ですわ」

「それでは、今日ウイルブラーム・クレスント一九号の家へ来ておられた事情を、あなたの口から話してみていただけませんか?」

「それは、こういう事情だったのです」シェイラ・ウエッブもいまはもういくらか自信をもってしゃべれるようになっていた。「ペブマーシュさんから事務所に電話があって、三時に速記タイピストを一人よこしてほしいということでした。それで、昼ごはんから帰ってきますと、ミス・マーティンデールの命令で、わたしが行くことになったわけなのです」

「それは日常の習慣に従ってのことなのですか? つまりですね、あなたに順番があたっていた、といったようなことで?」

「そうとも言えないのです。ペブマーシュさんがとくにわたしをお望みになったのです」

「ペブマーシュさんがとくにあなたを望まれた」ハードキャスルの眉毛の動きはその点を心にとどめたようだった。「なるほどね……以前にもあなたがあの方の仕事をなさったことがあるからですか？」

「ところが、そんな事実はなかったのです」とシェイラはすぐに答えた。

「そういう事実はなかった？　それはたしかなことですか？」

「ええ、はっきりそう言えます。なんといっても、あの方は一度逢ったら忘れられるようなひとではありませんもの。ですから、どうも奇妙に思えてならないのです」

「たしかにね。それにしても、いまのところはその点にはふれないことにしましょう。あなたがここへ着かれたのは何時ごろでしたか？」

「三時ちょっと前だったにちがいありません。あのカッコー時計が――」彼女は不意に言葉をとぎらせた。眼がまるくなった。「奇妙だわ。なんて奇妙な。あのときにははっきりとは気がつかなかったのですけれど」

「気がつかなかったというのは、何にですか？」

「もちろん――置き時計のことですわ」

「あの置き時計がどうしたのですか？」

「カッコー時計は間違いなしに三時をうちましたけれど、ほかのは全部一時間ばかり進んでいました。奇妙ですわ！」

「たしかに奇妙ですね」と警部もあいづちをうった。「ところで、最初に死体に気づかれたのはいつごろでした？」

「ソファのうしろへまわってみてからですの。すると、そこに――人間が――いるではありませんか。怖かったですわ、なんとも言えないほど……」

「そりゃ怖かったでしょうね。ところで、あの男に見おぼえがありましたか？　どこかで見たことのある人間でしたか？」

「いいえ、ぜんぜん」

「その点はたしかですか？　いつもとは多少顔つきがちがっていたかもしれませんからね。よく考えてみてくださいよ。たしかに一度も見たことのない人間でしたか？」

「間違いありませんわ」

「よろしい。その点はそれだけ。あなたはどうしました？」

「わたしが、い、いかがどうしたかですって？」

「そうです」

「なんにも……ぜんぜんなにも。しようにもできなかったんですもの」

「なるほどね。ぜんぜん死体にさわりませんでしたか？」

「そりゃ――さわりました。たしかめようとして――もしかすると、という気がしたので――でも、つめたくなっていました――それに――それに――手に血がつきました。

ぞっとしましたわ――ねばっこいし」

彼女はふるえだした。

「まあ、気を落ちつけて」とハードキャスルは伯父さん流の言いかたをした。「もうすんだことじゃありませんか。血のことなんか忘れなさい。次に移りましょう。それからどうなりました」

「わかりませんわ……ああ、そうそう、あの方が帰ってみえたのです」

「ペブマーシュさんがですね？」

「そうです。もっとも、そのときにはわたしはペブマーシュさんだとは思ってもみませんでした。ふらりと買いもの袋をさげてはいってきたのですもの」彼女は、買いもの袋が不釣合なほど場違いなもののように、その言葉に強調をおいた言いかたをした。

「それで、あなたはどう言いました？」

「言葉はかけなかったような気がします……声をかけようとはしたのですけれど、言葉が出てこないのですもの。ここのところがつまったようになって」彼女は喉をさした。

警部はうなずいた。

「すると――すると――向こうから、『そこにいるのはだれ？』と言って、ソファのうしろをまわってくるじゃありませんか、わたしはもう気になって――あれを踏んづけはしないかと思って。とたんにわたしは悲鳴をあげたのです……悲鳴をあげだすと、とめどがなくなり、やみくもにその部屋を飛びだし、玄関ロを走りぬけて——」

「地獄からコウモリが飛びだすようにね」警部はコリンの言った言葉を思いだした。

シェイラ・ウエッブはみじめそうな、おびえた眼で彼を見やり、多少思いがけない言いかたをした。

「どうもすみません」

「なにもわびることなんかありませんよ。あなたはちゃんと事情を話してくださった。これでもうあんなことは想いだす必要もありませんよ。いや、もう一つだけ。あなたはなぜあの部屋のなかにはいっておられたのですか？」

「なぜといいますと？」彼女はとまどった顔つきになった。

「たぶんあなたは数分早くこの家に着き、ベルを押されたことと思います。ところが、誰も出てこなかったのだとすると、なぜなかへはいったりなさったのですか？」

「ああ、そのことですの。そうしろと言われていたからですわ」

「誰にですか？」

「ペブマーシュさんから」

「しかし、あのひととは言葉をかわしたこともなかったはずですよ」

「それはそうですの。ミス・マーティンデールがあのひとから聞いたのですから――右側の居間にはいって待っていてくれと」

ハードキャスルは「なるほどね」と考え顔で言った。

シェイラ・ウエッブはおずおずと訊いた。

「もうこれで――いいんでしょうか？」

「いいと思います。ですが、もう十分ばかり待っていてくれませんか。何かお訊きしたいことが起きないともかぎりませんから。そのあとで、警察のくるまでお宅までお送りしましょう。ご家族は？――ご家族がおありなのでしょう？」

「父も母も亡くなりました。叔母の家に暮らしております」

「その方のお名前は？」

「ミセス・ロートンといいます」

警部は立ちあがって片手を差しだした。

「ウエッブさん、ありがとうございました。今夜はなんとかぐっすり眠るようにしてくださいね。ああいう経験のあとでは、その必要がありましょうから」

彼女はおずおずとした微笑を警部に向け、戸口を抜けて食堂へ引きかえした。

「コリン、ウエッブさんの世話をしてあげてくれ」と警部は言った。「それではペブマーシュ先生、ご面倒でもこちらへ来ていただけませんか？」

ハードキャスルは手をひいてあげようとして片手を差しだしかけたが、ミス・ペブマーシュは断固として彼の横を通りぬけ、指さきで壁ぎわの椅子をたしかめ、一フィートばかりそれを引きだして腰をおろした。

ハードキャスルはドアを閉めた。彼が口を開かないうちに、ミリセント・ペブマーシュのほうからいきなりこう訊いてきた。

「あの青年は何者なのですか？」

「コリン・ラムという男です」

「名前はご本人からも聞きました。どういう人なのですか？　なぜここへ来ているのですか？」

ハードキャスルは多少驚きの色を浮かべて彼女の顔を見やった。

「ウエッブさんが人殺しだと叫びながら飛びだしてきたときに、偶然おもてを通りかかったのです。そこで家へはいって事実をたしかめたのち、警察に電話し、こちらへ引きかえして待っているように言われたわけです」

「あなたは、コリンと、親しそうに呼んでおられるではありませんか」

「あなたは鋭い観察眼の持ち主ですね――（観察眼とは、いまの場合まずい言葉だが、といって、ふさわしい言いかたもないではないか）――コリン・ラムはぼくの友人なののですよ、ここのところしばらく逢ってはいませんでしたけれどね」ついで彼はこうつけ加えた。「あの男は海洋生物学者なのですよ」

「まあ！　そうなのですか」

「さて、ペブマーシュ先生、今度の少々意外な事件についてですがね、事情を話していただけるとありがたいのですが」

「喜んで。でも、お話しできるようなことがほとんどありませんけれど」

「あなたはここにはもう長らくお住まいでしたね」

「一九五〇年以来ですわ。職業は教師です――教師だったのですが、視力の衰えが手のほどこしようのないものであり、まもなく盲目になると聞かされましたときに、点字や盲人の助けになるいろんな技術の習得に専心し、いまは眼の見えない児童や身体障害児のための教育機関、アーロンバーグ・インスティテュートに勤めています」

「ありがとうございました。そこで、今日の午後の事件についてですが、来客を予想しておられたのですか？」

「いいえ」

「誰か思いあたる人間がおありになるかどうか、被害者の人相書きを読んでみましょう。

背たけは五フィート九インチか十インチ、年齢は六十歳くらい、ごま塩の黒っぽい頭髪、茶色の眼、きれいに髭を剃った痩せた顔、がっしりした顎。栄養はいいが、ふとってはいない。ダーク・グレイの服、手入れのゆきとどいた手。銀行員か、経理士か、弁護士、でなければ何かの知的職業人と思われる。以上の記述から、ご存じの人間が誰か想い浮かびませんか？」

ミリセント・ペブマーシュは答える前に熟考してみているようだった。

「想い浮かぶとは言いかねます。そりゃ、しごく大まかな人相書きですから、あてはまる人が幾人もありはしましょう。わたしがどこかで逢うか、見るかした人なのかもしれませんが、よく知っている人ではないことはたしかです」

「最近にお訪ねしたいという意味の手紙を受けとってはおられませんか？」

「ぜんぜんそういうことはありません」

「よくわかりました。ところで、あなたはカヴェンディッシュ秘書引受所に電話をかけて、速記タイピストの派遣を求められ——」

彼女は途中で口をはさんだ。

「失礼ですが、わたしはそういうことはしていません」

「カヴェンディッシュ秘書引受所に電話をしていないですって——」ハードキャスルは

唖然となった。

「この家には電話もありません」

「この通りのはずれに公衆電話がありますよ」と警部は指摘した。

「公衆電話はあります。それにしてもね、警部さん、わたしには速記タイピストの必要はないし――繰りかえして言いますが――そのカヴェンディッシュ事務所とやらにそういう用件で電話したおぼえはないと、はっきり申しあげるしかありません」

「とくにシェイラ・ウエッブの派遣を求められたのではなかったのですか？」

「そんな名前は聞いたこともありません」

ハードキャスルは驚いて彼女の顔をまじまじと見た。

「玄関のドアも鍵をかけないままにしておられたではありませんか」と彼は指摘した。

「昼間(ひるま)にはわたしはよくそうするのです」

「誰がはいってこないともかぎりませんよ」

「げんに今度の場合はそうだったらしいですわね」とミス・ペブマーシュは淡々とした答えかたをした。

「医師の証言によると、あの男はだいたい一時半から二時四十五分までのあいだに死亡したらしいのです。そのころあなたはどこにいらっしゃったのですか？」

ミス・ペブマーシュは考えているようだった。

「一時半には、わたしは家を出ていたか、出る用意をしていたにちがいありません。買いものをする必要がありましたから」

「どこへいらっしゃったか話していただけますか？」

「そうですね。郵便局へ、オールバニ・ロードの郵便局ですが、行って、小包を送り、切手を買いました。それから、いくらか日用品の買いものをしました。そうでしたわ、フィールド・アンド・レンでファスナーや安全ピンを買ったのです。それからここへ帰ってきました。その時間は正確におしらせできます。玄関道をはいってきたときに、カッコー時計が三時をうちましたから」

「お宅のほかの置き時計のほうは？」

「なんですって？」

「お宅のほかの時計は全部一時間少々進んでいるようですよ」

「進んでいる？　隅の柱時計のことですか？」

「あれだけではありません――居間のほかの時計は全部そうなのです」

「ほかの時計？　おっしゃる意味がわかりませんわ。居間にはほかの時計なんかありません」

第三章

ハードキャスルは唖然となった。

「なにをおっしゃるのです、ペブマーシュ先生。炉棚の上のあのきれいなドレスデンの陶製の置き時計はどうなのです？　それから、小さなフランス製の置き時計——オルモルのねえ。それに、銀製の旅行用の時計もあるし、すみに〈ローズマリー〉と書いてある置き時計もあるではありませんか」

今度はミス・ペブマーシュが唖然となる番だった。

「警部さん、あなたかわたしか、どちらかが気が狂っているのですわ。はっきり言っときますけど、わたしはドレスデンの陶製の置き時計なんか持ってはいません。その何とかいう——〈ローズマリー〉と書いてあるという——時計にしても、——フランス製のオルモルの時計にしても。もう一つは何でしたか？」

「銀の旅行用の置き時計ですよ」とハードキャスルは機械的に答えた。

「そんなものも持ってはいません。わたしの言うことが信じられないのでしたら、掃除に来てくれている者にお訊きになるといいですわ。ミセス・カーティンというひとですから」

ハードキャスル警部は不意をつかれたかたちだった。ミス・ペブマーシュの確信に満ちた、きびきびした語調には人を信じさせるものがあった。彼はちょっとのあいだ黙って考慮をめぐらしていた。と思うと、立ちあがった。

「ペブマーシュ先生、いっしょに隣りの部屋へ来てみてくださいませんか？」

「いいですとも。正直なところ、わたしもその置き時計を見たいものですわ」

「見たい、ですって？」ハードキャスルはすぐにその言葉に疑問を投げかけた。

「調べるという言葉のほうがふさわしいわけですわね」とミス・ペブマーシュは言った。「ですけれどね、警部さん。眼の見えない者でも、正確に言えば自分の能力にはあてはまらないわけですけれど、普通の慣用語を使うものなのですよ。わたしがその置き時計を見たいと言った場合は、調べてみたい、自分の指でさわってみたいという意味なのです」

ハードキャスルは、ミス・ペブマーシュのさきに立って、台所を出ていき、狭いホールを横ぎり、居間へはいった。指紋係が顔を上げて彼のほうを向いた。

「ここの仕事は片づきましたから、何なりとおさわりになってもよろしいですよ」と指紋係は言った。

ハードキャスルはうなずき、〈ローズマリー〉と片隅に書いてある小さな旅行用の置き時計を手にとった。彼はそれをミス・ペブマーシュに手渡した。彼女は入念になでてみていた。

「普通の旅行用置き時計のようですわね、たためるようになっている革製の。警部さん、これはわたしのものではありませんし、わたしが一時半に家を出たときには、この部屋にはこんなものがなかったことは、確信をもって言えるつもりです」

「ありがとうございました」

警部はそれを彼女の手からとりもどした。ついで炉棚の上の小さなドレスデンの置き時計を用心してとりおろした。

「これは気をつけてくださいよ、こわれやすいものですから」そう注意しながら、彼はそれを彼女の手に載せた。

ミリセント・ペブマーシュは、その小さな陶製の置き時計をほっそりとした鋭敏な指さきでさわってみていた。と思うと、首を振った。「きっときれいな時計なのでしょうけれど、わたしのものではありません。これはどこにあったのでしたかしら？」

「炉棚の右側です」

「そこには対（つい）になっている陶製の蠟燭（ろうそく）立ての一つが置いてあるはずですが」

「ええ、蠟燭立てはありますが、はしのほうへおしやられていますよ」

「まだほかにも置き時計があるということでしたね？」

「あと二つです」

ハードキャスルはドレスデンの陶製の置き時計を受けとり、フランス製の金メッキの小さなオルモル時計を手渡した。彼女はすばやくさわってみていたが、やがて警部に返した。

「これもわたしのものではありません」

警部は銀の置き時計も手渡してみたが、彼女はそれも返した。

「ふだんこの部屋にある時計といえば、そちらの窓ぎわの隅にある振子式の柱時計と——

——」

「それはたしかにあります」

「——それから戸口の近くの壁にかけてあるカッコー時計だけなのです」

ハードキャスルは次にどう言ったらいいか窮した。彼は、相手は同じような視線をかえせないとわかっていただけに、よけい安心な気持ちで、眼の前の女性をさぐるように見つめた。彼女は考えあぐねてでもいるように、いくらか額にしわを寄せていた。彼女はとがった声で言った。

「わたしにはわけがわかりませんわ。さっぱりわけがわかりません」

彼女は自分がいま部屋のどこにいるかわけなしにわかるらしく、片手でちょっとさぐっただけで、椅子に座りこんだ。ハードキャスルは戸口に立っていた指紋係のほうへ眼をやった。

「これらの置き時計も調べたろうね？」

「一つ残らず調べました。メッキ時計にはぜんぜんさわった痕跡(あと)がありませんでしたが、ないのが当然でしょう。表面がこんなふうでは指紋は残らないでしょうから。あの陶製の置き時計についても同じことが言えます。ところが、革製の置き時計や銀製のにもぜんぜん指紋がないのでして、これは通常の場合にはありえないことと言えましょう――指紋がついていなければならないはずですから。ついでですが、置き時計のほうはどうもネジがまいてないらしく、全部同じ時間に合わせてあります――四時十三分に」

「この部屋のほかのものには？」

「この部屋には三種類か四種類の指紋がありますが、全部女性のものと言ってよろしいでしょう。ポケットに入っていたものはそのテーブルの上に置いてあります」

指紋係は頭をそちらへしゃくって、テーブルの上のひとかたまりの品物をさした。ハードキャスルはそのほうへ行って調べてみた。十ポンド七シリングと小銭がいくらかはいっている財布、何の印(しるし)もついていないハンカチ、錠剤の消化薬の小箱、名刺が一枚。ハードキャスルはかがみこんで名刺を見つめた。

メトロポリス・アンド・プロヴィンシャル保険会社
R・H・カリイ
ロンドン　W2　デンヴァーズ通り　七

ハードキャスルはミス・ペブマーシュの座りこんでいるソファのほうへもどっていった。

「ことによると保険会社の人間が来ることになっていませんでしたか？」

「保険会社？　いいえ、ぜんぜん」

「メトロポリス・アンド・プロヴィンシャル保険会社ですがね」とハードキャスルは言ってみた。

ミス・ペブマーシュは首を振った。「そんな会社、聞いたこともありません」

「何かの保険にはいるおつもりはなかったのですか？」

「ええ、べつに、火災保険や盗難保険はこちらに支店のあるジョーヴ保険会社と契約を結んでいます。生命保険にははいっていません。わたしは家族もなければ近親もない人間ですから、生命保険にはいっても無意味なのです」

「なるほどね」とハードキャスルは言った。「それでは、カリイという名前に何か聞きおぼえはありませんか？　R・H・カリイですが？」彼は彼女の顔をじっとみまもっていた。彼女の表情には何の反応も見てとれなかった。

「カリイねえ」彼女はその名前を繰りかえしてみていたが、やがて首を振った。「ありふれた名字ではありませんわね。そんな名前は耳にしたこともないようですし、わたしの知人にはそういう名前の人はいないように思います。それは死んでいた人の名前なのですか？」

「どうやらそうらしいのです」とハードキャスルは答えた。

ミス・ペブマーシュはちょっとためらっていたが、やがてこう言った。

「お望みでしたら、わたしが――さわってみて――」

彼はすぐに彼女の言おうとしていることを悟った。

「そうしていただけますか？　ぶしつけすぎるお願いですけれど。ぼくはこういう方面の知識には欠けているのですが、人相書きを聞かされるよりも、ご自分の指でのほうが顔かたちが正確にわかるでしょうから」

「そのとおりですの」とミス・ペブマーシュは答えた。「そりゃ、そういうことをさせられるのは気持ちのいいものではありませんけれど、あなたのお役にたちそうなのでしたら、やってみましょう」

「ありがとうございます。では、こちらへどうぞ――」

彼はミス・ペブマーシュをソファのうしろ側へ連れていき、膝をつく場所を指示して、彼女の手をそっと死者の顔の上に持っていった。彼女はしごく冷静で、何の感情も示さなかった。彼女の指は頭髪や耳をさわってゆき、耳のうしろで一瞬ためらっていたが、鼻や、口や、顎の輪郭をなでていった。と思うと、彼女は首を振り、立ちあがった。

「どういう顔だちか、これではっきりわかりましたけれど、やはりわたしの知人や見たことのある人間ではありません」

指紋係は用具を片づけ、部屋を出ていっていたが、また戸口から頭を突っこんだ。

「あのほうの連中が来ました」彼は死体のほうに頭を振った。「搬びださせていいですか？」

「いい」とハードキャスル警部は答えた。「ペブマーシュ先生、こちらへ来て、座っていてくださいませんか？」

彼はミス・ペブマーシュを隅の椅子に落ちつかせた。二人の男が室内へはいってきた。故カリイ氏の搬びだしはてっとりばやく職業的に行なわれた。ハードキャスルはいったん門までついていき、やがて居間へ引きかえしてきた。彼はミス・ペブマーシュのそばへ腰をおろした。

「ペブマーシュ先生、これはじつに異常な事件ですよ。念のために主要点を述べてみて、間違っていないかたしかめたいと思います。間違っていたら訂正してください。あなたは今日は来訪者を予期してはいらっしゃらなかった。何かの保険についての問い合わせもしておられないし、保険会社の人間がおうかがいするという手紙も受けとっておられなかった。そのとおりでしょうか？」

「そのとおりです」

「速記タイピストや速記者を雇う必要もなかったし、カヴェンディッシュ事務所に電話してもおられず、三時にこちらへ一人派遣してくれと要求してもおられなかった」

「その点も間違いありません」

「あなたが一時半ごろに外出されたときには、この部屋にはカッコー時計と振子式の時計の二つの柱時計しかなく、ほかには時計は一つもなかった」

ミス・ペブマーシュはすぐに返事をしかかったが、考えなおしたようだった。

「絶対的に正確を期す必要があるとしますと、その点については確答ができない気がします。眼が見えないので、ふだんないものがこの部屋に持ちこまれていても、姿を消していても、気がつかないだろうと思うのです。つまり、わたしが一番最近にこの部屋にあるものを確認しているのは、今朝早くにはたきをかけたときなのですから。そのときには何もかも本来の場所にありました。掃除婦は置いてあるものを乱暴に動かしがちですから、この部屋はたいていわたしが自分で掃除しているのです」

「午前中にも外出なさったのですか？」

「ええ、しました。いつものとおりに十時にアーロンバーグ・インスティテュートに出勤しました。十二時十五分まで授業があるのです。一時十五分前ごろに家へ帰ってきて、台所でかき卵を作ったり、紅茶をいれたりし、さっきも言いましたように、一時半にまた出かけたわけです。ついでですが、食事は台所でしましたから、この部屋へははいりませんでした」

「なるほど」とハードキャッスルは言った。「今朝の十時には余分の置き時計などはなかったと確言できるが、午前中のその後の時間に持ちこまれたということはありうるというわけですね」

「その点については、掃除に来てくれているミセス・カーティンに尋ねてもらうしかありません。あのひとは十時ごろに来て、たいてい十二時ごろに帰ってゆきますから。住所はディッパー通り、一七です」

「ありがとうございました。そこで、あとはもう次の諸点だけですが、このほうでも何か頭に浮かぶことがあったら、話してみてくださいませんか。時間は不明だが、今日になってから四つの置き時計がここへ持ちこまれた。その四つの置き時計の針はいずれも四時十三分にしてあった。そこで、その時間に何か思いあたることはありませんか？」

「四時十三分ねえ」ミス・ペブマーシュは首を振った。「ぜんぜん見当もつきませんわ」

「それでは、置き時計から被害者のほうへ問題を移しましょう。あなたが掃除婦に来客があるはずだと言い残しておられないかぎりは、掃除婦があの男をなかにいれ、待たせておいたとは考えられませんが、その点は当人から聞きだせることとです。たぶんあの男は、商用か私用か、何かの用事であなたに逢いにきたのでしょう。そして一時半から二時四十五分までのあいだに刺し殺された。面会の約束があって来たかどうかについては、あなたは心おぼえがないとおっしゃっている。たぶん保険に関係のある男と思われるが――その点についてもあなたには思いあたるふしがない。玄関のドアには鍵がかけてなかったので、はいりこんであなたを待つことはできたわけですが――なぜそんなことをしたのでしょうか？」

「何もかもばかげていますわ」とミス・ペブマーシュは苛だたしそうに答えた。「それでは、あなたはその――カリイとかいう男が、置き時計を持ちこんだものとお考えなのですか？」

「どこにも容れものらしいものがぜんぜん見あたりません」とハードキャスルは言った。「四つもの置き時計をポケットに入れてこれたとは思えないのですがね。そこでですね、ペブマーシュ先生、よく考えてみてくださいよ。置き時計に関連して何か連想なり、想いつかれることとなりがありませんか？　置き時計についてでなくても、四時十三分という時間についてでも。四時十三分ですがね」

彼女は首を振った。

「狂人のしわざか、でなければ、家を間違えてはいりこんだのかもしれないと、さっきから考えてみていた程度ですわ。そうだとしても、ほんとうは説明がつきませんわね。やはりわたしはお役にたてそうにありませんわ」

若い警官が顔をのぞかせた。ハードキャスルは部屋を出て、ホールでいっしょになり、門まで出ていった。彼は数分間部下たちと話をした。

「きみはあの若い女性を家まで送っていってくれ。住所はパマーストン・ロード、一四だ」と彼は言った。

彼は引きかえして食堂にはいった。開けたままの台所に通じる戸口から、ミス・ペブマーシュが流しで洗いものをしている音が聞こえてきた。彼は戸口に立った。

「ペブマーシュ先生、あの置き時計を持っていきたいのです。受領書を書いておきます」

「そんなことはどうでもいいですよ、警部さん――わたしのものではないのですから――」

ハードキャスルはシェイラ・ウエッブのほうを振りむいた。

「ウエッブさん、もう帰ってくださってけっこうです。警察のくるまでお送りします」

シェイラとコリンは立ちあがった。

「コリン、くるまのところまで送ってあげてくれないか」とハードキャスルは言って、椅子をテーブルに引きよせ、受領書を書きだした。

コリンとシェイラは出ていき、玄関道を歩きかかった。不意にシェイラが立ち止まった。

「あっ、手ぶくろを――忘れてきましたわ」

「ぼくが取ってきてあげましょう」

「いいんですの——置いた場所はわかっているのですから。もう大丈夫ですわ——あれはもう搬び去られているのですもの」

彼女は小走りに引きかえし、一、二分後にはもどってきた。

「あんなはしたないことをしてすみませんでした——さっきは」

「誰だってあんなふうだったでしょうよ」とコリンは言った。

シェイラがくるまに乗りこむと、ハードキャスルが二人のそばへやってきた。くるまが出ていくとともに、彼はさっきの若い警官のほうを向いた。

「居間の置き時計を気をつけて包んでくれないか——壁のカッコー時計と大きな振子式の柱時計を除いたあとの全部だ」

彼はなお二、三指示を与えてから友人のほうを向いた。

「これから聞きこみにまわる。いっしょに来るかね？」

「よかろう」とコリンは答えた。

第四章

コリン・ラムの話

「どこへ行くんだい？」とわたしはディック・ハードキャスルに訊いた。

彼は運転手に声をかけた。

「カヴェンディッシュ秘書引受所だ。パレス通りにある。エスプラネード方向に向かって右側だ」

「承知しました」

自動車は走りだした。そのころにはもうかなりの群衆が集まって、惹きつけられたようにみまもっていた。隣りのダイアナ・ロッジの門柱には、まださっきのオレンジ色の猫が座りこんでいた。もう顔を洗ってはいなくて、いやにしゃんと座り、ちょっと尻尾を振りながら、猫やラクダの特権である例の人間を軽蔑しきった眼つきで、群衆を見おろしていた。

「秘書引受所、次は掃除婦、そういう順序になる」とハードキャスルは言った。「時間は過ぎてゆくからなあ」彼はちらっと時計に眼をやった。「四時を過ぎてる」彼はちょっと間をおいてからつけ加えた。「ちょっと魅力的な娘だったね」

「たしかにね」とわたしも言った。

彼はおもしろがっているような眼つきをわたしに向けた。

「だが、あの娘の話はすこぶる奇怪な内容のものだった。なるべく早くたしかめておく必要がある」

「まさかきみはあの娘が――」

彼はわたしの言葉をさえぎった。

「ぼくはいつでも死体発見者には関心をもつのだ」

「しかし、あの娘はおびえて半狂乱状態だったんだぜ。きみだってあのときの悲鳴のあげかたを聞いていたら……」

彼はまたしてもひやかすような視線を向け、すこぶる魅力的な娘だったからなあ、と繰りかえした。

「きみはまたなんだってウイルブラーム・クレスントをうろついたりしていたのだい？

古雅なヴィクトリア女王時代の建築様式でも鑑賞していたのかね？　それとも、何か目的があってのことだったのか？」

「目的があったんだ。六一号の家をさがしていたのだよ――結局は見つからなかったが。だいたいそういう番号の家はないのではないのかね？」

「いや、ちゃんと存在している。番号は――たしか八八号まであるはずだ」

「ところがね、ディック、ぼくは三五号までたどっていったのだが、ウイルブラーム・クレスントはそこまででおしまいだったぞ」

「あそこには土地に不案内な人間はいつもとまどわされるのだ。右へ曲がってオールバニ・ロードを行き、もう一度右へ曲がると、ウイルブラーム・クレスントのあとの半分にたどりつけたはずだ。家が背中合わせに建ててあるのだ。裏庭が向かいあっているわけだよ」

「なるほどね」彼がそうした特殊な地形をくわしく説明してくれたので、わたしにもやっとわかった。「ロンドンのスクエアやガーデンみたいなものなのだな。オンズロー・スクエアがそうではないか。カドーガンだって。どこかのスクエアの片側を歩いてゆくと、いつのまにか、なんとかプレースなりガーデンなりになっていたりする。タクシーの運転手ですら迷わされることが多い。とにかく、六一号が現実に存在しているわけだな。そこの住人は何者か、きみは知っているかい？」

「六一号かい？　ええと……ああそうだ、ブランドという建設業者のはずだ」

「なんだ、それではつまらないなあ」とわたしは言った。

「建設業者をさがしていたのではないのか？」

「そんな職業だとは想像もしていなかったよ。もっとも――その男はつい最近引っ越してきたばかりではないのか――その事業を始めたばかりで？」

「ブランドはこの土地の生まれのはずだ。土着の人間には相違ない――もう何年も今の事業にたずさわっているのだからね」

「そいつはがっかりだなあ」

「あいつはたちの悪い建設業者だぞ」とハードキャスルはけしかけるように言った。

「粗悪な資材を使う。外見はちゃんとした家のようでいて、住んでみると、あちらこちらが崩れたりゆがんだりするような家を建てる。ときには法律違反すれすれの行為もやってのける。悪がしこいやり口だ――かろうじて警察ざたになるのをまぬがれてはいるがね」

「ぼくの興味をつろうとしたってだめだぞ、ディック。ぼくのさがしている男は実直さの柱石みたいな人間のはずなのだから」

「ブランドは一年ばかり前に大金をつかんだのだ――ブランドというよりもその細君のほうだがね。細君はカナダの生まれで、戦時中にこちらへやってきて、ブランドとでっくわしたのだ。細君側の家の者たちはこの結婚には反対で、結婚すると同時に縁を切ったかたちになっていた。そのうちに、昨年大伯父が亡くなり、その一人息子が航空事故で墜落死していたり、戦死した者もあったりして、ブランドの細君がただ一人の遺族ということになった。したがって大伯父の遺産がころがりこんだというわけだ。そのおかげでブランドはもうすこしで破産するところをまぬがれた」

「きみはそのブランドという男についてはくわしいらしいね」

「そんなことくらい――じつを言うとね、税務署は一夜のうちに突然金持ちになったりした人間には眼を光らせるものなのだ。ごまかして貯めこんでいたのではないかという疑いを起こす――そこで調べてみるわけだ。調べてみた結果は、不審な点はないということになったのだ」

「いずれにせよ。ぼくは急に大金持ちになった人間なんか興味はないよ」とわたしは言った。「ぼくの調べているのはそういう種類のケースじゃないんだ」

「ちがうのか？　以前はそうだったじゃないか」

わたしはうなずいた。

「そのほうは片づいたのか？　それとも——まだ続けているのかい？」

「わけを話すとなると簡単にはすまないからなあ」とわたしは逃げた。「今夜は予定どおりに晩めしをいっしょに食うことになりそうかい——それとも、この事件でおながれか？」

「いや、そのほうは大丈夫だろう。今のところは、まず警察機構を動きださせればいいのだから。カリイという男の身元をつきとめたい。あの男が何者で、どういう職業の人間かがわかりさえしたら、あの男を消したがっていたやつのだいたいの見当がつくと思う」彼は窓の外に眼をやった。「着いたらしいぞ」

カヴェンディッシュ秘書・タイプ引受所は、宮殿街(パレス)といういやに堂々とした名前の商店街にあった。そこの事務所も、あたりのたいていの商店と同じで、ヴィクトリア女王時代の建てものを改築したものだった。右側の同じような家には、芸術写真家、エドウィン・グレンという看板が出ていた。お子様たち、結婚式、その他の写真の専門家、とあった。その文句を裏づけるように、ショウウインドーには赤ん坊から六歳ごろまでのあらゆる年齢の子供の、大小さまざまの写真が飾ってあった。若夫婦の写真も数枚ならべてあった。にこにこしている花嫁ときまりわるそうな表情の花婿。カヴェンディッシュ秘書引受所のもう一方の側は、昔からの石炭商の古風な事務所になっていた。さらにそのさきには、幾軒かのやはり古風な家がとりこわされて、三階建てのけばけばしい建てものが出現しており、〈オリエント・カフェ、レストラン〉という派手な文字が眼についた。

ハードキャスルとわたしは四段の石段をのぼり、開け放してある玄関口を通りぬけ、ドアの〈ご遠慮なくおはいりください〉という文句に従って遠慮なく入りこんだ。はいったところはかなりの広さの事務室になっていて、三人の若い女性がせっせとタイプを打っていた。そのうちの二人ははいってきた来客には眼を向けようともせず、それぞれの仕事を続けた。入り口の正面の、受話器の置いてあるテーブルでタイプを打っていたもう一人の女性が、尋ねるようにわたしたちのほうを見やった。彼女はキャンディか何かをしゃぶっているみたいだった。それを口の中の都合のいい場所におしやってから、彼女はアデノイド症のような鼻にかかった声で尋ねた。

「何かご用でしょうか？」

「マーティンデールさんはおいででしょうか？」とハードキャスルは言った。

「いまちょっと電話に出ているところだと思いますが――」その瞬間にカチリという音がしたので、彼女は受話器を手にとり、スイッチをまわして、こう言った。「ミス・マーティンデール、お客さんがお二人おみえになっていますが」彼女はわたしたちを見上げて、訊いた。「お名前をおっしゃっていただけませんでしょうか？」

「ハードキャスルです」とディックは答えた。

「ミス・マーティンデール、ハードキャスルというお方だそうです」彼女は受話器をもどして立ちあがった。「こちらへどうぞ」と言って、〈ミス・マーティンデール〉と真鍮板に名前の出ているドアのほうへ案内した。ドアを開け、からだをぴたりとドアにくっつけてわたしたちを通し、「ハードキャスルさんです」と言っておいて、うしろからドアを閉ざした。

ミス・マーティンデールは大きなデスクの向こうからわたしたちを見上げた。彼女は、束髪（ポンパドール）にしたうす赤い髪、きびきびした眼つきの、五十歳くらいかと思われる有能そうな女性だった。

彼女の視線はわたしたちの顔から顔へ動いていった。

「ハードキャスルさんとおっしゃるのは？」

ディックは公用の名刺を取りだして彼女に差しだした。わたしは戸口のそばの背もたれのまっすぐな椅子に座りこみ、なるべくめだたないようにしていた。

ミス・マーティンデールは砂色の眉を上げ、多少不愉快さのまじった意外そうな表情を浮かべた。

「捜査課の警部さんですか？　どういうご用なのでしょうか、警部さん？」

「ちょっとお訊きしたいことがあってうかがったしだいなのです。あなたならご助力願えるかと思いまして」

その語調から、ディックは愛嬌たっぷりの遠まわし戦術に出るつもりだなとわたしは判断した。わたしにはそうした愛嬌もミス・マーティンデールには効果があるかどうか疑わしい気がした。彼女はフランス人が〝てごわい女〟という適切なレッテルをはっているタイプの女性だったから。

わたしは室内の飾りつけを見まわしていた。ミス・マーティンデールのデスクの上方の壁には、幾枚ものサイン入りの写真がかけてあった。そのうちの一枚はわたしも多少は顔見知りの推理小説作家、ミセス・アリアドニ・オリヴァーの写真なのに気がついた。それには太い黒い文字で、〈あなたの誠実なる友、アリアドニ・オリヴァー〉と斜めに署名してあった。〈感謝をこめて、ギャリイ・グレグソン〉という文句に飾られた別の写真は、ほぼ十六年前に亡くなったスリラーものの作家のものだった。〈あなたの変わらぬ友、ミリアム〉という文句に飾られた、恋愛ものが専門の女流作家、ミリアム・ホッグの写真もあった。セックスものを代表しているのは、〈感謝をこめて、アーマンド・レヴァイン〉と小さな字で署名してある、禿げ頭の気の小さそうな男の写真だった。

それらの記念品(トロフィ)には共通した一様さがあった。男のほうはたいていパイプをくわえ、ツイードの服を着ており、女のほうは、毛皮にうずもれてしまいそうな顔に、真剣そうな表情を浮かべていた。

わたしが眼を働かせているあいだに、ハードキャスルは質問を開始していた。

「こちらにシェイラ・ウエッブという若い女性が勤めているはずですが？」

「おっしゃるとおりです。いまは事務所にはいないかもしれませんが――それにしても――」

彼女はブザーに手をふれ、表の事務室に話しかけた。

「エドナ、シェイラ・ウエッブは帰ってきているの？」

「いいえ、まだです」

ミス・マーティンデールはブザーをきった。

「午後になってまもなく仕事さきに出かけたのです」と彼女は説明した。「もう帰ってきていてもいいはずなのですが、ことによると、エスプラネードのはずれのカーリュー・ホテルへ出かけたのかもしれません。そちらへは五時にうかがう約束になっていましたから」

「なるほど」とハードキャスルは言った。「それでは、そのミス・シェイラ・ウエッブのことを話していただけませんか？」

「わたしにお話しできるようなことは大してありませんよ」とミス・マーティンデールは言った。「あのひとは、ここに勤めだしてから――ええと、もう一年近くになると思います。仕事ぶりは満足していいものです」

「その前にはどこに勤めていたか、ご存じですか？」

「警部さんがとくにその点を知りたいとお望みなのでしたら、調べてさしあげられると思います。あのひとの履歴書がどこかに綴じてあるはずですから。いま想いだせるかぎりでは、以前はロンドンで勤めていて、その勤めさきからも申しぶんのない推薦書をもらっていました。確実なことは言えませんが、何かの会社――たしか不動産会社だったと思います」

「仕事の腕はいいというお話でしたね？」

「じゅうぶん一人前として通用します」とミス・マーティンデールは答えた。どうやら気前よくひとをほめるたちのひとではないらしかった。

「一流ではないという意味ですか？」

「いえ、そう言っているわけではありません。相当の水準のスピードをもっていますし、かなりの教養も備えています。細心で正確なタイピストです」

「職務上の関係とは別に、個人的にもご存じなのですか？」

「いいえ。たしか叔母さんのうちに暮らしているとかいうことですが」このあたりでミス・マーティンデールは多少反抗的になってきた。「失礼ですがね、警部さん。なぜそういうことをお尋ねになるのですか？　あの子が何か問題を起こしたのですか？」

「はっきりそうとも言えないのですよ。ミス・ミリセント・ペブマーシュというひとをご存じですか？」

「ペブマーシュ？」ミス・マーティンデールは砂色の眉をよせた。「なんだか聞いたことが――ああ、そうそう。シェイラが今日の午後にうかがったのが、そのミス・ペブマーシュの家です。約束は三時ということになっていました」

「そのとりきめはどういうふうにしてなされたのですか？」

「電話でです。ペブマーシュさんから電話があり、速記タイピストを頼みたいから、ミス・ウエッブをよこしてくれないかということでした」

「とくにシェイラ・ウエッブを名指してきたわけですね？」

「そうです」

「その電話がかかってきたのは何時ごろでしたか？」

ミス・マーティンデールはちょっと考えていた。

「あれは直接わたしにかかってきたのでした。ということは昼休みの時間中だったということになります。なるべく正確を期すとすれば、二時十分前だったと言っていいでしょう。ああ、そうそう、このメモに書いていますよ。一時四十九分でした」

「ミス・ペブマーシュが自分でかけてきたのですか？」

ミス・マーティンデールはちょっと驚いたような顔つきになった。

「たぶんそうだと思います」

「しかし、あのひとの声だとわかったわけではないのでしょう？　個人的にはあのひとをご存じないのでしょう？」

「ええ、存じません。先方からミス・ミリセント・ペブマーシュだと名乗り、住所を、ウイルブラーム・クレスントの住所を、告げました。ついで、さっきも言ったとおりに、シェイラ・ウエッブの手があいていたら、三時に来てほしいということでした」

明確な陳述ぶりだった。わたしはこのひとなら優秀な証人になれるだろうと思った。

「いったいこれはどういうわけなのか、教えていただきたいものですが？」とミス・マーティンデールは多少苛だたしそうに言った。

「じつはですね、ミス・マーティンデール。ミス・ペブマーシュはそういう電話をかけたことを否定しているのです」

ミス・マーティンデールは啞然となった。

「ほんとうですか！　そんな奇怪なことが」

「一方、あなたのほうはげんに電話がかかってきたとおっしゃっている。もっとも、その電話の声のぬしがミス・ペブマーシュだったとは断定できないとも、言っておられるけれども」

「もちろんわたしには断定できませんわ。知らないひとなのですから。それにしても、なぜそんなことをするのか、がてんがいきませんね。一種の悪ふざけなのですか？」

「そんな程度のことではなさそうですよ」とハードキャスルは言った。「そのミス・ペブマーシュは――実際は何者だったにせよ――とくにシェイラ・ウエッブを望む理由を、何か述べましたか？」

ミス・マーティンデールはちょっと考えてみているようだった。

「前にもシェイラ・ウエッブに仕事をしてもらったことがあるから、と言ったように思います」

「事実そうだったのですか？」

「シェイラはミス・ペブマーシュの仕事をしたという記憶がないと言いました。ですがね、警部さん。その言葉で決着がつくとは言いきれないのですよ。なんといっても、ここの者たちはいろんな場所、いろんな人のところへ行く場合が多いのですから、何カ月も前に起きたことは、おぼえているとはかぎらないのです。シェイラもその点については確信があったわけではないのです。そんな家に行ったという記憶がないと言っているだけなのですから。それはともかくとして、かりにこれが悪ふざけだったとしてもね、警部さん、あなたがこんなことに関心をもたれる理由がわたしにはわからないのですがね」

「それをこれから話そうとしていたところなのですよ。ウエッブさんはウイルブラーム・クレスント、一九、の家に着くと、さっさと家へはいり、居間に通っています。本人の話だと、そうしろという指示があったからということでした。それは事実なのですか?」

「そのとおりです」と、ミス・マーティンデールは答えた。「ミス・ペブマーシュから、家へ帰るのが多少おくれるかもしれないから、シェイラにははいって待っていてもらうようにという、指示があったのです」

「ウエッブさんが居間にはいっていきますとね」とハードキャスルは言葉をついだ。

「床に男の死体がころがっていたのです」

ミス・マーティンデールは眼をまるくして彼を見つめた。一瞬は声も出ないみたいだった。

「死体が、とおっしゃいましたね、警部さん？」

「惨殺死体でした。刺し殺されていたのです」とハードキャスルは答えた。

「まあ、なんという。あの子はさぞおびえたことでしょう」

どうやら何でもひかえめに表現するのがミス・マーティンデールの特徴らしかった。

「マーティンデールさん、カリイという名前に何か心あたりがありませんか？　R・H・カリイですが？」

「ないように思います。ありませんわ」

「メトロポリス・アンド・プロヴィンシャル保険会社の人間ですが？」

やはりミス・マーティンデールは首を振った。

「ぼくのおちいっているジレンマがわかっていただけるでしょう」と警部は言った。「あなたは、ミス・ペブマーシュから電話があり、三時にシェイラ・ウエッブをよこしてくれということだったとおっしゃる。ミス・ペブマーシュはそんな事実はないと否定する。シェイラ・ウエッブはその家へ着く。すると、そこに死体があった」彼は希望をこめて待ちうけた。

ミス・マーティンデールは無表情に彼を見やっただけだった。

「わたしには何もかもばかげたことのように思えますわ」と彼女は不愉快そうに言った。

ディック・ハードキャスルは溜息をついて、立ちあがった。

「いい事務所をお持ちですね」と彼はお愛想を言った。「この事業をお始めになってからもう長いのでしょう？」

「十五年ですわ。自分でもびっくりするほど発展してまいりました。ごく小規模に始めて、拡張してゆき、いまではもてあますほど仕事がふえています。八人使っていますが、しじゅう仕事に追いまわされているありさまなのです」

「ずいぶん文学作品を引きうけておられるようですね」ハードキャスルは壁にかけてある写真を見上げていた。

「ええ、最初はわたしは作家たちを専門にしていたのです。わたしは有名なスリラーものの作家、ギャリイ・グレグソンの秘書を、幾年もしていたことがあるものですから。じつはこの事務所を創立したのも、あの方の遺産のおかげだったのです。あの方のお仲間の作家たちをたくさん存じあげていましたし、その方たちがわたしを推薦してもくださいました。作家たちの望まれるような仕事にわたしが通暁していたことも、役にたちました。何か調査が必要な場合にも、わたしは何かとお手伝いをしております――年月日、引用句、法律上の問題や警察の活動方式の調査、毒薬についての詳細な事実、そういった種類の仕事ですの。小説の舞台を外国に選ばれる方々には、外国人の名前や地名や料理店などを調べてさしあげます。以前は読者も正確であるかどうかは大して問題にしませんでしたが、いまでは機会があるごとに直接著者に手紙を出して、欠陥を指摘したりしますからね」

ミス・マーティンデールはそこでひと息いれた。ハードキャスルはまたおせじを言った。「たしかに自慢していいだけの条件が備わっていますね」

彼は戸口へ向かった。わたしはドアを開けてやった。

表の事務室では三人のタイピストが帰る準備をしていた。タイプライターにはもう蓋がしてあった。受付係でもあるエドナは、片手にはとがったヒール、もう一方の手にはヒールのはずれた靴をぶらさげて、しょんぼりしていた。

「まだ買って一カ月にしかならないのに」と彼女は情けなさそうに言っていた。「おまけにずいぶん奮発して買ったものなのよ。あのしゃくにさわる格子蓋のせいなの――ほら、このすぐ近くのお菓子屋のそばの街角にあるじゃない。あれにかかとがひっかかって抜けたのよ。歩けもしないから、両方とも靴を脱いじゃって、パンを買って帰るしかなかったんだけど、家へ帰ろうたって、これじゃバスにも乗れないし、どうしたらいいか――」

とたんに、わたしたちが出てきたのに気がつき、ビクッとしたような眼をちらっとミス・マーティンデールの顔に向けながら、エドナは慌ててその問題の靴を隠したが、たしかにミス・マーティンデールならとがったヒールなんかには顔をしかめそうだと、わたしも思った。彼女自身は常識的なヒールの低い革靴をはいていた。

「マーティンデールさん、ありがとうございました」とハードキャスルは言った。「ずいぶん時間をつぶさせてすみませんでした。何かお気づきになったことがありましたら――」

「もちろんですわ」とミス・マーティンデールはしまいまで言わせず、そっけなく答えた。

くるまに乗りこむと、わたしは言った。

「きみは疑いをかけていたけれど、結局シェイラ・ウエッブの言っていたことは事実だったじゃないか」

「わかった、わかったよ。きみの勝ちだ」とディックは言った。

第五章

「かあちゃん！」小さな金属製の模型を窓ガラスに押しつけて上下に動かしながら、うなり声ともブーンという擬音ともつかぬ声をたてて、ロケットが金星に向かって宇宙を疾走しているつもりになっていたアーニイ・カーティンが、一瞬手をとめて、大声をあげた。「かあちゃん、何が来たか、あててみな」

ミセス・カーティンは、きびしい顔をした女だったが、流しで洗いものをしていて、返事もしなかった。

「かあちゃん、警察車だぜ。うちの前にとまったよ」

「アーニイ、うそなんかつくんじゃないよ」とミセス・カーティンは、ティーカップや受け皿をカチャカチャと水切り台の上に重ねながら、どなった。「前からよく言って聞かせているじゃないの」

「うそなんかつかないよ」とアーニイは神妙に言った。「ほんとうに警察車なんだぜ。

二人おりてくるよ」

ミセス・カーティンはくるりと息子のほうを向いた。

「お前、今度はまた何をしでかしたんだい？」と彼女は腹だたしそうに訊いた。「家の者に恥をかかすようなことをするなんて！」

「そんなことをするもんか」とアーニイは言った。「なんにもしちゃいねえよ」

「あのアルフというやつと遊びまわるからだよ」とミセス・カーティンは言った。「アルフやその仲間たちなんかと。まるでギャングじゃないか！　わたしだって、お父さんだって、言って聞かせたじゃないの、ギャングなんかろくでなしだって。とどのつまりは警察ざたを起こすことになるんだから。最初は少年裁判所行き、ついで少年拘置所におくられることになりかねないんだから。そんなことにでもなったら、どうするつもりだい？」

「玄関にやってくるよ」とアーニイは言った。

ミセス・カーティンは、洗いものはそのままにして、窓の息子のそばへ行った。

「ほんとうだわ」と彼女は呟いた。

その瞬間にノッカーの音がした。彼女は急いでふきんで手を拭きながら廊下に出てゆき、ドアを開けた。彼女は疑問と挑戦をこめた眼を戸口の二人の男に向けた。

「カーティンさんですね？」と背の高いほうの男が愛想よく話しかけてきた。

「そうです」とミセス・カーティンは答えた。

「ちょっとお邪魔していいですか？　ぼくは捜査課の警部ハードキャスルという者です」

ミセス・カーティンはしぶしぶといった態度でうしろへさがった。片側のドアをパッと開け、こちらへと警部に身ぶりで示した。そこは狭くはあるが掃除のゆきとどいたこぎれいな部屋で、ふだんは使っていないらしいという印象を与えた。その印象は完全に当たっていたらしい。

アーニイが好奇心に引きよせられて、台所から廊下を通りぬけ、するりとその部屋へはいりこんだ。

「息子さんですか？」とハードキャスル警部は訊いた。

「ええ」とミセス・カーティンは答え、挑戦するようにつけ加えた。「あなたはどう思っていらっしゃるか知りませんが、いい子なんですよ」

「たしかにそのようですね」とハードキャスル警部は丁寧に答えた。

ミセス・カーティンの挑戦的な表情がいくらかやわらいだ。

「じつは、ウイルブラーム・クレスント、一九、の家のことで、二、三訊きたいことがあってきたのです。あなたはあそこに勤めておられるということでしたから」

「勤めていないとは言いませんでしたよ」とミセス・カーティンは、まださっきまでの気分をぬぐいきれないらしい答えかたをした。

「ミス・ミリセント・ペブマーシュというひとのところですね」

「そうです。たいへんいいお方ですよ」

「眼の見えない」とハードキャスル警部は言った。

「そうなんですよ、お気の毒に。でも、びっくりするほどのかんのよさで、手さぐりで動きまわっておいでですわ。街へも出ていかれるし、交差点だってお渡りになりますしね。世間にはよくそういう人があるものですが、あの方は泣きごとを言うような人でもありませんし」

「あの家へは、あなたは午前中に仕事に行かれるのでしたね？」

「そのとおりですわ。九時半から十時ごろまでに行き、十二時には、掃除が片づけば、帰ってきます」ついで、とがった声になり、「まさか何かが盗まれたなどとおっしゃるんじゃないでしょうね？」

「その逆ですよ」と警部は四つの置き時計のことを頭に浮かべながら答えた。

ミセス・カーティンはわけがわからなさそうに警部の顔を見つめた。

「いったい何が起きたのですか？」と彼女は訊いた。

「今日の午後、ウイルブラーム・クレスント、一九、の家の居間に、男の死体が発見されたのです」

ミセス・カーティンは眼をまるくした。アーニイ・カーティンは有頂天な嬉しさに身体をのたくらせ、「ワーイ」と叫びかかったが、自分がそばにいることを気づかせてはまずいと思ったのか口を閉じた。

「死体ですって？」とミセス・カーティンは信じかねるように言った。ついで、さらにいっそう不信の念をこめて、「あの居間に？」

「そう。刺し殺されていたのです」

「人、人殺しですの？」

「そう、殺人事件です」

「だ、だれが殺したのですか？」とミセス・カーティンはつめよった。

「まだそこまでは警察の捜査も進行していないと言っていいでしょう」とハードキャスル警部は答えた。「そこで、あなたから何か手がかりがえられはしないかと思ったわけですがね」

「わたしは人殺しのことなんかなにも知りません」とミセス・カーティンはきっぱりと

言いきった。

「それはそうでしょうが、二、三お訊きしたいことがあるのですよ。例えばですね、今朝、誰かあの家に訪ねてきませんでしたか？」

「わたしのおぼえているかぎりでは、誰も。少なくとも今日はねえ。いったいどういう男なのですか？」

「年齢は六十歳くらい、黒っぽいきちんとした服装の中老の男。保険会社の代理人だと名乗ったかもしれません」

「そういう人間なら、来ても、家のなかに通したりはしなかったでしょうよ」とミセス・カーティンは答えた。「保険の勧誘員だの、電気掃除器やエンサイクロペディア・ブリタニカのセールスマンなどはね。そういう人間なんか相手にしません。ペブマーシュさんは家まで押しかけてこられるのは大きらいですし、わたしもそうですわ」

「その男は、ポケットの名刺によると、カリイという名前らしいのだが、そういう名前を耳にしたことはありませんか？」

「カリイ？　カリイねえ？」ミセス・カーティンは首を振った。「インド人みたいですわね」と彼女は疑わしそうに言った。

「いや、いや、インド人ではないのです」

「誰が死体を見つけたんですか――ペブマーシュさんですの？」

「若い女のひとが、速記タイピストなのだがね、ある誤解から、ペブマーシュさんに仕事を依頼されたものとかんちがいして、来ていた。その女のひとが死体を発見したんですよ。ペブマーシュさんもほとんど同時に帰ってこられたが」

ミセス・カーティンは深い溜息をもらした。

「それはまた、たいへんな騒ぎだったでしょうねえ！」

「いずれあなたにもその死体を見てもらい、ウイルブラーム・クレスントで見かけるなり、以前に訪ねてくるなりした人間かどうか、お訊きすることになるかと思います」とハードキャスル警部は言った。「ペブマーシュさんは一度も来たことのない人間だと言っていますがね。ところで、些細な問題なんですが、知りたいことがあるのですよ。あの居間には時計がいくつあったか、いま想いだせますか？」

ミセス・カーティンは間をおきもしなかった。

「片隅にある、普通おじいさん時計と言っている大きな柱時計と、壁にかけてあるカッコー時計ですわ。飛びだしてきて、〝カッコー〟と鳴く、あれですの。ときにはドキリとさせられそうになることもありますわ」ついで彼女は急いでつけ加えた。「わたしはそのどちらにもさわったりはしていませんよ。絶対にそんなことは。ペブマーシュさんは、そうするのがお好きで、自分でネジをおまきになるのですから」

「あの二つの時計には問題はないのです」と警部は安心させた。「今朝、あの部屋には、その二つの時計しかなかったことはたしかですか？」

「きまったことですわ。ほかに時計があるはずもないではありませんか」

「例えばね、普通旅行時計と言っている角型の小さな銀の置き時計か、小さな金メッキの置き時計がありはしなかったろうか——炉棚の上に？——でなければ、花模様の飾りのある陶製の置き時計か、すみにローズマリーという名前の書いてある革製の置き時計が？」

「もちろんありませんでしたよ。そんなものは、一つも」

「あったとしたら、あなたの眼についたはずですね？」

「もちろんですわ」

「その四つの置き時計はいずれもカッコー時計や柱時計よりは一時間ばかり進んでいたのです」

「きっと外国製のせいですよ」とミセス・カーティンは言った。「わたしたち夫婦もスイスやイタリアへバス旅行に行ったことがあるのですけど、向こうの時計はまる一時間は進んでいましたもの。きっと今度の欧州共同市場に関係があるのですわ。わたしはね、共同市場には反対ですのよ、主人もそうですし。英国だけでじゅうぶんだと思いますわ」

ハードキャスル警部は政治問題にひきこまれるのは避けた。

「正確に言って、あなたが今朝ミス・ペブマーシュの家を出られたのは何時ごろだったか、おぼえていますか？」

「十二時十五分、と言ってほぼ間違いないでしょう」とミセス・カーティンは答えた。

「そのとき、ペブマーシュさんは帰っていましたか？」

「いいえ、まだでした。たいてい十二時から十二時半までのあいだにお帰りになるのです。日によってちがいますけど」

「それでは、あのひとが外出したのは――何時ごろでしたか」

「わたしが着く前でした。十時がわたしの出勤時間ですの」

「カーティンさん、どうも何かとありがとう」

「その置き時計のことは奇妙ですわね」とミセス・カーティンは話しかけてきた。「ペブマーシュさんは競売所へ行ってこられたのかもしれませんわ。骨董品なのでしょう？

そんなふうに聞こえましたけど？」

「あのひとはよく競売所へ行くのですか？」

「四カ月ばかり前にも競売でヘヤ・カーペットを買っておいででした。まだどこもすれていないのをね。格安だったそうですよ。ベロアのカーテンもお買いになりました。切り縮める必要はありましたけど、新品も同然のいいものでしたわ」

「しかし、骨董品は、絵だの、陶器だのといった種類のものは、競売所で買ったりしないのでしょう?」

ミセス・カーティンは首を振った。

「ええ、わたしの知っているかぎりでは。ですけど、競売所へ行くと、どういう気にならないともかぎらないじゃありませんか。ついふらふらと手が出るものなのだから。家へ帰ってから、『こんなものをなぜほしがったのだろう?』とくやむことだってありますわ。わたしも、一度なんか、ジャムを六つぼも買ったりして。あとで考えてみると、自分で作ったほうが安上がりでしたのに。ティーカップや受け皿だって。あんなものは水曜日のマーケットのほうが安く買えたはずですのよ」

彼女は残念そうに首を振った。ハードキャスル警部は、いまのところこれ以上は聞きだせそうにもないと判断して、その家を出た。とたんに、アーニイは話題になっていた事件への自分の感想を表明した。

「人殺しだって！　ワーイ！」

一瞬間は、宇宙征服のことなんかどこかへ飛んでゆき、現実の興奮させられる事件のほうに彼は頭を奪われた。

「まさかペブマーシュさんがやっつけたんじゃないだろうなあ？」と彼はそうあってほしいような言いかたをした。

「ばかなことを言うものじゃないよ」と母親はたしなめた。ふと彼女の頭に浮かんだことがあった。「警察の人に話しといたほうがよかったかしら――」

「話しとくって、何をだい、かあちゃん？」

「お前の知ったことじゃないよ。ほんとうになんでもないことなんだし」とミセス・カーティンは言った。

第六章

コリン・ラムの話

1

街へ出て、半焼きのステーキを生ビールでながしこむと、ディック・ハードキャッスルは満足の吐息をつき、これで元気づいたよと言って、しゃべりだした。

「殺された保険勧誘員だの、美術品の置き時計だの、悲鳴をあげる若い女だのの話はもうまっぴらだ！　コリン、ひとつきみの話を聞こう。きみはこのあたりからはおさらばしたものと思っていたよ。ところが、クローディンの裏通りなんかをうろついているじゃないか。どう考えても、クローディンに海洋生物学者の研究対象があるとは思えないがね」

「そう海洋生物学をばかにするものじゃないぞ、ディック。あれは便利な学問なのだからなあ。ちょっとその話を持ちだしただけでも、相手は退屈して、これ以上聞かされてはたまらないと思ってくれるから、こっちのことはそれ以上話さなくてもすむというものだ」

「正体を悟られるおそれがないというわけかい？」

「きみはぼくがほんものの海洋生物学者だということを忘れているな。ぼくはケンブリッジで学位をとったのだぞ。大した学位ではないにしても、学位は学位だ。興味のもてる対象でもあるし、ぼくはそのうちには研究にもどるつもりでいるのだ」

「もちろんぼくもきみの担当していた仕事のことは知っているよ」とハードキャスルは言った。「きみにはお祝いを述べなきゃいかんな。ラーキンの裁判は来月なのだろう？」

「そうだ」

「あの男があれほど長期にわたって情報をながせたとは、驚くべきことだ。誰かが疑惑をもちそうなものだがなあ」

「ところが、誰も疑ってみもしなかった。人間は、いったんあんないい男はないと思いこむと、その逆の人間かもしれないとは気がつかないものだよ」

「よほど抜け目のないやつだったとみえるね」とディックは言った。

わたしは頭を振った。

「ところが、ぼくにはそうとも思えないんだ。あいつは命令どおりに動いていただけだという気がする。あいつは重要文書を手にいれられる地位にいた。あいつはそれを持ちだし、文書が写真に撮られ、返されてくると、もとの場所へもどしていた。たくみな組織が作られていたわけだよ。あいつは昼には毎日場所を変えて食事をする習慣だった。われわれの想像では、あいつがオーバーをかけたところには、別のそっくり同じオーバーがかけてあったのだと思う――その同じオーバーを着ていた人間がいつも同一人物だったとはかぎらないけれどね。オーバーのすりかえが行なわれたわけだが、すりかえた男は一度としてラーキンに話しかけたこともなかったし、ラーキンもその男に話しかけたことがなかった。われわれはそうした組織についてのもっと詳細な事実をつかみたいと考えている。すべてが、時間的にも少しの狂いもなく、驚くほど巧妙に計画されていた。よほど頭のいいやつがかげにひそんでいるはずだ」

「それで、きみはいまだにポートルベリー海軍基地周辺をうろついているというわけなのか？」

「そうなんだ。海軍内の末端も判明しているし、ロンドンの末端も判明している。ラーキンがいつ、どこで、どういう方法で報酬を入手していたかもわかっている。だが、ギャップがあるのだ。その両者の中間の組織については、ごくわずかな事実しかわかっていない。われわれが知りたいのはその部分なんだよ。そこに首脳部があるはずだからね。どこかに秘密堅固な本部があって、巧妙きわまる計画をめぐらし、連絡経路を幾度となくゆがみくねらせて、たどれないようにしているにちがいないのだ」

「ラーキンは何のためにああいうことをしていたのかなあ？」とハードキャスルは不思議そうに言った。「政治上の理想からなのか？　自己顕示欲からなのか？　それとも、金のためだけだったのかい？」

「あいつは理想主義者などではなかったよ」とわたしは答えた。「ただの金銭欲だと言ってよかろう」

「その方面から、もっと早くにあいつに目ぼしをつけてもよかったはずだがなあ。派手に金をつかっていたんだろう？　貯めこんではいなかったのだから」

「ああ、そうなのだ。湯水のようにつかっていたよ。じつのところはね、われわれのほうも、見せかけているよりは早くから、あいつに目ぼしをつけてはいたのだ」

ハードキャスルはそうだろうというようにうなずいた。

「なるほどね。正体を見抜いてからも、少々利用したというわけだね？」

「多少はね。こちらが目ぼしをつけるまでに、あいつはいくつかのきわめて貴重な情報を向こう側へながしていた。そこで、こちらも、あいつを利用して、一見貴重そうな情報をながさせてやった。ぼくの属している機関ではね、ときおりは間抜けのように見せかける必要があるんだよ」

「あまりありがたい仕事ではなさそうだなあ」とハードキャスルは考え顔で言った。

「世間で想像されているほど刺激にみちた仕事ではないよ」とわたしも言った。「じつを言うと、たいていはきわめて地道な仕事ばかりなのだ。おまけに地道なだけではない。近ごろでは、実際には、何ひとつとして秘密なんてものはないような気持ちにさせられる。こちらも相手側の秘密をつかんでいるし、相手側もこちらの秘密をつかんでいる。こちらの部員が相手側の部員でもあることがしばしばだし、相手側の部員がこちらの部員であることも多い。あげくのはては、誰が誰をダブルスパイしているのか、まるで悪夢のように混乱してくる！　ぼくなんか、ときには、誰もが誰もの秘密をつかんでいながら、そうではないように見せかける、一種の秘密協定でも結んでいるのかと思えてくることがある」

「なるほど、そういうものだろうね」とディックは考え顔で言った。

　ついで、尋ねるような視線をわたしに向けた。

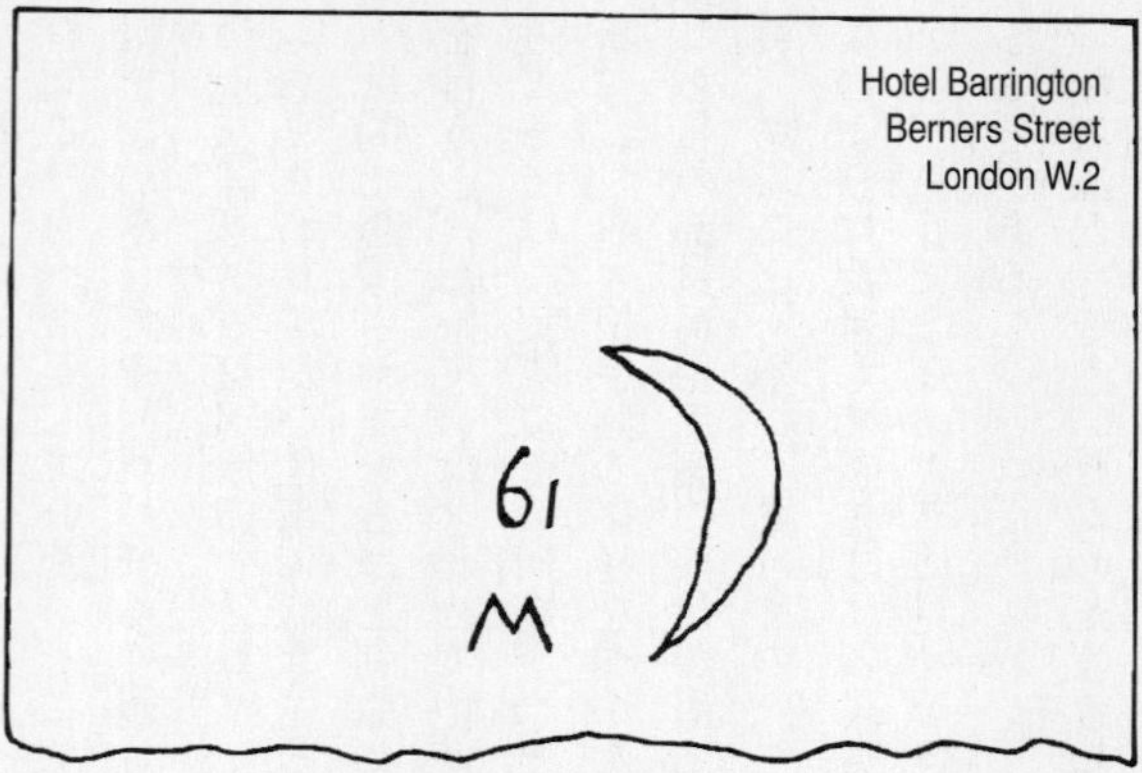

「きみがいまだにポートルベリー周辺をうろついている理由はわかったよ。だが、クローディンはポートルベリーからたっぷり十マイルは離れているんだぜ」

「ぼくが実際に追求しているのはね、新月なんだよ」とわたしは言った。

「新月だって？」ハードキャスルはとまどった顔つきになった。

「そうだ。でなければ、月だ。新月、月の出、というようなもの。ぼくはポートルベリーそのものから探索を開始した。あそこには〈三日月〉という居酒屋があるのだ。ぼくはそこで何時間もむだにすごしたよ。名前がぴったりだという気がしたのでね。ところが、あそこには〈月と星〉、〈月の出〉、〈愉快な鎌星〉、〈十字架と新月〉というのもある——最後のはシーミードという小さな町にあるのだがね。結局は何の手がかりもつかめなかった。ついでぼくは月は棄てて、新月通り（クレスント）にとりかかった。ポートルベリーにも新月通り（クレスント）がいくつかあるんだよ。ランズベリー・クレスント、オルドリッジ・クレスント、リヴァーミード・クレスント、ヴィクトリア・クレスント」

　わたしはディックの狐につままれたような顔つきに気がつき、ふきだした。

「そんなに呆（あき）れたような顔をしないでくれよ。ぼくだって多少の具体的な手がかりくらいはもっていたんだぜ」

　わたしは財布を取りだし、中から一枚の紙きれを抜きだして、ディックに手渡した。それはホテルの書簡箋にざっとしたスケッチを描いたものだった。

「これはハンベリーという男が財布の中にいれていたものなのだ。ハンベリーはラーキン事件ではずいぶん活躍してくれた。優秀な——非常に優秀な部員だったのだ。それがロンドンで自動車のひき逃げで殺されてしまった。自動車のナンバーを見ていた者は誰もいないのだ。ぼくにもこれがどういう意味なのかはわからないが、ハンベリーが重要だと考えて走り書きしたか、写しとったものにちがいない。あの男の頭に浮かんでいたことか、眼にするなり耳にするなりしたことか？　いずれにせよ、月か、新月と、六一という番号やMの頭文字に、関係がありそうだ。ぼくはあの男の死後この事件をひきついだ。いまだに何をさがしているのか、自分にもわかっていないしまつだが、さぐりだすべきものが何かあるということだけは確信している。六一が何を意味するのかもぼくにはわかっていない。Mが何の意味なのかも知らない。ぼくはポートルベリーの外周の半円以内を探索してきた。三週間、足が棒になるほど歩きまわったが、何の成果も上がらなかった。クローディンはぼくの探索予定路線上にある。それだけの理由だよ。正直に言うとね、ディック、ぼくはクローディンには大して期待をかけてはいなかったのだ。ここには新月通り（クレスント）は一カ所あるだけだ。それがウイルブラーム・クレスントなのだ。そこで、ウイルブラーム・クレスントをぶらついてみて、六一号の家の印象をつかんでから、何かぼくの手がかりになるようなネタをもっていないか、きみに訊いてみるつもりだった。だから、今日の午後その予定を実行に移していたわけなのだが――六一号の家が見つからなかったというしまつさ」

「さっきも話してやったように、あの家の住人はこの土地の建設業者なのだ」

「ところが、ぼくの目ぼしをつけているのはそういう人間ではないはずだ。もしかすると、外国人のお手伝いでも置いてはいないかね？」

「それはありうることだ。近ごろはそういう家庭が多いからね。もしそうだとすれば、外国人名簿に登録されているはずだ。明日までには調べておいてやるよ」

「それはありがたい、ディック」

「ぼくは明日は一九号の両側の家で、いつもの聞きこみをやってみるつもりだ。あの家にはいってゆく人間を見かけなかったか、といったようなことだよ。聞きこみには、一九号と背中合わせの家々、つまり庭続きになっている家々も、ふくめることになるかもしれない。六一号は一九号のまうしろあたりにありそうな気がする。なんだったら、きみも連れていってやってもいいぞ」

わたしはむさぼるようにその申し出をつかみとった。

「それなら、ぼくがきみの部下のラム巡査部長になって、陳述の速記役を引きうけよう」

そこで、翌朝の九時半にわたしも警察署に出向くことに相談がきまった。

2

翌朝、約束の時間ぴったりに行ってみると、わたしの友人はすさまじいかんしゃくの起こしかたで、文字どおり湯気をたてていた。

てみた。

彼が不満そうな部下たちに解散を命じているとき、わたしはそっとどうしたのか尋ねてみた。

一瞬間は口もきけないみたいだった。だが、やがて彼はつばをとばしとばしわけを話した。「あの置き時計ときたら、くそいまいましい！」

「またあの置き時計のことかい？　今度は何が起きたんだ？」

「あの一つが姿を消しているのだ」

「姿を消している？　どれが？」

「革製の旅行用置き時計。すみに〈ローズマリー〉と書いてあったやつだ」

わたしは思わずヒュッと口笛をならした。

「そいつはすこぶる奇怪だなあ。どうしてそういうことが起きたのだい？」

「あのばか者どもときたら――もっとも、ほんとうはぼくもその一人だがね――」（ディックはいたって正直な人間なのだ）「――tには必ず横棒をひき、iには点をうつのを忘れないようにしないと、間違いのもとになるものだ。とにかく、昨日はあの居間に間違いなしに置き時計が四つあった。ぼくはミス・ペブマーシュにそれを全部さわらせ、なじみのあるものかどうか調べさせた。彼女の返事は否定的だった。そこへ死体を搬びだす者たちがやってきた」

「それで？」

「ぼくは監督をしに門まで出ていき、屋内へ引きかえしてくると、台所にいたミス・ペブマーシュに声をかけ、あの置き時計は持っていく必要があるので、受領書を渡しておくことにすると言った」

「それはぼくもおぼえている。きみの話し声が聞こえたからね」

「それから、ぼくはあの娘に、警察のくるまで送ってあげると告げ、きみに見送ってやるように頼んだ」

「そうだ」

「ミス・ペブマーシュは、あの置き時計は自分のものではないから不必要だとは言ったが、ぼくは受領書を渡しておいた。それからきみのそばへ行った。エドワーズに、居間の置き時計を丁寧に包みこみ、署へ持って帰るように命じた。カッコー時計と、もちろん例の柱時計を除いたあとの全部をだ。そのときだよ、ぼくが失策をおかしたのは。はっきりと置き時計四つと言えばよかったのだがね。エドワーズは、すぐにはいっていって、命令どおりにしたと言うのだ。備えつけの時計のほかには、置き時計は三つしかなかったと言い張るのだ」

「それなら、わずかな時間のあいだだね」とわたしは言った。「とすると——」

「あのペブマーシュという女にならやれたろう。ぼくが居間を出ていったあとで、あの置き時計をさらって、台所へもちこめたはずだからね」

「たしかにね。だが、なぜそんなことを?」

「われわれにはまだわかっていないことが多いのだ。ほかにも疑わしい者がいるかね? あの娘にもやってのけられたろうか?」

わたしは考えてみた。「そうは思えないね。ぼくは――」と言いかけたとたんに、ふと想いだしたことがあった。

「やはりあの女のしわざだな」とハードキャッスルは言った。「そのさきを続けたまえ。いつのことだったのだ?」

「ぼくらが警察のくるまのほうへ出て行こうとしたときだった」とわたしはみじめな気持ちで答えた。「あの娘は手ぶくろを忘れたのだ。ぼくが『取ってきてあげよう』と言うと、『でも、わたしのほうが置いた場所を知っていますから。死体はもうなくなっているのですもの、あの部屋へはいるのも苦になりませんわ』と言って、家のなかへ走りこんだ。だが、せいぜい一分くらいかかっただけで――」

「引きかえしてきたときに、手ぶくろをはめるか、手に持つかしていたかね?」

わたしは返事をためらった。「そう、だねえ。そうしていたような気がする」

「していなかったにきまってる」とハードキャスルは言った。「でなきゃ、きみが返事をためらうはずがない」

「ハンドバッグにでもいれていたのだろうよ」

「困ったことにはだね」とハードキャスルは非難口調になった。「きみはあの娘に惚れこんでしまっている」

「ばかなことを」とわたしはやっきになって自己弁護した。「ぼくがあの娘に逢ったのは、昨日の午後が初めてだったのだし、それもいわゆるロマンチックな出会いとは言えない事情のもとでだった」

「ぼくには必ずしもそうとは思えないなあ」とハードキャスルは言った。「若い女が、悲鳴をあげながら、ヴィクトリア女王時代そっくりの流儀で青年の胸に倒れこむなんて、そう毎日あることじゃない。男のほうは英雄気どりに、優しい保護者気分に、ならせてもらえる。護ってやらずにはいられない気持ちになる。そうなったらおしまいだ。あの女が今度の殺人事件に重大な関係をもっているかもしれないことは、きみにもわかっているはずだがなあ」

「するときみは、あんなかよわい女が、刃物で男を刺し殺し、兇器はきみたち刑事の誰にも見つけだせないほど念入りに隠しておいて、わざと家から飛びだしてきて、悲鳴をあげてぼくに抱きつく芸当を演じたとでも、言おうとしているのかい？」

「きみなんかのびっくりするようなことを、ぼくはいままでに見てきているんだぞ」とハードキャスルはすごみをきかした。

「きみこそ悟っていないじゃないか」とわたしは憤然としてつめよった。「ぼくはあらゆる国籍の美人スパイにとりかこまれて暮らしてきた人間なんだぞ。しかもその全部が、アメリカの私立探偵でも引き出しのウイスキーも忘れてしまうほど、性的魅力にあふれた連中ばかりときている。ぼくは女性の魅力には不感症なのだ」

「ところが、誰でも最後にはつまずくものだ」とハードキャスルは言った。「相手のタイプが問題なのだから。シェイラ・ウエッブはきみ向きのタイプの女のような気がする」

「いずれにせよ、なぜきみがそう頑固に彼女に犯罪をおっかぶせようとするのか、がてんがいかないね」

ハードキャスルは溜息をついた。

「なにもおっかぶせようとしているわけではないが——どこからか手をつけなきゃいけない。死体が発見されたのはペブマーシュの家だった。したがってあの女が関係してくる。死体を発見したのはウエッブという娘だった——今さら言うまでもないことだが、最初に死体を発見した者が、被害者に生前に逢った最後の人間と、同一人物である場合が多い。さらにいろんな事実が判明するまでは、あの二人は容疑者とみなすしかない」

「ぼくが三時ちょっとすぎにあの部屋へはいったときには、あの死体は少なくとも死後半時間、おそらくはそれ以上、たっていたんだぜ。その点を考えてみたらどうだ？」

「シェイラ・ウエッブは一時半から二時半まで昼食に外出していた」

わたしは憤慨して彼をにらみつけた。

「カリイのことで何かさぐりだしたのか？」

ハードキャッスルは想いがけないほどにがにがしい口調で言いすてた。「無だよ！」

「それはどういう意味だい――無とは？」

「そういう男は存在していないという意味さ――そんな人間はいないのだ」

「メトロポリス保険会社ではどう言っているんだい？」

「何も言うことがなかった。そういう会社もないのだからなあ。メトロポリス・アンド・プロヴィンシャル保険会社なんてものは存在していない。住所はデンヴァーズ通りになっているが、カリイなんて人間は住んでいないどころか、第一デンヴァーズ通りも、七号だの何だのという住所も、ありはしないのだ」

「そいつはおもしろい」とわたしは言った。「すると、にせの名前、にせの住所、にせの保険会社名を書いた、にせの名刺を持っていただけだというわけか?」

「どうもそうらしい」

「どういう理由からだと思う?」

ハードキャスルは肩をすくめた。

「目下のところはただの推測だけだが、たぶん保険の掛け金の詐取でもはかっていたのだろう。でなきゃ、あの肩書きではいりこみ、信用させて何かたくらむつもりだったのかもしれない。詐欺師か、こそ泥か、それとも私立探偵だったのかもしれない。とにかく、われわれにはぜんぜんわかっていないのだ」

「だが、いずれはさぐりだせるだろう」

「そりゃ、結局はさぐりだす。指紋を送って、前科のある人間かどうか調べてもらうことにしてある。前科者だとわかれば、捜査も大きく前進することになる。そうでないとなると、いっそう厄介なことになるがね」

「私立探偵か」わたしは考え顔になった。「ぼくならそのほうをとるなあ。そのほうが道が開けてくる——いろんな可能性がね」

「いままでのところ、われわれのつかんでいるのは可能性だけじゃないか」

「検屍審問はいつなのだ?」

「明後日。純粋に形式的なもので、延期ということになる」

「鑑定医の証言は？」

「鋭利な兇器による刺殺さ。兇器は包丁のようなもの」

「それならミス・ペブマーシュはシロということにならないかね？」とわたしは考え顔で言った。「男が眼の見えない女に刺し殺されるとは思えないからなあ。あのひとはほんとうに眼が見えないのだろう？」

「その点はたしかだ。われわれのほうでも調べてみた。当人が言っていたとおりだった。北部の学校で数学教師をしていたが、十六年前ごろに失明――点字などの訓練をうけ、結局はここのアーロンバーグ・インスティテュートに勤めることになったというわけだ」

「精神異常者かもしれないじゃないか」

「置き時計や保険勧誘員への病的愛着の持ち主だとでもいうのかい？」

「なにしろあまりにも常軌を逸した事件だからなあ」わたしは多少熱をおびた口調にならないではおれなかった。「アリアドニ・オリヴァーの失敗作の場合か、亡くなったギャリイ・グレグソンの脂ののりきったころの作品みたいに――」

「いい気になっておもしろがるがいいさ。きみは事件を担当させられているみじめな捜査官ではないのだからなあ。きみは主任や署長や上役連中の顔色をうかがう必要もないのだし」

「なんだい、その言いかたは！　いずれ隣りの者たちから何か役にたつ事実がつかめるよ」

「それも疑わしいものだ」とハードキャスルは吐きすてるように言った。「かりにあの男が表側の庭で刺し殺され、仮面をかぶった男二人に家へ搬びこまれたのだとしてもだ——窓から覗いていたり、何かを眼にとめていた者なんか一人だってあるまいよ。運のわるいことには、ここは田舎の村ではないのだからね。ウイルブラーム・クレストントは上品な住宅街だ。何かを眼にしていてもいいはずの通い女中だって、一時ごろにはもう家へ帰ってしまっている。うば車でさえ通りかかるようなことは——」

「終日窓辺に座りこんでいる年寄りの病人もいないのかい？」

「それならこっちの注文どおりだが——現実はそうはいかん」

「一八号や二〇号はどういう家なのだ？」

「一八号には事務弁護士で、ゲインズフォード・アンド・スウェトナム法律事務所の主任をしている、ウォーターハウスという男が、ひまつぶしに家政をみてくれている妹といっしょに暮らしている。二〇号のほうは、ぼくの知っていることといえば、二十匹くらいも猫を飼っている女の家だということだけだよ。ぼくは猫がきらいで——」

わたしは警察官の生活も容易ではないなあと言ってやった。やがてわたしたちは出かけた。

第七章

ウォーターハウスはウイルブラーム・クレスント一八号の家の玄関の石段の上でぐずついていたが、心配そうに妹のほうを振りかえった。

「ほんとうに大丈夫かい？」とウォーターハウスは言った。

ミス・ウォーターハウスは多少心外そうに鼻息をたてた。

「ジェームズ、それ、どういう意味なのかわたしにはわからないわ」

ウォーターハウスは弁解するような顔つきになった。もっとも、彼はしじゅうそういう顔つきをする必要があったので、それが彼の平生の顔の型になってしまっていると言ってもよかった。

「わしはただ、なにしろ、昨日、隣りであんなことが起きたものだから……」

ウォーターハウスは勤めさきの弁護士事務所へ出かけようとしているところだった。

彼は多少猫背ぎみの身体つき、ごま塩頭の、きちんとした男で、顔もどちらかといえば灰色に近かったが、不健康そうな感じではなかった。

妹のほうは背の高い骨ばった身体つきで、冗談気などのまるでない、ひとにも絶対にばかげたことは許せないたちの女だった。

「隣りの家で誰かが殺されたからといって、今日はわたしが殺されることになる理由でもあるの？」

「しかしだね、エディス、それは殺人犯がどういう人間かに、大いに関係してくることではないかね？」とウォーターハウスは言った。

「あなたは、何者かがウイルブラーム・クレスントをうろついて、一軒ごとに犠牲者を物色しているとでも思っているの？　ジェームズ、そんなことを考えるのは神様を冒瀆するようなものよ」

「冒瀆だって、エディス？」とウォーターハウスはひどくびっくりした声を出した。自分の言葉にそういう面があろうとは想いもかけなかったらしい。

「過越の祝いのことを想いおこさせるわ。それはね、あなたは忘れているかもしれないけど、聖書に書いてあることなのよ」とミス・ウォーターハウスは言った。

「それは少々こじつけみたいな気がするね」

「とにかく、何者でもいい、この家へやってきて、わたしを殺そうとしてみてほしいものだわ」とミス・ウォーターハウスは勇ましく言ってのけた。

兄のほうもそんなことはありそうにもないと考えなおした。かりに自分が犠牲者を物色しているとしても、この妹を選んだりはしないにちがいない。そんなことをくわだてる者があったとしたら、襲いかかった者のほうが火かき棒か鉛の戸止めで打ちのめされて、血をたらしたみじめな有様で、警察にひきわたされるのがおちだろうから。

「わしはただ」彼はいっそう弁解的な表情を深めた。「なんといっても――その――好ましからぬ人物が、うろついているものだから」

「わたしたちはまだ事件の真相もろくに知らないのよ」とミス・ウォーターハウスは言った。「いろんなうわさが流れているわ。今朝もミセス・ヘッドが途方もない話をもちこんできたのよ」

「そうだろう。そりゃそうだろうとも」ウォーターハウスは時計を見た。ほんとうは彼はおしゃべりの通い女中のもってくるうわさ話なんか聞きたくはなかった。妹のほうはそういう不気味な空想話なんかすぐに鼻であしらうくせに、けっこうおもしろがっていた。

「こういううわさもあるのよ」とミス・ウォーターハウスは言った。「あの男はアーロンバーグ・インスティテュートの会計係か理事で、帳簿に不審な点があるので、問いただすためにミス・ペブマーシュを訪ねてきていたのだって」

「そしてミス・ペブマーシュに殺されたというわけかい？」ウォーターハウスもいくらかおもしろがっている顔つきになった。「眼の見えない女のひとに？　まったくどうも――」

「針金を首にまきつけて締め殺したのだって。その男の人だって警戒してはいなかったろうしね。相手が眼の見えない人間なんだもの。もっとも、わたしはそんなこと信じちゃいないのよ」と彼女はつけ加えた。「ミス・ペブマーシュというひとはすぐれた人物に相違ないと思っているわ。あのひととは、いろんな問題で意見が合わないにしても、それはあのひとの性質に犯罪的な傾向があるからではないのよ。あのひとの考えかたが偏狭で常軌を逸している感じがするからだけなの。なんといっても、学校教育だけではいたりないところがあるものね。近ごろの小学校ときたら奇妙な建てかたで、ガラスだけでできているみたいじゃない。キュウリかトマトでも栽培するつもりかと思いたくなるわ。あれでは夏なんか生徒にろくな影響を与えないにきまっているわよ。げんにミセス・ヘッドも娘のスーザンは新しい教室をいやがっていると言っていたわ。あんなに窓が多いと、しじゅう外を眺めないではおれなくて、勉強に注意が集中できないんだって」

「なるほど、なるほど」とウォーターハウスは言って、また時計を出してみた。「これはいかん。ずいぶんおくれそうだ。では行ってくるからね、気をつけるんだよ。ドアにはチェーンをかけておいたほうがよくはないかね？」

ミス・ウォーターハウスはまた「フン」と鼻息をたてた。兄を送りだしておいて、二階へひっこみかかったが、考え顔になって足を止め、ゴルフ・バッグの置いてあるほうへ行ってクラブを一本取りだし、それを玄関の戸口近くの戦略的な場所に置いた。「これでいいわ」と彼女は満足そうに呟いた。もちろん兄の心配なんかばかげている。それにしても、備えあればうれいなしである。近ごろのように精神病者を病院から出して、通常の生活をさせる方法がとられていたのでは、一般の罪もない者たちを危険にさらすもとだと彼女は考えていたからだった。

ミス・ウォーターハウスが自分の寝室にいたときに、ミセス・ヘッドがバタバタと階段を上がってきた。ミセス・ヘッドはゴムまりのような丸っこい身体の小柄な女だった——何か変わったことが起きると嬉しがるたちだった。

「紳士の方がお二人おみえになっています」と彼女ははずんだ声で言った。「ほんとうは紳士とは言えませんのよ——警察の人間ですもの」と彼女はつけ加えた。

彼女は名刺を前に押しやった。ミス・ウォーターハウスは手にとってみた。

「捜査課警部ハードキャスル」と読みあげて言った。「その人たちを応接間にお通しして？」

「いいえ。食堂へ案内しておきました。朝ごはんのあと片づけはすましていましたから、あそこのほうが適当かと思いまして。たかが警察の人間ですものね」

ミス・ウォーターハウスはこの論理には納得しかねた。それにしても、「降りてゆくわ」と答えた。

「きっとペブマーシュさんのことを何かと訊きたがりますよ」とミセス・ヘッドは言った。「あのひとにはどこかへんなところがあるのに気がつかなかったか、などと。精神病の発作は不意に起きることがあったりして、前もってわかるものではないという話ですわね。でも、たいていはどこか、にへんなところがあるものですわ、ものの言いかたなんかに。眼を見ればわかるとも言うではありませんか。でも、眼が見えない場合には通用しませんわねえ。そうなのだわ――」彼女は頭を振った。

ミス・ウォーターハウスは勢いよく階段を降り、多少は感じていた愉しい好奇心を、いつもの挑戦的な態度のかげにおし隠して、食堂へはいっていった。

「ハードキャスル警部さんとおっしゃるのは？」

「おはようございます、ミス・ウォーターハウス」ハードキャスルは立ちあがっていた。

彼は背の高い浅黒い顔の青年を連れてきていたが、ミス・ウォーターハウスはそちらには挨拶をしようともしなかった。「巡査部長のラムです」という呟くような声も耳にとめようともしなかった。

「こんなに朝早くお訪ねしてはご迷惑かとは思いましたが」とハードキャスルは口をきった。「用件はお察しのことと思います。昨日のお隣りでの事件はお聞きおよびでしょうから」

「すぐ隣りで殺人事件が起きたのでは、気がつかないわけにはいかないものですわ」とミス・ウォーターハウスは答えた。「新聞記者が一人二人、何か眼にしていないかと訊きにきたりするので、追いはらう必要もありましたしね」

「追っぱらっておやりになったわけですか？」

「当然ねえ」

「おっしゃるとおりですよ」とハードキャスルは言った。「あの連中ときたら、どこへでももぐりこみたがるものですが、きっとあなたには歯がたたなかったことでしょう」

このおせじにはミス・ウォーターハウスも多少は嬉しそうな反応を見せた。

「ご迷惑でも、われわれも同じようなことをお訊きしなければならないのですが、多少なりとわれわれの関心をひくようなことを眼にしておられたら、大いに助かるわけなんですがね」とハードキャスルはきりだした。「たぶんあの時刻にはお宅におられたのでしょうね？」

「殺人事件が起きたのは何時ごろなのかも、わたしは知らないのですよ」とミス・ウォーターハウスは答えた。

「一時半から二時半までのあいだと、われわれは推定しているのですが」

「そのころなら、いました、ええ、たしかに」

「お兄さんのほうも？」

「兄は昼食には家へ帰ってきません。いったい殺されたのは何者なのですか？　地方新聞の朝刊の簡単な記事はその点にはふれていなかったようですが」

「その点はわれわれにもまだわかっていないのですよ」とハードキャスルは答えた。

「よその土地の人間とか？」

「そうらしいのです」

「つまり、ペブマーシュさんも知らない人だったというわけですか？」

「ペブマーシュさんはそういう人間の訪問を予期してもいなかったし、何者なのか見当もつかないと断言しています」

「あのひとには、そんなことを言いきれるはずがありませんよ。眼が見えないのですから」とミス・ウォーターハウスは言った。

「くわしく人相を説明してみたわけなのです」

「どういうふうな人間なのですか？」

ハードキャスルは封筒から粗末な写真を一枚取りだし、彼女に手渡した。

「これがその男です。何者なのか、思いあたることでもありませんか？」

ミス・ウォーターハウスは写真を見つめた。「ありませんね……見たこともない人間だということだけはたしかですわ。でも、ちゃんとした身分の人のようですわね」

「ええ、堂々とした風采の人物でした。弁護士か、でなければ実業家といった感じです」

「なるほどね。この写真もぜんぜん悲惨な感じがありませんね。まるで眠っている人みたいですわ」

これはいろんな角度から撮った死体写真のうちから、一番不気味さのないものを選んだのだということは、ハードキャスルも話さなかった。

「死がやすらかなものである場合もあるのですよ」と彼は言った。「この人は、そのまぎわまで、死が自分を襲おうとしているとは夢にも思っていなかったのでしょう」

「ペブマーシュさんはどう言っているのですか？」とミス・ウォーターハウスは訊いた。

「あのひとにもぜんぜんわけがわからないらしいのです」

「奇妙ですね」とミス・ウォーターハウスは言った。

「そこでですね、ウォーターハウスさん、何かご援助願えることがありませんか？　昨日のことを想いかえしてみていただきたいのですが、十二時から三時までのあいだに、窓から外を見ておられたか、たまたま庭に出ておられたことはありませんでしたか？」

ミス・ウォーターハウスは考えてみているようだった。

「そう言われれば、庭には出ていましたわ……ちょっと待ってくださいよ。あれは一時前だったにちがいありません。一時十分前ごろに庭からはいってきて、手を洗い、昼ごはんの食卓についたのですから」

「ペブマーシュさんが家へ帰ってくるか、出ていくかするのを、眼にしてはおられませんか？」

「帰ってきたような気がします——門の戸がギーと鳴るのを耳にしたのです——そう、あれは十二時半をちょっとまわったころでした」

「話しかけたりはなさらなかったのですか？」

「ぜんぜん。門の開く音がしたので、顔を上げただけだったのです。あのひとはいつもあの時間ごろに帰ってきます。きっとあのころに授業が終わるのでしょう。たぶんご存じと思いますが、あのひとは身体障害児を教えているのです」

「当人の陳述によると、一時半ごろにもう一度外出したということですが、その点はいかがでしょうか？」

「そうですね、時間の点ははっきりしませんが——あのひとが門の前を通ったことはたしかにおぼえています」

「失礼ですが、『門の前を通った』とおっしゃいましたね？」

「そう言いました。わたしは居間にいたのです。いまいるこの食堂はごらんのように裏庭に面していますが、居間のほうは通りに面しています。昼ごはんのあとで、わたしはコーヒーを居間へ持ってゆき、窓ぎわの椅子に座りこんでいました。《タイムズ》を読んでいて、新聞をめくりかかったときだと思いますが、ペブマーシュさんが表の門の前を通ってゆくのに気がつきました。そのことに何か奇妙な点でもあるのですか、警部さん？」

「いや、べつに奇妙というわけでも」と警部は笑い顔で答えた。「ただ、ペブマーシュさんは買いものや郵便局への用事で外出したと言っていましたから。商店や郵便局へは、通りを反対の方向へ行くほうが近いはずだという気がしただけです」

「それは行く店によりますわ」とミス・ウォーターハウスは言った。「もちろん商店街にはそのほうが近いし、郵便局もオールバニ・ロードにありますが——」

「ペブマーシュさんはたいていその時間ごろにお宅の門の前を通るというわけですか？」

「そんなこと、ペブマーシュさんがたいてい何時ごろに家を出て、どちらの方向へ行くかなんてことは、わたしは知りませんよ。わたしは近所の者の行動を見張っていたりするたちの人間ではないのですからね、警部さん。わたしは忙しい女でして、手にあまるほどの用事をかかえているのですよ。そりゃ、一日じゅう窓から外を見て暮らし、誰が通り、誰が誰を訪問するか、眼をくばっている人もあるのは、知っています。そんなことは病人のすることですよ。でなきゃ、近所の人間のことをあれこれ想像して、うわさ話でもするしか仕事のない人間のねえ」

ミス・ウォーターハウスはいやにとげとげしい言いかたをしたので、誰か現実の人間のことを頭においているに相違ないと警部は思った。彼は急いで、「たしかにそうですね」とあいづちをうっておいて、こうつけ加えた。「ペブマーシュさんがお宅の門の前を通ったとすると、電話をかけにいくところだったのかもしれませんね。公衆電話はそちらのほうにあるのでしょう？」

「ええ。一五号の家のすぐ前です」

「そこで、重要な問題についてお尋ねしたいのですが、それは、この男が――つまり、新聞流の言葉を使えば謎の人物が——やってきたのを、眼にとめておられるかどうかという点なのですが」

ミス・ウォーターハウスは首を振った。「この人もほかの訪問者も、わたしは眼にしていません」

「一時半から三時までのあいだには、何をしていらしたのでしょうか？」

「半時間ばかりは《タイムズ》のクロスワード・パズルをとくのに、といってもわたしにわかった分だけですけれど、すごし、それから台所へ行って、昼ごはんのあと片づけをしました。ええと、それからは？　そうそう、手紙を二通書いたり、いろんな勘定を支払うための小切手を書いたりしてから、二階へ上がり、洗濯屋に出すものをより分けました。隣りの家で何か騒ぎが起きているのに気がついたのは、寝室にいたときだったと思います。誰かが悲鳴をあげたのをはっきり耳にしました。それで、当然わたしも窓のほうへ行ってみました。すると、門のところに若い男と若い女がいました。男のほうが女を抱擁しているように見えました」

ラム巡査部長が足を動かしたが、ミス・ウォーターハウスはそちらを見てもいなかったし、彼がそのときの若い男だったとは、ぜんぜん気がついていない様子だった。

「わたしにはその若い男の後頭部が見えただけでしたの。男のほうが女に何か言い聞かせているみたいでした。結局は女を門柱にもたれかかるように座らせました。おかしなことをすると思いましたわ。それから、そこを離れて大またに家へはいってゆきました」

「その少し前に、ペブマーシュさんが家へはいってくるのは見ていませんか？」

ミス・ウォーターハウスは首を振った。「見ていません。いま言った奇妙な悲鳴が聞こえるまでは、窓の外へは眼を向けなかったように思います。そのときだって、わたしはそんなことには大して注意をはらいませんでした。若い男女はいつでもそういう奇妙なことをしますから――悲鳴をあげたり、押しあったり、くすくす笑ったり、何かと物音をたてたりね――重大なことが起きているのだとはぜんぜん気がつきませんでした。やっと異常な事件が起きていると悟ったのは、警察官を乗せた自動車が着いてからだったのです」

「それからどうなさいました？」

「当然わたしも外へ出て、戸口に立っていましたが、そのうちに裏庭のほうへまわってみました。何事が起きたのだろうかと好奇心を感じたのですが、そちら側からは何も見てとれそうにないようでした。もう一度もとのところへもどってみると、だいぶ人が集まりかかっていました。あの家で人殺しがあったのだと話してくれた者もありました。

とんでもないことが起きたものだと思いましたわ。とんでも、とんでもないことがね！」彼女は心外にたえないというおもいいれをこめて言った。

「ほかには思いあたることがありませんか？　われわれの参考になるようなことで？」

「どうもなさそうですわ」

「最近に保険の勧誘の手紙を受けとっておられるか、訪ねてきた者なり、お訪ねさせてほしいと言ってきた者なりが、ありませんか？」

「そういう種類のことはぜんぜん。兄もわたしも相互扶助協会の保険に入っているのです。そりゃ宣伝用の手紙や広告文書のたぐいはしじゅうまいりますけれど、そういうのも最近は受けとった記憶がありません」

「カリイという名前の署名のある手紙も受けとっておられませんか？」

「カリイねえ。受けとっていませんわ」

「カリイという名前に何か思いあたることがありませんか？」

「ぜんぜん。思いあたっていいはずなのですか？」

ハードキャスルは笑い顔になった。「いいえ。実際はわたしもそうは思っていません。殺された男が自称していた名前にすぎないのですから」

「本名ではなかったのですか？」

「ある理由から、本名でないと考えてよさそうなのです」

「詐欺師のたぐい、というわけですか？」とミス・ウォーターハウスは訊いた。

「われわれとしては、立証できる証拠をつかむまではそうとも言いかねます」

「そうでしょうとも、そうでしょうとも。警察としては入念になさる必要がありますものね。わたしにもそれはわかりますわ」とミス・ウォーターハウスは言った。「このあたりの人たちときたら、逆ですのよ。どんなことでも言いふらすのですから。文書誹毀罪で訴えられないのが不思議なくらいですわ」

「口頭による誹毀罪ですよ」とラム巡査部長が初めて口をきいた。

ミス・ウォーターハウスは、彼が個人としての存在を持たない、警部の必要な付属物にすぎないとでも思っていたかのように、多少意外そうな眼をそちらに向けた。

「お役にたてなくて、ほんとうに残念に思います」と彼女は言った。

「こちらも残念ですよ」とハードキャスルは答えた。「あなたのような観察力を備えた知性と判断力の持ち主でしたら、非常に有力な証人になっていただけたでしょうからね」

「ほんとうに何か眼にしていたらよかったのにと思いますわ」と彼女は言った。

一瞬は彼女の語調も若い女のような憧れをおびたものになった。

「お兄さんのジェームズ・ウォーターハウスさんのほうはいかがでしょうか？」

「兄は何も知っているはずがありませんわ」と彼女は軽蔑したように言った。「いつだってそうなんですもの。いずれにしても、ハイ・ストリートのゲインズフォード・アンド・スウェトナムズにいたのですし。どう考えても、兄がお力添えできるとは思えませんわ。さっきも申しあげたように、昼ごはんには帰ってきませんのですから」

「いつも昼食にはどこへいらっしゃるのですか？」

「たいていはスリー・フェザースでサンドイッチとコーヒーですまします。上品で感じのいい店なのです。知的職業人向きの簡単な昼食を専門にしていましてね」

「ありがとうございました、ウォーターハウスさん。たいへん時間をつぶさせてすみませんでした」

彼は立ちあがり、玄関へ出ていった。ミス・ウォーターハウスもついてでた。コリン・ラムは戸口に置いてあったゴルフのクラブを手にとってみた。

「いいクラブですね、これは。ヘッドにじゅうぶん重みがある」彼は振りあげ、振りおろしてみた。「いざという場合のために備えていらっしゃるわけですね」

ミス・ウォーターハウスはちょっと不意をつかれたかたちだった。

「おや、どうしてこのクラブがこんなところに出ていたりしたのかしら」と彼女は言った。

彼女はひったくるようにそれを取りあげて、ゴルフ・バッグにもどした。

「賢明なご用心ですよ」とハードキャスルも言った。

ミス・ウォーターハウスはドアを開け、二人を外へ出した。

「結局、大したことは聞きだせなかったなあ」とコリンは溜息とともに言った。「きみはたくみにおせじをふりまいていたけれどね。いつもあの手を使うのかい？」

「ああいうタイプの人間には効果があることもあるのだ。見かけのきつそうな人間はたいていへつらいにもろいものなのだから」

「あの女もしまいにはクリームの皿を差しだされた猫みたいに喉をならしていたよ」とコリンは言った。「それでも、残念ながら興味のある事実は引きだせなかったけれどね」

「そうだろうか？」とハードキャスルは言った。

コリンはさっと彼の顔を見た。「いったい何を考えているのだい？」

「ほんの些細な、おそらくは重要でもなさそうなことだよ。ミス・ペブマーシュは、郵便局や商店へ行くには行っているが、右へ曲がらないで、左へ曲がっている。ところがミス・マーティンデールによると、あの電話がかかってきたのは二時十分前ごろだったのだ」

コリンは不思議そうに彼の顔を見た。

「当人が否定しているのに、きみはやはりあのひとが電話をかけたのかもしれないと考えているのだね。あのひとの態度はきっぱりとしていたぞ」

「そう、きっぱりしてはいたね」とハードキャスルも言った。

自分の意見をはっきりさせないものの言いかただった。

「かりにあのひとが電話をかけたのだとすると、なぜなのだ？」

「何もかもがなぜだらけじゃないか」とハードキャスルは苛だたしそうに言った。「なぜか、なぜか？　こんなふうに筋道がたたないのはなぜなのか？　かりにミス・ペブマーシュがあの電話をかけたのだとすると、あの娘を来させたがったのはなぜなのか？　あれが別の人間のしわざだとすると、ミス・ペブマーシュを事件にまきこもうとしたのはなぜなのか？　われわれにはまだ何ひとつわかってはいないのだ。かりにあのマーティンデールという女が個人的にもミス・ペブマーシュを知っていたのだとすると、あのひとの声だったかどうかは、少なくとも似た声だったかどうかぐらいは、わかったはずだ。いずれにせよ、一八号の家からは大した収穫はえられなかったよ。二〇号のほうはどうか、当たってみることにしよう」

第八章

ウイルブラーム・クレスント、二〇、の家は、その家番のほかに、名称も持っていた。ダイアナ・ロッジと名づけられていた。門には内側に針金を張りめぐらし、侵入者への障壁がもうけてあった。ろくに整枝(せいし)されていない月桂樹も門から入りこもうとする人間には邪魔になった。

「月桂樹荘という名前の家があるとすれば、この家なんかそうであっていいはずだがな」とコリン・ラムは呟いた。「なぜダイアナ・ロッジなどと名づけたのだろうか？」

彼は批評家的な眼であたりを見まわした。ダイアナ・ロッジには庭をととのえたり、花壇を作ったりする趣味はないらしかった。繁りすぎ、からみあった灌木(かんぼく)類が、猫の小便らしい強烈なアンモニアのにおいとともに、この家の何よりもきわだった特徴をなしていた。家屋もどちらかといえば荒廃している感じで、雨どいなんかも修理の必要があった。最近手をいれたらしい兆候といえば、新たにペンキを塗りなおした玄関のドアだけで、その鮮やかな淡青色が家や庭全体の荒れるにまかせた外観をいっそうきわだたせていた。電気の呼びりんはなく、どうやら引っぱらせるつもりらしいハンドルがぶらさがっていた。警部はそれを引っぱり、家の奥からかすかなジャランジャランという音が聞こえてきた。

「まるで濠をめぐらした農場みたいだなあ」とコリンは言った。

一、二分待っていると、やがて内側から人声が聞こえてきた。少々奇妙な声だった。鼻歌のようでもあれば、ちゃんと歌っているようでもあり、しゃべっているようでもあった。

「あれはいったい――」とハードキャスルは言いかかった。

鼻歌か歌のぬしは玄関に近づきかかっているらしく、言っている言葉が聞きわけられるようになってきた。

「いけないよ、かわいい子、そこにおいでね、いい子。ミンデムズ・テイレムズ・シャシャミミ。クレオ――クレオパトラ。おお、ド・ドードラムズ、おお、ルールー」

ドアの閉まる音が聞こえてきた。やっと玄関のドアが開いた。二人の前に立った女性は、けばだった感じのうす緑色のベルベットの茶会服を着ていた。髪は白くなりかかった亜麻色で、三十年前の髪型流にきれいにくるくると巻きあげてあった。首にはオレンジの毛皮の襟まきをしていた。ハードキャスル警部は自信がなさそうに訊いた。

「ヘミングさんでしょうか？」

「ええそうですよ。おとなしくしているのよ、サンビーム、ドードリュームズもだよ」

そのときになって、オレンジ色の毛皮だと思ったのは実際は猫だったことが、警部にも見てとれた。猫はその一匹だけではなかった。ほかにも三匹の猫が、そのうちの二匹はあまったれた声で鳴きながら、玄関に出てきた。彼らはそれぞれの位置につき、訪問客たちを見つめながら、ゆっくりと女主人のスカートのまわりをまわった。同時に、あたりに瀰漫(びまん)している猫のにおいが二人の鼻を襲った。

「捜査課の警部ハードキャスルという者ですが」

「動物虐待防止会の者だとかいう、この前のいやな男のことで来てくださったのでしょうね」とミセス・ヘミングは言った。「あんなひどいことってありますか！　わたしは手紙で訴えてやりましたわ。わたしが猫たちの健康と幸福をそこなうような飼いかたをしているなどと言うのですもの！　言いがかりもはなはだしいですわ！　わたしは猫のために生きているのですよ、警部さん。わたしには猫だけが人生での唯一の喜びであり愉しみなのですよ。この子たちのためにはできるだけのことはしてやっていますわ。シャシャミミ。そこはだめよ、いい子だから」

シャシャミミは止めようとする手にはおかまいなく、玄関のテーブルに飛びあがった。彼はそこに座りこみ、見知らぬ者たちのほうを見つめながら顔を洗った。

「どうぞおはいりください」とミセス・ヘミングは言った。「ああ、その部屋はだめですのよ。忘れていましたわ」

彼女は左側のドアを押し開けた。そこの臭気はいっそう鼻を刺すようだった。

「さあ、お前たちもおはいり」

室内には、猫の毛のくっついたいろんなブラシやくしが、椅子やテーブルの上に投げだしてあった。色褪せ、うす汚れたクッションがいくつもあり、少なくともさらに六匹は猫がいた。

「わたしはこの子たちのために生きているんですの」とミセス・ヘミングは言った。「この子たちもわたしの言うことなら何でもわかってくれますわ」

ハードキャスル警部は男らしくはいっていった。気の毒なことに、彼は猫アレルギー症の人間だった。ところが、こういう場合にはよくあることだが、全部の猫がすぐに彼のそばへよりついていった。一匹は彼の膝に飛び乗り、一匹は親しそうに彼のズボンに身体をこすりつけた。ハードキャスル警部は勇敢な男だったから、唇をひきしめて、耐えた。

「奥さん、できれば、二、三おたずねしたいことがあるのですが——」

「何なりとどうぞ」ミセス・ヘミングは警部にしまいまで言わせもしなかった。「わたしには隠すことなんか何もないのですからね。猫たちの食べものだって、寝る場所だって、お見せしますわ。五匹はわたしの部屋に、あとの七匹はここで寝ているんですの。食べものだって、わたしが自分で料理した上等の魚だけを食べさせているのですよ」

「猫とはなんの関係もないことなのです」とハードキャッスルはいくらか声を高めて言った。「わたしがうかがったのは、お隣りで起きた不幸な事件についてなのです。奥さんもあの事件のことは聞いていらっしゃると思いますが」

「お隣りですって？　ジョシュアさんのところの犬のことですの？」

「いや、そうではないのです」とハードキャッスルは言った。「一九号の家のことなんですよ、昨日殺人死体が発見された」

「まあ、ほんとうですの？」とミセス・ヘミングは礼儀上関心を示した答えかたをしたが、それだけのことだった。彼女の視線はやはり猫たちのほうへさまよっていった。

「失礼ですが、昨日はお宅にいらっしゃったのですか？　つまり、一時半から三時半までのことですが？」

「ええ、いましたわ。わたしはたいてい、いつも早めに買いものをすますのです。この子たちの昼ごはんを作ってやったり、ブラシをかけてやったりしなければなりませんから」

「隣りの騒ぎにはお気づきにならなかったのですか？　警察車だの――救急車だの――そういったものには？」

「どうやらわたしは表の窓からは外を見なかったようですわ。裏庭には出ていきましたけれど。かわいいアラベラが行方不明になったものですからね。まだ若い猫なのですけれど、裏の木によじ登っていましてね、降りてこれないのではないかとずいぶん心配しましたわ。皿にお魚をいれて持ってゆき、おびきよせようとしたのですけれど、かわいそうに、おびえてしまっているんですよ。わたしも、しまいにはあきらめるしかなくなり、家へ帰ってきましたんですよ、ところが、どうでしょう、わたしが戸口へはいったとたんに、降りてきて、いっしょになかへはいってくるじゃありませんか」彼女は相手の信用度をためすように一人一人顔を見ていった。

「なるほど、ありそうなことですね」とコリンが、これ以上黙ってはいられなくなって、口をはさんだ。

「ええ？　なんとおっしゃいましたか？」ミセス・ヘミングはちょっとハッとした様子で彼のほうを見やった。

「わたしも猫が大好きなんですよ」とコリンは言った。「それだけに、猫の性質はよく研究しているつもりなのです。いまのお話は猫の行動様式と彼らが自分で作っているルールの好例になっていますよ。同じような意味で、お宅の猫は、正直なところ猫が好きではないこの友人のまわりにみんなよっていって、これだけわたしがおついしょうを述べていても、わたしのほうなんか見向きもしません」

コリンはあまり刑事らしいしゃべりかたでなく、ミセス・ヘミングはそう思ったかもしれないが、そんなそぶりはみせなかった。彼女は小さい声で言った。

「ほんとうにかわいいもので、よく人間を知っていますわね」

きれいな灰色のペルシャ猫が、ハードキャスル警部の膝に前足をかけて、うっとりしたように彼を見つめていたと思うと、警部を針刺しと間違えでもしたのか、爪をみがくときのようにギュッと爪をたてた。こう責めたてられてはたまらなくなり、警部は立ちあがった。

「奥さん、よろしかったら裏庭を拝見させてくださいませんか?」

コリンはちょっとにやりとした。

「ええ、もちろん、かまいませんとも、どうぞお好きなように」ミセス・ヘミングも立ちあがった。

さっきのオレンジ色の猫は彼女の首から離れた。ミセス・ヘミングは、何かに気をとられてでもいるような様子で、またそれを灰色のペルシャ猫といっしょに首にまといつかせた。彼女はさきにたって部屋を出た。ハードキャスルとコリンはついていった。

「きみとは前にも逢ったね」とコリンはオレンジ色の猫に話しかけ、ついで、テーブルの上の中国提灯(ちょうちん)のそばに座りこんでちょっと尻尾を振っている、別の灰色のペルシャ猫にも声をかけた。「きみはなかなか美人じゃないか」彼がなでてやり、耳のうしろ側をくすぐってやると、灰色猫はしぶしぶみたいに喉を鳴らした。

「ええと――どなたでしたかしら――外へ出るときにはドアを閉めてくださいね」とミセス・ヘミングが玄関から声をかけた。「今日はつめたい風が吹いていますから、この子たちが風邪をひかないようにしてやりたいのです。それにね、乱暴な子供がいましてね――この子たちにひとりで庭をうろつかせるのはあぶないのですよ」

彼女は玄関とは反対側の突きあたりのほうへ行き、裏口のドアを開けた。

「乱暴な子供といいますと?」とハードキャスルは訊いた。

「ラムジイさんところの男の子二人ですの。クレスントの南側にある家のね。わたしのところとは裏庭が背中合わせになっているかたちですの。しまつにおえない非行少年と言っていいですわ。パチンコなどを持っていましてね。少なくとも以前はそうでした。

わたしが取りあげてくれと談じこんだのですけれど、どうしたかあやしいものですわ。隠れて待ちぶせていたりするのですよ。夏にはリンゴを投げつけますしね」

「しようのないやつらですね」とコリンは言った。

裏庭も、いっそう程度がはなはだしいだけで、前庭と同じだった。手入れをしない多少の芝生、整枝もされないままに密集している灌木、おびただしい数の斑点のある種類の月桂樹、陰気くさいイトスギ。これでは二人とも時間を浪費しているようなものだとコリンは思った。月桂樹や木々や灌木がびっしりと幕を張りつめたようになっていて、ミス・ペブマーシュの家の庭なんか見えそうにもなかった。ダイアナ・ロッジは完全に孤立した家と言ってよかった。ここの住人の考えかたから言っても、隣人なんかないのも同然だった。

「一九号の家とかおっしゃいましたね」とミセス・ヘミングは、裏庭の真ん中あたりでなんということもなく立ちどまって、話しかけてきた。「でも、あの家の人はひとり暮らしで、しかも、目が不自由な女のひとのはずですよ」

「被害者はあの家の住人ではなかったのです」とハードキャスルは言った。

「まあ、そうですの」とミセス・ヘミングはやはりぼんやりした言いかたをした。「殺されにきたわけですのね。なんて奇妙な」

〝こいつはすこぶる適切な表現だぞ〟とコリンは心のなかで呟いた。

第九章

二人はウイルブラーム・クレスントに沿ってくるまを走らせ、右へ曲がってオールバニ・ロードを行き、もう一度右へ曲がって、ウイルブラーム・クレスントの二筋目(ふたすじめ)にはいりこんだ。

「実際は単純なのだ」とハードキャッスルは言った。

「知ってみればね」とコリンは答えた。

「六一号の家はミセス・ヘミングの家とちょうど背中合わせになっている——だが、片隅が一九号と接しているから、じゅうぶん口実はあるわけだ。きみにもブランドという人間に逢ってみるいい機会になるぞ。ところでね、外国人のお手伝いは置いていないよ」

「それではせっかくの推理もたち消えか」自動車はとまり、二人はくるまを出た。

「これは、これは。大した前庭だなあ！」とコリンは言った。

実際それは小規模の郊外住宅のモデル庭園といってよかった。ロベリアでふちどりをしたゼラニウムの花壇があった。ベゴニアが新鮮な大きな花をつけており、庭園用の置きものもやたらにならべてあった――蛙に、茸に、こっけいな地の精に、妖精。

「なるほど、ブランド氏はごりっぱな人物に相違ないよ」とコリンはゾッとした顔つきで言った。「でなきゃ、こんな悪趣味を発揮するはずがないからね」彼は、ハードキャスルがベルを押したときに、また言葉をついだ。「朝のこんな時間に家にいると思うのかい？」

「電話をして、都合をきいておいたのだよ」とハードキャスルは説明した。

その瞬間に、スマートな小型の旅行用自動車が家の前に近づき、車庫に曲がりこんだ。その車庫も明らかに最近に建て増したものらしかった。ジョサイア・ブランドが出てきて、ドアをピシャリと閉め、二人のほうへ歩みよってきた。彼は禿げた頭、小さな青い眼をした、中背の男だった。威勢のいい態度の持ち主だった。

「ハードキャスル警部さんですね？　さあどうぞおはいりください」

彼はさきにたって居間へ案内した。その部屋もいくつもの裕福さの証拠を示していた。高価な、少々こりすぎた飾りのスタンドがあり、ナポレオン時代風のデスクがあり、キラキラ光るオルモルのひとそろいの炉棚置きものがあり、寄せ木細工の戸棚があり、窓にも花がいっぱい植えてある装飾用の植木鉢が置いてあった。椅子もモダンなもので、ふかぶかとしていた。

「さあどうぞおかけください」とブランドは愛想よく言った。「お煙草は？　勤務中はいけないのですか？」

「ええ、けっこうです」とハードキャスルは答えた。

「アルコール類もいけないのでしょうね？」とブランドは言った。「まあ、そのほうがおたがいの健康のためにはよろしいでしょう。さて、どういうご用件でしょうか？　一九号の今度の事件のことでしょうね？　あの家とはおたがいの庭の隅が接しているのですが、二階の窓からででもないと、ろくに見えないのですよ。あれはすこぶる奇怪な事件のようですね――少なくとも今朝の地方紙を読んだかぎりではね。それだけに、電話をいただいたときには嬉しくなりましたよ。ほんもののネタを聞かせてもらえるいいチャンスだと思いましてね。あなたには想像もつかないでしょうが、いろんなうわさが飛んでいるのですよ！　おかげで家内などはびくびくものでしてね――人殺しが野放しにされているというわけですよ。困ったことには、近ごろでは精神病院でもやたらに頭のおかしな連中を退院させますからね。仮釈放とか何とかいうやつで家に帰ってしまう。するとし、別の人間に危害を加え、またぶちこまれるということになる。それに、いまも言ったように、たいへんなうわさだときているのだから！　通いの女中や牛乳配達や新聞配達の連中の言っていることを聞いたら、あなたもびっくりなさいますよ。絵をかける針金で締め殺したのだと言う者もあれば、刺し殺したのだと言う者もある。棍棒でなぐり殺されたのだと言う者もある。いずれにしても、男だったのでしょうね？　まさかあのお婆さんがやられたわけではないのでしょう？　正体不明の男と、新聞には書いてありましたが」

ブランドはやっとそこで言葉をきった。

ハードキャスルは笑い顔になり、やりきれなさそうな口調で言った。

「その正体不明というやつについてですがね。その男は住所も書いてある名刺をポケットにいれていたのですよ」

「それでは、あの話にもけりがついたわけですね」とブランドは言った。「なにしろ世間の人間はご存じのとおりですからね。いったい誰がああいう話をでっちあげるのか、わたしなんかには想像もつきませんよ」

「犠牲者の話が出たついでですがね、これをちょっと見ていただけませんか？」とハードキャスルは言った。

彼はまたしてもさっきの写真をもちだした。

「すると、これがその男なのですね？」とブランドは言った。「これならまるっきり普通の人間じゃありませんか。わたしたちと何の変わりもない。こんなことをお訊きしちゃいけないのでしょうが、この男には殺されるような理由でもあったのですか？」

「まだそういう話のできる段階ではないのですよ」とハードキャスルは答えた。「わたしが知りたいのはね、ブランドさん、この男をお見かけになったことがありはしないかという点なのです」

ブランドは首を振った。「ぜんぜんありませんね。わたしはわりあいに人の顔をおぼえているほうなんですがね」

「何かの目的でお宅へ訪ねてきていませんか——保険の勧誘か——電気掃除器なり電気洗濯機なりを売りつけるつもりででも？」

「来ていません、絶対に」

「こんなことは奥さんにお尋ねすべきですね」とハードキャスルは言った。「訪ねてきたとしても、奥さんに逢っているでしょうから」

「たしかにそのとおりですね。ですがね、そいつはどうも……ヴァレリイはあまりからだが丈夫ではないのでしてね、神経にこたえるようなことはさせたくないんですよ。なんといっても、その写真は、死んだ人間を写したものなのでしょう？」

「ええ、それはそうなのですが、うす気味のわるいところなんかぜんぜんない写真です。よ」とハードキャスルは言った。

「そういえばそうですね。うまく撮れています。眠っているのかと思うくらいですよ」

「ジョサイア、わたしのことが話に出ているの？」

隣りの部屋に通じるドアが向こうから開き、中年の女がはいってきた。ドアの向こう側で耳をすましていたにちがいないと、ハードキャスルは思った。

「ああ、いたのかい」とブランドは言った。「いつもの昼寝をしているものと思っていたよ。家内です。こちらはハードキャスル警部さん」

「あんな殺人事件が起きたりして」とミセス・ブランドは呟くように言った。「わたしなんか、想っただけでも身ぶるいが出ますのよ」

彼女はちょっと喘ぐような溜息をついてソファに座りこんだ。

「足を上げていたほうがいいよ」とブランドは言った。

細君はその言葉に従った。彼女は砂色の髪をした女で、弱々しい泣くような声をしていた。貧血症らしい顔色だったし、どう見ても、病人としての地位をある程度享受している病人といった感じだった。ハードキャスル警部はふと彼女の顔に誰かのおもかげを感じた。それが誰だったか考えだそうとしてみたが、想いだせなかった。そのうちにその弱々しい泣くような声が言葉をついだ。

「警部さん、わたしは健康がすぐれないものですから、主人も、わたしにショックを与えたり、心配させたりしないように、かばってくれるわけですの。わたしは感受性が鋭敏すぎるものですから。さっき、写真のことをお話しのようでしたわね、あの——殺された人の。こう言っただけでもゾッとしてきますわ。なんだか、わたしには見られそうにもないみたいですわ!」

〝ほんとうは死ぬほど見たがっているくせに〟とハードキャスルは心のなかで呟いた。

彼はかすかに意地悪さをこめた声でこう言った。

「それでしたら、見てくださいなどとお願いしないほうがよさそうですね。もしかしてこの男がお宅を訪問していた場合には、何か役にたつことを聞かせていただけるかもしれないと思っただけなのですから」

「わたしだって自分の義務をはたさなきゃいけませんわね」ミセス・ブランドはけなげな優しい微笑を浮かべて、片手を差しだした。

「そんな神経にさわるようなことをしてもいいのかい、ヴァル?」

「ばかなことを言わないでよ。わたしにも見る義務があるわ」

彼女は興味のこもった眼つきで写真を見ていたが、多少失望を感じたらしかった。少なくともハードキャスルにはそんなふうに思えた。

「この人は――ぜんぜん死んだ人のようには見えませんわね」彼女は言った。「殺されたりした人だとは。まさか――絞殺されたのではないのでしょう？」

「刺し殺されたのです」と警部は答えた。

「まあ、なんておそろしい」と彼女は言った。

「奥さん、見たことのある人間だという気がしませんか？」

「どうもね」と彼女は明らかに不本意そうに答えた。「見かけたことはなさそうですわ。この人は――ものを売り歩いたりする商売の人だったのですか？」

「保険の代理人だったらしいのです」と警部は用心して答えた。

「ああ、そうですの。でも、そういう人間は来ていませんわ。ジョサイア、あなたもわたしからそういう話を聞いた記憶がないでしょう？」

「ないようだね」とブランドは答えた。

「その人はペブマーシュさんの親類にでもあたっていたのですか？」と細君は訊いた。

「いや、ぜんぜん知らない人間なのだそうです」と警部は答えた。

「奇妙ですわね」と細君は言った。

「奥さんはペブマーシュさんをご存じなのですか？」

「そりゃ、知っていますわ。といっても、近所の人としてですけれど。あの人は庭づくりのことで主人にもときどき相談していましたから」

「ご主人は相当園芸に趣味がおありのようですね」と警部は言った。

「いや、ほんとうはそれほどでもないのですよ」とブランドは弁解するように言った。

「そんな暇はありませんからね。そりゃ、知識はもっています。ですが、腕のいい男を雇っているのですよ——週に二回来てくれます。その男がしじゅう花をたやさないようにしたり、手入れをしてくれているのです。庭にかけては近所のどこの庭にも負けないつもりですが、わたしは近所の人たちのように、ほんとうの園芸好きではないのです」

「ミセス・ラムジイのことですか？」とハードキャッスルは多少意外そうに訊いた。

「いや、いや、もっとさきの家。六三号。マクノートンさんですよ。園芸のためだけに生きているような人でしてね、一日じゅうかかりきりだし、堆肥(たいひ)狂いなのです。堆肥の話をさせようものなら、こっちはうんざりさせられますよ——ですが、そんな話はあなたの用件とは無関係そうですね」

「そう、関係があるとは言えませんね」と警部も言った。「じつはね、どなたか——例えばあなたなり奥さんなりが——昨日庭に出ておられはしなかったろうかと思ったのです。さっきもおっしゃっていたように、お宅は一九号と境を接しているし、もしかすると、昨日何か興味のある事実を見ておられるか——何か物音でも聞いておられはしないかと」

「正午ごろでしたね？　殺人事件の起きたのは？」

「関係のある時間は一時から三時までのあいだです」

ブランドは首を振った。「そのころなら、わたしは大して見ていないと思いますよ。家にはいました。ヴァレリイもいたわけですが、昼ごはんをたべていたころですし、食堂は反対側に面していますからね。庭で起きたことなんか見えるわけがないのです」

「食事は何時ごろになさるのですか？」

「一時かそのあたり。ときには一時半になることもあります」

「そのあとでも、庭にはぜんぜんお出にならなかったのですか？」

ブランドは首を振った。

「じつを言いますとね、家内はたいてい昼食後は二階でひと休みしますし、わたしも、仕事に追われていないときには、そこの椅子でひと眠りするのです。わたしが家を出たのは——たしか三時十五分前くらいだったはずですが、残念ながら庭へはぜんぜん出ませんでしたよ」

「しかたがありません」とハードキャスルは溜息とともに言った。「われわれとしては、いらっしゃるという感じです」

「いいお宅をお持ちですね」と警部は言った。「失礼ながら、惜しみなく金をつかって

「そりゃそうでしょうとも。何かお役にたてるといいのですがね」

どなたにも訊いてみるしかないのですから」

ブランドは陽気な笑い声をたてた。

「わたしたち夫婦はきれいなものが好きでしてね。家内は趣味もゆたかなのです。わたしたちは一年前に想いがけないひろいものをしたのですよ。家内は伯父の遺産をゆずりうけたんです。それも、二十五年も逢っていなかった伯父のね。まったく想いがけなかったですよ！　おかげでわたしたちの生活事情も多少変わったといってよろしいでしょう。いい暮らしができるようになりましたし、年末ごろには例の観光旅行にでも行ってみようかと思っています。教養にも大いに役立ちそうですから。ギリシャだの何だの。大学の先生たちの講義の対象にもなっていますしね。もちろんわたしは正式の教育は受けていない人間ですし、そういう方面のことを学ぶ暇もなかったのですが、興味はもてそうですからね。例のトロイへ行って遺跡を発掘した男も元来は食料品店をやっていた人間のはずです。ロマンチックではありませんか。わたしは外国旅行が好きなほうなのです――そりゃ、いままでは大して行っていませんがね――ときおり週末に華やかなパ

リをのぞいてきた程度です。じつはね、ここを売りはらって、スペインかポルトガル、でなければ西インド諸島ででも暮らそうかと、考えないでもないのですよ。そうしている人間も多いですからね。所得税も助かりますし。ところが、家内は不賛成なのですよ」

「わたしも旅行は好きですよ。ですけれど、英国以外の土地で暮らす気にはなれませんわ」と細君のほうは言った。「友だちもみんなこちらにいるんですもの——姉もこちらに住んでいますし、誰もがわたしたちのことを知ってくれていますしね。外国へ行ったのでは、知っている人間もないではありませんか。それに、ここにはいいお医者さんがいてくれます。わたしの健康状態のこともわかっていてくれるのです。外国人の医者なんか、わたしはいやですわ。とうてい信頼できそうにもありませんしね」

「どうだかな」とブランドは陽気にからかった。「遊覧船で出かけたら、きみなんかギリシャの島々に夢中になるかもしれないぞ」

細君は、そんなことはありそうにもないという顔つきをした。

「船にはちゃんとしたイギリス人の医者が乗っているのかしら」と彼女は疑わしそうに言った。

「もちろんだよ」と亭主は答えた。

彼はハードキャスルやコリンを玄関まで送って出て、お役にたてなくて残念だともう一度繰りかえした。

「どうだった？　あの男をどう思う？」とハードキャスルは言った。

「ぼくが自分の家を建てることがあるにしても、あの男に頼む気にはなれないなあ」とコリンは言った。「だが、悪質な建築業者なんかはぼくの追求しているホシではない。ぼくのさがしているのは主義に献身している人間なのだからね。きみのほうの殺人事件について言えば、あれはきみには不向きな事件だよ。これが、ブランドが細君の財産を相続して、すてきなブロンドの女とでも結婚したいがために、細君に砒素を飲ませるか、エーゲ海へ突き落としでもしたのだったら——」

「その場合はその場合で捜査にのりだすよ」とハードキャスル警部は言った。「いまのところは、現在の事件の解決に努力を続けるしかない」

第十章

ウイルブラーム・クレスント、六二、の家では、ミセス・ラムジイが自分を力づけるようにひとりごとを言っていた。「もうあと二日だけだわ。二日だけ」

彼女はじっとりしたおくれ毛を額からかきあげた。ガシャンというとてつもない音が台所から聞こえてきた。彼女はその音が何から起きたのか調べにいくことさえ気がすすまなかった。あんな音なんか聞こえなかったみたいによそおえさえしたら。まあいいわ——あと二日だけなんだから。彼女はホールを横ぎり、台所のドアをパッと開けて、三週間前よりもはるかに力のない声で言った。

「今度はまた何をしたのよ？」

「ママ、ごめんなさい」と息子のビルは言った。「ぼくらは缶詰や何かでボーリングのまねごとをしていただけなんだよ。そしたらね、どうしたのか、そいつが食器戸棚の下側へころがりこんじゃったんだ」

「食器戸棚へなんか投げこむつもりはなかったんだよ」と弟のテッドも調子を合わせた。「とにかく、こんなものは拾って戸棚へもどし、こわれた食器は掃き集めてごみ箱へ棄てておくれ」

「だって、ママ、いまは困るよ」

「いま、するのよ」

「テッドがすりゃいいんだ」とビルは言った。

「そんなのいやだい」とテッドは言った。「いつもぼくにおしつけるんだから。お兄ちゃんがしないのなら、ぼくだってするもんか」

「しないとは言わせないぞ」

「するもんか」

「よし、させてやる」

「なにお！」

少年たちは猛烈ないきおいでとっくみあいを始めた。テッドは台所テーブルに押しつけられ、卵をいれた鉢が落ちそうに揺れた。

「もう、台所から出ていっておくれ！」とミセス・ラムジイは叫んだ。彼女は二人の少年を台所から押しだして、ドアを閉め、缶詰類を拾いあげたり、食器の破片を掃き集めたりしだした。

「あと二日だわ」と彼女は思った。「そうすればあの子たちも学校へ帰ってくれる！母親にとっては極楽みたいなものだわ」

彼女は婦人評論家の多少意地のわるい言葉を漠然と想いだした。

女性にとって愉しい日は一年に六日だけである。

つまり、休暇の最初の日と最後の日なのだ。あの言葉はたしかに真実をついていると思いながら、彼女はとっておきの晩餐用の食器の破片を掃き集めた。わずか五週間前には、どんなに愉しい、どんなに嬉しい予想を抱いて、子供たちの帰ってくるのを待ちうけたことか？　ところが、今は？　「明日はビルもテッドも学校へ帰ってくれるんだわ」と彼女はまた心のなかで繰りかえした。「信じられないくらいだわ。待ちきれないほどだわ！」

五週間前に駅まで子供たちを迎えにいったときには、心のおどるような愉しさだった。子供たちのなつかしそうなはしゃいだ嬉しがりぶり。家のなかといわず庭といわず駆けまわりもした。お茶の時間には特別においしいお菓子を作ってやりもした。ところが、いまは――いまの自分は何を待ち望んでいるか？　完全に平和な一日。おびただしい食べものを用意する必要もなければ、絶えず掃除ばかりさせられることもない一日。彼女も子供たちを愛してはいたし、どちらもいい少年にはちがいない。彼女もこの子供たちを誇りにしてはいた。けれども、彼らは疲れさせもする。子供たちのたくましい食欲、活気、あの騒々しさ。

その瞬間にも耳ざわりな叫び声があがった。彼女はハッとしてそちらへ頭を振り向けた。べつに心配するようなことではなかった。子供たちが庭へ飛びだしただけだった。そのほうがましだ。庭のほうがずっと飛びまわれる余地があるから。おそらく近所迷惑にはなるだろうが。彼女はヘミングさんのところの猫をいじめたりしないでくれればいいがと思った。ほんとうのことを言うと、彼女は猫のために心配したのではなくて、ヘミングさんの家の庭の囲いの針金で、子供たちが半ズボンをやぶいてくるおそれがあったからだった。彼女はすぐ手にとれるように、調理台の上に置いてある救急箱のほうへちらと眼を走らせた。といっても、彼女は元気ざかりの子供の自然にうける怪我を大げさに考えているわけではなかった。げんにきまって彼女の最初に言う言葉はこうだった。

「もう百ぺんも言って聞かせてるはずよ。客間に血をたらしたりするんじゃないの！まっすぐに台所へ飛びこむのよ。そこでなら、血をたらしても、リノリウムだから拭いてとれるから」

外から聞こえていたけたたましいわめき声が、途中で遮断されたみたいになったと思うと、いやにあたりが静まりかえってしまったので、母親の胸には真剣な懸念がわきおこった。この静まりかたはただごとではなさそうだった。彼女は、食器の破片をいれたちりとりを片手に持ったまま、どっちつかずな気持ちで突っ立っていた。台所のドアが開き、ビルが戸口に立った。彼は十一歳の少年としては異常なほど厳粛な、恍惚とした表情を浮かべていた。

「ママ」と彼は言った。「警察の警部がもう一人の人を連れてきているよ」

「まあそうなの」ミセス・ラムジイはほっとした。「その人どういう用事なの？」

「ママに逢いたいんだって」とビルは言った。「きっとあの人殺しのことにちがいないよ。ほら、昨日のペブマーシュさんのところでのさ」

「なんだってわたしなんかに逢いにくるのかしらねえ」母親は迷惑そうな声になった。人間の生活には次から次へといろんなことが起きるものだと、彼女は思った。こんな都合のわるい時間に刑事たちにやってこられたのでは、アイルランド風シチューのためのジャガイモの用意もできないではないか。

「しかたがないわ。行ってみるしかないわね」と彼女は溜息とともに言った。

彼女は食器の破片を流しの下のごみ入れにほうりこみ、水道で手を洗い、髪をときつけて、ビルについていく用意をした。そのあいだもビルは待ち遠しそうにせっついていた。

「ママ、早くったら」

ミセス・ラムジイは、ぴったりと横にくっついているビルを連れて、居間へはいっていった。二人の男が突っ立っていた。下の息子のテッドがそばにひかえていて、眼をまるくしてしげしげと二人を見つめていた。

「奥さんでしょうか？」

「おはようございます」

「お子さんたちからお聞きでしょうが、わたしは捜査課の警部ハードキャスルという者です」

「いまはちょっと都合がわるいんですのよ」とミセス・ラムジイは言った。「今朝は何かと忙しいものですから。長くかかるのでしょうか？」

「ほんのちょっとだけです」とハードキャスル警部は安心させるように言った。「かけさせていただいてよろしいでしょうか？」

「ええ、ええ、どうぞ」

ミセス・ラムジイは背のまっすぐな椅子に腰をおろし、苛だたしそうに二人を見やった。ほんのちょっとなどではすみそうにない気がした。

「きみたちはここにいなくてもいいんだよ」とハードキャスルは愛想よく子供たちに言った。

「ぼくたちは行かないよ」とビルは言った。

「ぼくたちは行かないよ」とテッドも同じ言葉を繰りかえした。

「いろんな話を聞きたいんだよ」とビルは言った。

「そうだとも」とテッドも言った。

「血だらけだったの？」とビルは訊いた。

「強盗のしわざだったの？」とテッドも訊いた。

「おとなしくしているのよ」と母親は言ってきかせた。「警部さんがおっしゃったじゃないの——あんたたちはここにいないほうがいいって」

「行かないよ。聞きたいんだもの」とビルは言った。

ハードキャスルは戸口へ行ってドアを開けた。彼は少年たちのほうを向いてこう言った。

「出たまえ」

ただひとこと、それももの静かに言っただけだったが、その言葉には権威がこもっていた。少年たちはどちらも立ちあがり、不服そうに足をひきずりながら出ていった。

〝大したものだわ〟とミセス・ラムジイは感心した。〝どうしてわたしにはあんなふうにやれないのかしら？〟

だが、次の瞬間、自分はあの子たちの母親だからなのだと思いなおした。子供というものは、外へ出ると、家にいるときとはちがったふうに振る舞うものだということも、彼女は世間のうわさで知っていた。いつでも一番わりのわるいめにあうのは母親なのだ。けれども、そのほうがいいのかもしれないと、彼女は思いなおした。家ではもの静かで、よく言うことを聞き、行儀もいいが、外へ出ると、とたんにならず者のようになり、悪評をたてられたりする子供を持ったのでは、なおしまつがわるいにきまっている——そう、そのほうが苦労のたねになるにちがいない。ハードキャッスル警部が引きかえしてきて、また座りこんだので、彼女は自分への用件を想いだした。

「昨日一九号の家で起きた事件のことでしたら、わたしにはお話しできるようなことはなさそうなのですがね、警部さん」と彼女は神経質な声で言った。「わたしはあの事件のことは何も知らないのですから。どういう人たちが住んでいるのかさえ知らないのですから」

「あの家の居住者は、ミス・ペブマーシュというひとなのです。眼の見えないひとで、アーロンバーグ・インスティテュートの先生です」

「まあ、そうですの。わたしは向こう側のならびの人たちはほとんど知らないものですから」とミセス・ラムジイは言った。

「昨日の十二時半から三時までのあいだ、奥さんはお宅にいらしたのですか？」

「ええ、いました」と彼女は答えた。「ごはんのしたくだの何だので用事がありましたから。でも、三時前には外出しました。子供たちを映画に連れていってやったのです」

警部は例の写真をポケットから取りだして、彼女に差しだした。

「この人をお見かけになったことがありはしないか、お訊きしたいのですが」

彼女も多少は興味をそそられたおももちで写真を見つめた。

「どうもなさそうですわ。かりに見たことがあったとしても、わたしはおぼえていそうにもありませんしね」

「何かの目的でお宅へ訪ねてきませんでしたか——保険の勧誘とか、そういったことで？」

ミセス・ラムジイは前よりもきっぱりと首を振った。

「いいえ、そういう人は来ていません」

「カリイという名前だということは、信じていい根拠があるのですがね。R・カリイです」

彼は尋ねるように彼女を見やった。ミセス・ラムジイはまた首を振った。

「なにしろ、子供の休暇中は、何ひとつとして、眼にとめる暇もない有様なものですから」と彼女は弁解するように言った。

「たしかに子供の休暇中は忙しいものですよ」と警部も言った。「いいお子さんをお持ちですね。はちきれそうなほど元気がいい。ときには元気がよすぎる場合もありましょうが」

ミセス・ラムジイは嬉しそうな微笑を浮かべた。

「そりゃくたびれさせられますけれど、ほんとうはいい子供たちですのよ」

「そうでしょうとも」と警部は言った。「いい息子さんですよ、どちらも。すこぶる頭もよさそうですしね。もしよかったら、帰る前に、わたしもちょっと話をしてみましょう。子供というものは、家族の誰よりもいろんなことに気がついている場合もありますからね」

「あの子たちが物事を注意して見ていたりするとは思えませんわ」とミセス・ラムジイは言った。「それに、お隣りだとは言えないような関係ですから」

「しかし、庭は背中合わせになっているのでしょう?」

「それはそうですけれど、はっきりときり離されていますから」

「二〇号のヘミングさんはご存じですか？」

「そうですね、多少知ってはいます。猫のことや何かでねえ」と彼女は答えた。

「奥さんも猫がお好きなのですか？」

「いえ、そういう事情からではないのです。たいていは文句を言われるからですの」と彼女は答えた。

「なるほど、文句をねえ。どういうことですか？」

ミセス・ラムジイは興奮の色を浮かべた。

「厄介なのは、あんなふうな飼いかたをしているひとは——あのひとは十四匹も飼っているのですからね——猫かわいさにおぼれてしまう傾向がある点なのです。ばかげたことですわ。わたしも猫は好きですわ。うちでも以前は飼っていました、トラ猫でしたがね。よく鼠をとってくれましたわ。ですけれどね、あの女のひとのように、特別に食べものを料理してやったりして、やたらにだいじに育てたのではねえ——かわいそうにめったに外へも出してもらえないから、猫本来の生活ができないじゃありませんか。もちろん、猫だってしじゅう逃げだそうとしていますわ。わたしがあそこの猫だったとしても、そうしますよ。それにね、うちの子供は、ほんとうは性質はいい子なのですから、猫をいじめたりするはずがありませんわ。わたしの言いたいのは、猫は自分で自分の身をまもるぐらいのことは、いつだってできるはずだということです。分別のある動物なのですからね、猫というものは。分別のある飼いかたさえしてもらっていればねえ」

「たしかにおっしゃるとおりですね」と警部はあいづちをうった。「奥さんもさぞお忙しいことでしょうね、休暇中はお子さんたちの食事の世話だけでなく、ご機嫌とりもしてやらねばならないでしょうから。学校の寮へはいつ帰ることになっているのですか?」

「明後日ですの」とミセス・ラムジイは答えた。

「そうなれば、ゆっくりお休みになるといいですね」

「わたしも思いきりなまけて暮らしてやろうと思っていますわ」と彼女は言った。

そのとき、いままで黙って筆記していたもう一人の青年が口をはさんだので、彼女はちょっとハッとさせられた。

「外国の女子大生でもお置きになるといいですよ」とその青年は言った。「助け合い(オーペア)と言っていますね、英語を教えてやるかわりに、家庭の雑用などをしてもらうわけです」

「何かそういう方法をとってみてもいいですわね」とミセス・ラムジイも考え顔で言った。「でもね、外国人というと、どうも扱いにくそうな気がしましてね。そんなことを言うと、主人は笑うんですよ。そりゃ、主人はわたしなんかよりも外国のことをよく知っていますけれど、わたしはあのひとほど外国旅行の経験も持っていませんしね」

「ご主人はいまも出張なのですか？」とハードキャッスルは訊いた。

「ええ——八月の初めにスウェーデンへ行かなきゃならなくなったのです。土木技師をしているものですから。あのころに出張するなんて、気の毒でしたわ——子供たちの休暇が始まったときですもの。主人は子供の相手をするのが上手なんですよ。おもちゃの汽車などを持たせたら、子供以上に嬉しがって遊ぶんですから。ときにはね、線路や操車場やなんかを、玄関からほかの部屋にまでわたって作りあげることがあるんですよ。けつまずかないようにするのがたいへんですわ」彼女は頭を振り、「男の人って子供みたいですわね」と甘やかすように言った。

「ご主人はいつごろお帰りになる予定なのですか？」

「それがわたしにもわからないんですの」彼女は溜息をついた。「そんなふうで——困らせられることもありますわ」彼女の声にはふるえがあった。コリンは鋭く彼女を見やった。

ハードキャッスルは立ちあがった。

「あまりお邪魔してはいけませんから」

「お子さんたちに庭を案内していただいてもよろしいでしょうね？」

ビルとテッドは玄関で待ちかまえていて、すぐその言葉に飛びついた。

「いいよ。だけどね、そう広い庭じゃないんだよ」とビルが弁解するように言った。

この家の庭は庭園としての体裁をととのえるための多少の努力は加えてあるようだった。片側にはダリアやヒナギクの花壇があった。少々不揃いな刈りかたではあったが、ちょっとした芝生もあった。小径（こみち）には、雑草が生いしげっているうえに、飛行機だのロケットだのの現代科学を代表するものの模型が、多少うす汚れた状態でほうりだしてあった。庭のつきあたりには、愉しい感じの赤い実をつけたリンゴの木が一本あった。その隣りには梨の木もあった。

「あれがそうなんだよ」テッドがそのリンゴの木と梨の木のあいだの空間を指さした。そこにはミス・ペブマーシュの家の裏側がはっきりと姿を見せていた。「あれが人殺しのあった一九号の家なんだよ」

「なるほど、あの家がまる見えだね」と警部は言った。「きっと二階の窓からだと、もっとよく見えるにちがいない」

「そうなんだよ」とビルは言った。「ぼくらが昨日あの窓から覗いていたら、何か見えたかもしれないけど。家にいなかったから」

「映画を観にいってたんだよ」とテッドが言った。

「指紋はあったの？」とビルは訊いた。

「役にたつようなものはなかったよ。きみたちは昨日はぜんぜん庭に出なかったのかい？」

「ときどきは出たよ。午前中にだけど」とビルが答えた。「でも、何にも聞こえなかったし、何にも見えなかったよ」

「昼から庭に出ていたら、悲鳴が聞こえていたかもしれないのになあ」とテッドが残念そうに言った。「ゾッとするような悲鳴だったんだから」

「きみたちはペブマーシュというあの家に住んでいるおばさんを見たことがあるかい？」

少年たちは顔を見合わせたと思うと、うなずいた。

「あのひとは眼が見えないんだよ」とテッドが言った。「でも、平気で庭のなかを歩きまわれるんだ。杖やなんかつかなくても歩けるんだから。一度なんかボールを投げかえしてくれたよ。何も文句なんか言わなかったしさ」

「昨日はぜんぜんあのひとの姿を見かけなかったかい？」

少年たちは首を振った。

「午前中は見えるわけがないんだ。いつも家にいないんだから」とビルが説明した。

「あのひとが庭に出てくるのはたいていお茶の時間のあとなんだよ」

コリンは家のなかの水道の蛇口(じゃぐち)につけてあるホースをたどっていっていた。ホースは庭の小径に沿ってのびていっており、隅の梨の木の下まできていた。

「梨の木に水をやる必要があるとは聞いたこともないなあ」と彼は言った。

「ああ、それか」とビルは言って、ちょっと困ったような顔をした。

「ところがだね」とコリンは言った。「この木に登ればだ」彼は二人の顔を見やり、急ににやりとした。「猫に水鉄砲を浴びせられるというものだろう」

少年たちは二人とも足で砂利をかきまわしていて、コリンのほうへだけは顔を向けようともしなかった。

「そんなことをやっていたのだろう、きみたちは?」とコリンは言った。

「けがをさせるようなことはないもの。パチンコとはちがうんだから」とビルが善良な少年らしい顔をして言った。

「一時はパチンコでも遊んでいたのだろう?」

「でたらめにやっていたんだよ」とテッドが言った。「一度も命中させたことなんかないくらいなんだから」

「いずれにせよ、ときどきはあのホースでいたずらをやっていたわけだな。それでヘミングさんにおしかけられて、文句を言われたのだろう？」

「あのひとは文句言いなんだよ」とビルは言った。

「垣をくぐりぬけてはいりこんだこともあるのかい？」

「そこの金網をくぐりぬけたわけじゃないんだ」とテッドは口をすべらせた。

「だが、ときどきあのひとの庭へはいりこんだのは事実だろう？　どういうふうにしてやるんだい？」

「そりゃ、垣をくぐりぬけることはできるんだ——ペブマーシュさんのところの庭へだけどね。それから右のほうへちょっとゆくと、生け垣をぬけて、ヘミングさんところの庭へはいれる。そこのところは金網に穴が開いているんだ」

「黙ってろよ、ばかだなあ」とビルが言った。

「きみたちも、人殺しのあったあとで、手がかりをさがしてみたのだろうね？」とハードキャスルは言った。

少年たちは顔を見合わせた。

「映画から帰ってきて、あの事件のことを聞いたときには、きっと垣をぬけて一九号の家の庭にはいりこみ、そこらじゅう見てまわったろうと思うがなあ」

「そりゃ——」とビルは言いかけたが、用心する気になったのか口をつぐんだ。

「ぼくらが見おとしていたことを、きみたちが見つける場合もありうることなんだよ」とハードキャッスルはまじめな顔つきで言った。「もしだね——何か——集めてでもいるのだったら、見せてくれるとありがたいんだがね」

ビルは決心をきめた。

「テッド、取ってこいよ」と彼は言った。

テッドは従順に走っていった。

「実際の役にたつものなんかないと思うけど」とビルは弁解した。「ぼくらはただ——刑事ごっこをしてただけなんだから」

彼は心配そうにハードキャッスルの顔を見た。

「そりゃわかってるよ」とハードキャッスルは言った。「警察の仕事もたいてい似たようなものなんだ。失望することばかりさ」

ビルはホッとしたような顔になった。

テッドが走って引きかえしてきた。彼はガチャガチャ音のするよごれたハンカチで包んだものを渡した。ハードキャッスルは、両側から少年たちに覗きこまれながら、その包みをとき、中のものをひろげた。

ティーカップの取っ手、柳の模様の陶器のかけら、こわれた移植ごて、錆(さ)びたフォーク、銅貨、洗濯物ばさみ、虹色のガラスのかけら、鋏(はさみ)の片方、などだった。
「興味ぶかいものばかりだなあ」と警部はきまじめな顔で言った。

彼は少年たちの真剣な表情を見ると気の毒になり、ガラスのかけらを手にとった。

「これをもらっておこう。何かに関係のあるものかもしれないからね」

コリンは銅貨を手にとり、調べてみていた。

「それは英国のかねじゃないんだよ」とテッドが言った。

「そう。英国のかねじゃないね」とコリンも言った。彼はハードキャスルのほうを見やり、「これももらっておいてはどうだろう?」と提案した。

「このことは誰にも言うんじゃないよ」とハードキャスルは陰謀めいた言いかたをした。

少年たちは誰にも言わないと嬉しそうに約束した。

第十一章

「ラムジイか」コリンは考え顔で呟いた。

「あの男がどうなのだい？」

「なんとなく、くさいというだけのことだよ。国外へ出張している——何の前ぶれもなしにね。細君は土木技師だと言っているが、細君もその程度のことしか知っていないらしい」

「あの細君はいい女だよ」とハードキャスルは言った。

「それはそうだが——あまり幸福ではないらしい」

「疲れているだけだよ。子供というやつは実際疲れさせるからなあ」

「それだけじゃないと思う」

「きみの追求している人間が、細君に、子供二人までしょっている、世帯持ちだとは思えないがね」とハードキャスルは疑惑をさしはさんだ。

「わかったものではないぞ」とコリンは言った。「想いもかけないようなカムフラージュを使っている連中もいるのだから。二人も子供のある生活に窮した未亡人なら、妥協しないともかぎらないのだから」

「ぼくにはあの細君はそういう種類の女だとは思えないなあ」とハードキャスルは潔癖そうに言った。

「なにも肉体関係だけを結んでいるという意味じゃないよ。正式にラムジイの細君になり、家庭的背景を作ってやることに同意したのかもしれないと言っているだけだ。当然相手はもっともらしい理由を述べただろうしね。例えば、わが国の秘密情報部員としての活動も多少はしているのだと、すこぶる愛国者ぶった話をね」

ハードキャスルは首を振った。

「コリン、きみは奇妙な世界に暮らしているんだね」

「そうなんだよ。だから、そのうちにこんな世界からは抜けださなきゃだめだと思ってもいる……物事や人間についての観念がゆがんでくる。こういう仕事をしている人間の半数はふたまたをかけているし、しまいには自分でもほんとうはどちら側なのかわからなくなってしまうしまつだ。基準がごっちゃになってしまうのだ——だがまあ、そんなことよりも、現実の仕事のほうを進めようよ」

「マクノートン一家にもあたってみたほうがよさそうだ」とハードキャスルは言って、六三号の家の門の前で足をとめた。「この家も庭が多少一九号に接しているのだ――ブランドの家と同じようにね」

「マクノートン一家についてわかっている事実は？」

「そう多くはない――一年ばかり前にここへ引っ越してきたのだから。年輩の夫婦だ――引退した大学教授らしい。園芸にこっているよ」

前庭にはバラが幾株も植えてあり、窓の下には秋咲きのクロッカスでいっぱいの花壇があった。

派手な花模様の上衣を着た陽気そうな若い女が取り次ぎに出てきた。

「何かご用――ですか？」

ハードキャスルは「ついに外国人お手伝いか」と呟き、名刺を渡した。

「警察」と若い女は呟き、一、二歩あとずさりしたと思うと、悪魔でも出現したかのようにハードキャスルを見つめた。

「ミセス・マクノートンに」とハードキャスルは言った。

「奥さんはご在宅です」

彼女は裏庭に面している居間に二人を案内した。室内には誰もいなかった。

「奥さん、二階です」もう陽気そうではなくなった若い女は、そう言うと、ホールへ出て、「ミセス・マクノートン――ミセス・マクノートン」と呼んだ。

遠くから声が聞こえてきた。「何なの、グレーチェル？」

「警察です――警察の人が、二人。居間に案内しておきました」

二階からあわただしい足音がかすかに聞こえ、「おやまあ、次には何が起きることやら」という言葉が漂ってきた。ついでパタパタと足音がし、やがて、ミセス・マクノートンが心配そうな表情を浮かべてはいってきた。心配そうな表情を浮かべるのはこのひとのくせみたいなものなのだなと、ハードキャスルはすぐに悟った。

「おやまあ」と彼女はまた言った。「おやまあ、警部さん――ええと――ハードキャスルさんでしたね」彼女は名刺に眼を向けた。「でも、わたしたちのところへなど、どうして？　わたしたちはあのことは何にも知りませんのですよ。あの殺人事件のことなのでしょう？　まさか、テレビの許可のことではありませんでしょうね？」

ハードキャスルはそうではないと安心させた。

「ずいぶん奇妙な事件ですわね、あれは」とミセス・マクノートンはいくらか明るい顔になって言葉をついだ。「まだ真昼に近い時刻ですのに。あんな時間に強盗にはいるなんて。でも、近ごろではそういう恐ろしい事件が新聞に出ていますわね。みんな昼間（ひるま）に起きているときているんですもの。そういえば、わたしたちの友だちの場合もそうだったのですよ――昼ごはんをたべに外出していたら、家具運搬用のトラックで乗りつけて、家の中におしいり、あらいざらい家具を盗んでいってしまったんですって。近所の者もそれを見ていたのですけれど、まさか泥棒だとは思わなかったらしいんですの。昨日だって、誰かが悲鳴をあげているような気はしたのですけれど、主人はラムジイさんのところのやんちゃ坊主どもにきまっていると言うんですよ。あのうちの子供たちときたら、宇宙船か、ロケットか、原子爆弾みたいな、とてつもない声を出して、庭を駆けまわるんですからね。ほんとうにドキッとさせられることがありますわ」

ハードキャスルはまたしても例の写真を持ちだした。

「奥さん、この男をお見かけになったことがありませんか？」

ミセス・マクノートンはむさぼるように写真を見つめた。

「どうも見たことがあるような。ええ、その点は間違いないような気がしますけど、どこで見かけたのかしら？　あれは、十四巻の新しい百科事典を売りつけにきた男だったかしら？　それとも、新型の電気掃除器を持ってきた男でしたかしら？　わたしが相手にしてやろうともしないものですからね、表の庭へ出ていって、主人をうるさがらせた男なのです。主人はそのときには球根を植えつけていましてね、そういうときには邪魔されるのをいやがるのに、その男はくどくどとその掃除器の性能のよさをまくしたてたというわけですの。カーテンをさげたままにして、カーテンのほこりがとれるとか、玄関の石段でも、階段でも、クッションでも、春の大掃除にだけ掃除するようなところでも、きれいにできるといったようなことをね。何だってできないことはないと言ったりしたのですの。そしたらね、主人が顔を上げて、『球根の植えつけもできるかい？』と訊いたのですよ。これにはさすがのその男もあっけにとられて出ていったのには、わたしもふきださずにはおれませんでしたわ」

「それが間違いなしにこの写真の男だったのですか？」

「いいえ、そうでもありませんわ」とミセス・マクノートンは答えた。「いま考えてみると、もっとずっと若い男でしたから。それにしましてもね、たしかにこの顔は見たことがある気がしますわ。ええ、見れば見るほど、何かを売りつけにきた男にちがいないという気がしますわ」

「保険の勧誘にでも？」

「いいえ、保険なんかでは。そういう方面のことはすべて主人がやってくれているのです。たいていの保険にはもういっていますしね。そのほうの人間ではありませんが、それにしても──やはり、この写真を見れば見るほど──」

この言葉にハードキャスルは飛びついてもよさそうなものなのだが、さほど感銘を示さなかった。彼は、長年の経験から、ミセス・マクノートンは、殺人事件に関係のある人間を見かけたという、興奮にひたりたがる女だと断定した。写真を見れば見るほど、似た人間を想いだせそうな気になるにちがいなかった。

彼は溜息をついた。

「きっとトラックを運転していた男にちがいないと思いますわ」とミセス・マクノートンは言った。「ですけどね、いつその男を見かけたのか、どうも想いだせないのですよ。パン屋の自動車だったと思いますけど」

「昨日その男をお見かけになったわけではないのですね？」

ミセス・マクノートンはがっかりした表情になった。きちんとしているとはいえない白髪まじりのウエーヴした髪を額からかきあげた。

「ええ、昨日ではありませんわ。少なくとも——」彼女はちょっと言葉をとぎらせた。

「やはり昨日ではなさそうですわ」と言ったと思うと、いくらか明るい顔色になった。

「主人ならおぼえていると思いますけど」

「ご在宅なのですか？」

「ええ、庭に出ているんですのよ」彼女が窓ごしに指さしたほうを見ると、年輩の男が手押し車を押して小径を歩いていた。

「われわれも外へ出て、ご主人からもお話をうかがいたいものですが」

「それがいいですわ。どうぞこちらへ」彼女は横側の戸口を通って庭へ案内していった。

マクノートンは汗まみれになっていた。

「アンガス、こちらは警察の方たちなのよ」と細君は息をはずませて言った。「ペブマーシュさんところでの殺人事件のことでいらしたの。殺された男の写真を持っていらっしゃるのよ。ところがね、わたしにはたしかにどこかで見たことのある人間のような気がするのよ。先週、処分するような骨董品はないかと言ってきた者があったわね。あの男じゃないかしら？」

「見てみよう」とマクノートンは言った。「手にもったままでかざしてみてください」と彼はハードキャスルに言った。「手が土だらけなので、さわれないんですよ」

彼はちょっと写真を見たと思うと、こう答えた。「そんな男は見たこともありませんね」

「近所の方の話だと、ご主人は園芸にこっておられるそうですね」とハードキャスルは言った。

「誰がそんなことを言いました――ミセス・ラムジイじゃありませんか？」

「いいえ、ブランドさんですよ」

アンガス・マクノートンはフンと鼻で笑った。

「ブランドなんか、園芸とはどういうものか知ってもいませんよ。あの男ときたら、花壇に植えこむだけですからね。ベゴニアやゼラニウムをおしこみ、ロベリアでふちを飾る。わたしに言わせれば、そんなことは園芸じゃありませんよ。公園にでも暮らしているみたいなものだ。警部さん、あなたは灌木には興味がありませんか？　もちろんいまは季節はずれですが、よく育てたとびっくりなさるような灌木が、ここには一、二本あるんですよ。灌木はデヴォンかコーンウォルでなきゃ、うまく育たないと世間では言っていますがね」

「どうもわたしは実際上の園芸には口をはさむ資格がなさそうですよ」とハードキャスルは答えた。

マクノートンは芸術家が、芸術のことは何も知らないが、自分の好みはもっているという男にでも向けるような眼つきで、彼を見やった。

「そういう愉しい話とは、縁の遠い問題でうかがったようなわけでしてね」とハードキャスルは言った。

「わかっています。昨日の事件ですね。わたしはあれが起きたころには、庭に出ていたのですよ」

「ほんとうですか？」

「といっても、あの若い女が悲鳴をあげたときにはここにいたという意味ですがね」

「あなたはどうなさいました？」

「ところがね」とマクノートンは多少きまりわるそうに言った。「なんにもしなかったのですよ。じつのところは、ラムジイのわんぱく小僧たちかと思ったわけなのです。しょっちゅうわめいたり、金切り声をあげたりして、騒ぎたてているものですからね」

「しかし、あの悲鳴は同じ方向から聞こえたわけではないのでしょう？」

「あのわんぱく小僧たちが自分の家の庭にとどまっているのだったらね。ところが、そうではないときている。ひとの家の垣だろうと生け垣だろうとくぐりぬけるのだから。そへミングさんところのかわいそうな猫を追っかけまわしますしね。誰も叱りつける者がいないからですよ。母親はあまいだけですし。そりゃ、家に男がいないと、子供は手におえなくなるものですがね」

「ラムジイさんは外国暮らしが多いらしいですね」

「土木技師だとかいうことですね」とマクノートンも漠然とした言いかたをした。「いつもどこかへ出かけていますダムなんかにね。ダムと言ったって呪い言葉じゃないんだよ」と彼は細君を安心させた。「ダムの建設に関係しているという意味なのだ。でなきゃ、石油だの、輸送管だの、そういったことにね。わたしもほんとうはよくは知らないんです。一ヵ月前にも、何の予告もなしにスウェーデンへ行かされたのです。おかげで、あの子供たちの母親は手にあまるほどの仕事をかかえこまされたというわけです――食事の用意だの、いろんな家事などでね――だものだから、当然子供たちは野放しになりますよ。たちのわるい子供ではないのですがね、しつけがたりないのですよ」

「あなたご自身は何もお見かけになりませんでしたか――悲鳴を聞かれたほかには？ところで、それは何時ごろだったのですか？」

「見当もつきませんね」とマクノートンは答えた。「庭仕事に出る前に腕時計ははずしておくことにしているものですから。この前、ホースの下敷きにしてしまったことがあって、修繕させるのにずいぶん手間がかかったのです。あれは何時ごろだったかね？きみもあの悲鳴は聞いたのだろう？」

「たぶん二時半ごろだったにちがいありませんわ――昼ごはんをすましてから半時間はたっていましたから」

「なるほどね。何時ごろに昼ごはんになさるのですか？」

「一時半です」とマクノートンは答えた。「運がよければ、ですがね。うちのデンマーク娘はぜんぜん時間の観念がないのですから」

「そのあとでは――昼寝をなさるのですか?」

「ときおりはね。今日はしませんでした。いまやりかけていることを片づけたかったものですから。いろんなものを整理して、かき集め、堆肥に加えているところなのです」

「すてきですね、堆肥とは」とハードキャスルは厳粛な顔をして言った。

マクノートンはたちまち顔を輝かせた。

「まったくですよ。あれにまさるものはありません。わたしは何人改宗させたことか! 化学肥料を使うなんて! 自殺ですよ! まあこちらへ来てみてください」

彼は熱心にハードキャスルの腕をひっぱり、手押し車をころがしながら、一九号の家の庭との境になっている垣のはしのほうへ、小径を歩いていった。ライラックの繁みのかげに堆肥がそのすてきな姿を見せていた。マクノートンはそのそばの小さなもの置きに手押し車をしまった。もの置きにはいくつもの道具が整然とならべてあった。

「何もかもきちんと整頓していらっしゃいますね」とハードキャスルはほめた。

「道具類はだいじにしなきゃいけません」とマクノートンは答えた。

ハードキャスルは考え顔で一九号の家のほうに眼を走らせていた。垣の向こう側にはツルバラの棚があって、家の横側まで続いていた。

「堆肥のそばにいらしたときに、一九号の家の庭に誰かの姿をお見かけになりませんでしたか？　でなきゃ、家の窓から覗いているところでも？」

マクノートンは首を振った。

「ぜんぜん何も見かけませんでしたよ。警部さん、どうもお役にたてなくて残念です」

「ねえ、アンガス」と細君が口をはさんだ。「わたしは一九号の庭をこそこそと歩いている人間の姿を見たような気がするのよ」

「そんなはずはないよ」と亭主はきっぱりと言いきった。「わたしは見てはいない」

「あの女ときたら、何でも見たと言いだしそうだ」自動車に引きかえすと、ハードキャスルは吐きだすように言った。

「あの写真の人間に見おぼえがあると言ったのも、うそだと思っているのかい？」

ハードキャスルはうなずいた。「あやしいものだ。見たような気がしているだけだよ。ぼくはああいうタイプの証人は知りすぎるほど知っているのだ。いまの場合だって、ぼくが問いつめたら、何の根拠も出せないにきまっているじゃないか」

「そりゃそうだろうね」

「そりゃ、バスか何かであの男と向かい合わせに座ったことはあるかもしれないよ。それは認めてもいい。だが、ぼくに言わせれば、あれは希望的想像だよ。きみはどう思う？」

「ぼくも同意見だなあ」

「大して収穫はえられなかったわけだ」ハードキャスルは溜息をついた。「もちろん、奇妙に思える事実はある。例えば、ミセス・ヘミングが、猫の世話にかかりきっているとはいうものの、すぐ隣りのミス・ペブマーシュのことをあんなに知らないというのは、どうもありえないことのように思える。殺人事件が起きたというのに、ぼんやりしていて、いやに無関心だということもね」

「あれは何かにつけてぼんやりしている女なのだよ」

「ヒステリーだよ」とハードキャスルは言った。「ヒステリー女ときたら――まわりで火事が起きようと、強盗事件や殺人事件が起きようと、気がつきはしないのだから」

「あれだけ金網を張りめぐらし、ヴィクトリア女王時代風の植えこみにとりまかれて暮らしているんだから、外のことが見えるはずもないよ」

二人は署へ帰りついた。ハードキャスルは友人のほうを向いてにやにやした。

「さて、ラム巡査部長、きみはもう任務から解放してやるぞ」

「聞きこみはもうやらないのか？」

「いまのところはね。あとでもう一軒行ってみる必要があるが、そこへはきみは連れていかないつもりだ」

「それでは、今朝は何かとありがとう。ぼくの書きとっておいたこの筆記はタイプにしてくれないか？」彼は筆記を手渡した。「検屍審問は明後日だという話だったね？　時間は？」

「十一時だ」

「それなら、その時までには帰ってこれよう」

「どこかへ行くのか？」

「明日はロンドンへ行かなきゃならないのだ――いままでの報告をしにね」

「誰にか、ぼくには想像がつくぞ」

「そんな想像は許されていないのだぞ」

ハードキャスルはにやにや笑った。

「あのおやじさんによろしく言っておいてくれ」

「専門家にも逢ってくるかもしれない」とコリンは言った。

「専門家？　何のためにだい？　きみはどこかわるいのか？」

「べつに？――頭がわるいのを除けばね。そういう種類の専門家ではないのだよ。きみの本職のほうのだ」

「ロンドン警視庁か？」

「いや。私立探偵——ぼくのおやじの友人なんだ——ぼくの友人でもあるが。今度のきみの担当している奇怪な事件はまさにあの人向きだ。嬉しがると思う——元気づきもしよう。少し元気づけてやらなきゃと思ってもいるのだ」

「何という男だい？」

「エルキュール・ポアロ」

「聞いたことがあるなあ。もう死んだのかと思っていた」

「死んではいないよ。だが、退屈していそうな気がする。そのほうがなおいけないがね」

ハードキャッスルは不思議そうに友人の顔を見やった。

「コリン、きみは奇妙な男だなあ。そういう不似合な友人を作ったりもする」

「きみもふくめてね」とコリンは言って、にやりとした。

第十二章

コリンを帰すと、ハードキャスル警部は手帳にきちんと書きとめてある住所をあらためて見なおし、コックリうなずいた。ついで手帳はポケットにもどし、机上に山積している日常の仕事にとりかかった。

その日は多忙な日だった。彼はコーヒーとサンドイッチを取り寄せ、クレイ巡査部長の報告書を受けとった――役にたちそうな手がかりは一つも浮かびあがっていなかった。鉄道の駅でもバスの停留所でも、写真の男に見おぼえがあるという人間は一人もいなかった。着衣についての科学研究室の報告も無をつけ加えただけだった。服は高級洋服店に作らせたものだったが、洋服店の名前は剝ぎとられていた。身元不明にしようとしたのは、カリイ自身の希望だったのか？　それとも犯人のねらいだったのか？　歯科医関係の詳細な事実は適当な方面にまわしてあり、もっとも有力な手がかりになる可能性があった――多少てまはかかるにしても、結局は結果が出るものなのだ。ただし、カリイが外国人だった場合はべつだが。ハードキャスルもその疑念をもたないでもなかった。フランス人かもしれないという気がした――ところが、着衣のほうは明白にフランス製ではなかった。洗濯屋のしるしからもまだ何の手がかりもつかめていなかった。

ハードキャスルはせっかちなほうではなかった。身元の確認はのろのろした仕事になる場合が多かった。けれども、結局は誰かが出頭してくるものなのだ。洗濯屋か、歯科医か、医師か、親戚の者が――たいていは細君か母親だが――そういった者たちが出現しない場合は、下宿屋のおかみ。被害者の写真は各地の警察署に配布されることになっており、新聞にも出るはずだった。おそかれ早かれ、カリイのほんとうの名前が判明するに相違ない。

そのあいだにも、しなければならない仕事があり、仕事はカリイ事件に関するものだけではなかった。ハードキャスルは五時半まで中断することもなく仕事を続けた。彼はまた腕時計に眼をやり、予定の訪問に出かける時刻が熟したと判断した。

クレイ巡査部長の報告によると、シェイラ・ウエッブはカヴェンディッシュ事務所の勤務にもどっているそうであり、五時にはカーリュー・ホテルのパーディ教授のもとに仕事に行くことになっていて、そこを出るのは六時を相当すぎたころだろうということだった。

叔母にあたるひとは何という名前だったかな？　ロートンだ——ミセス・ロートン。住所はパマーストン・ロード、一四。彼は警察車はやめにし、短い距離なので歩いてゆくことにした。

パマーストン・ロードは、いわばおちぶれた街といっていい、陰気な通りだった。家々はたいていアパートか貸間に変貌(へんぼう)しているのにハードキャスルも気がついた。彼がある街角を曲がると、歩道をこちらへ来かかっていた若い女が、一瞬足をとめた。警部はほかのことに頭を奪われていたので、道でも訊くつもりだなという予想が、瞬間的にひらめいた。ところが、かりにそうだったとしても、考えなおしたとみえて、その若い女はまた歩きだし、彼の横を通りすぎた。不意に靴のことが頭に浮かんだりしたので、彼は不思議に思った。靴……それも、片方の靴。その女の顔にはかすかに見おぼえがあった。誰だったろうか——つい最近見かけた者にちがいないのだが……たぶん先方でもこちらの顔を見おぼえていて、話しかけようとしたのではなかろうか？

彼はちょっと足をとめ、振りかえってみた。いまはもう彼女はさっさと歩いていた。厄介なのは、あの女が、何か特別の理由でもなければ見分けがつきにくい、特徴のない顔をしている点なのだと彼は思った。青い眼、色白の顔、かすかに開いた唇。唇。あの唇も何かを想いおこさせる。しゃべっていたのか？　口紅をつけていたのか？　ちがう。

彼は少々自分に幻滅を感じた。ハードキャスルは一度見た顔は忘れないと自慢していたものだった。被告席なり証人席なりについた者の顔は絶対に忘れないと、よく言ったものだったが、なんといっても接触の場所はほかにいくらでもある。自分だって、例えば、料理を搬んできたウエイトレスの顔を一人残らずおぼえているはずもないし、バスの女車掌の顔をいちいちおぼえていられるものではない。彼はその問題は頭から追いはらうことにした。

そのころにはもう一四号の家に来ていた。玄関のドアはいくらか開いていて、下にそれぞれの名前をはりつけた呼びりんが四つあった。ミセス・ロートンは一階のフラットに住んでいた。彼ははいっていって、ホールの左側のドアのベルを押した。返事があったのは数瞬後だった。やっと内側から足音が聞こえ、ドアを開けてくれたのは、みだれた黒っぽい髪をし、上着を着た、背の高い痩せた女で、いくぶん息をきらしているみたいだった。玉ネギのにおいが、明らかに台所があると思われるあたりから、漂ってきた。

「ロートンさんでしょうか?」

「そうですが?」彼女は多少迷惑そうな、どっちつかずなまなざしを彼に向けた。

四十五歳くらいだなと彼は思った。顔や身体つきにどことなくジプシー的なところがあった。

「何でしょうか？」

「二、三分暇をさいていただけると、ありがたいのですが」

「どういうご用件で？　ほんとうはわたしはいま手がふさがっているのですけれど」ついで彼女はとがった声でつけ加えた。「新聞の方ではありますまいね？」

「もちろんちがいますよ」ハードキャスルは同情的な語調になった。「新聞記者には、ずいぶんなやまされたことでしょうね」

「ひどいめにあいましたわ。ドアを叩くやら、ベルを鳴らすやらして、やたらにばかげた質問をするんですもの」

「すこぶるうるさいことはわたしも知っています」と警部は言った。「できれば、われわれとしても奥さんをそういうめにあわせたくはないのですがね。わたしは捜査課の警部ハードキャスルという者でして、じつは、新聞記事があなたをうるさがらせた事件を担当している者なのです。警察としても、そういう取材活動には制限を加えたいのですが、その点に関しては警察も無力なのです。新聞には報道の権利がありますからね」

「あの人たちは、公衆に報道する義務があるなどと言いますけれど、あんなふうに個人に迷惑をかけるなんて横暴すぎますわ」とミセス・ロートンは言った。「あの人たちの書く記事でわたしの気がついたことといえば、初めからしまいまで、うそでかためてあるということだけなのですからね。あの調子だと、どんなことだって、でっちあげかねませんわ。それはともかく、まあおはいりください」

彼女はうしろへのき、警部が敷居をまたいではいりこむと、ドアを閉めた。靴ぬぐいの上に手紙が二、三通落ちていた。ミセス・ロートンはそれを拾いあげようとしてかがみこんだが、警部の手のほうがさきだった。彼は表のほうを上にして渡してやりながら、ちらと上書きに眼を走らせた。

「すみません」

彼女は手紙をホールのテーブルの上に置いた。

「居間にはいっていてくださいませんか。こっちのドアですが、ちょっとお待ち願いたいのです。鍋のものが煮えこぼれていそうですから」

彼女はさっと台所へひっこんだ。ハードキャスル警部はホールのテーブルの上の手紙にもう一度ゆっくりと眼を向けた。一通はミセス・ロートン宛てのもので、あとの二通はミス・R・S・ウエッブ宛てになっていた。彼は指し示された部屋にはいっていった。そこは狭い部屋で、多少ちらかっており、家具はみすぼらしいものだったが、ところどころに色彩の鮮やかな珍しいものが飾ってあった。色は朽葉（くちば）色で、形も抽象的な、おそらくは高価だったろうと思われる、見とれるようなヴェネチアングラス、鮮やかな色のベルベットのクッションが二つ、外国の貝殻をちりばめた土器の大皿。叔母か姪のどちらかに独創的な素質があるのだなと彼は思った。

ミセス・ロートンはさっきよりも息をきらして引きかえしてきた。

「もう大丈夫だと思いますが」と彼女は多少自信がなさそうに言った。

警部はまた弁解した。

「都合のわるい時間にお邪魔したりしてすみません。たまたまこの近くまで来たものですから、とんだ災難で姪ごさんがまきこまれた事件の二、三の点を、念のためにたしかめておきたいと思いましてね。ウエッブさんはあのあとで、からだにさわるようなことはありませんでしたか？　若い女性にはたいへんなショックだったにちがいないのですが」

「ええ。帰ってきたときにはすっかり神経がまいっているようでした」とミセス・ロートンは答えた。「ですが、今朝はもう元気になって、勤めにも出ていますのよ」

「そのようですね。それは知っていたのですが、どこかへ仕事に行っておられるということでしたし、お仕事の邪魔をしてはよくないので、お宅へうかがって話をするほうがいいと考えたわけなのです。ですが、まだお帰りになっていないようですね？」

「今晩はおそくなりそうなのです」とミセス・ロートンは答えた。「パーディ教授のお仕事をしているのですけれど、シェイラの話ですと、教授は時間の観念のないお方なのだそうです。いつも、『もうあと十分程度ですみそうだから、片づけよう』とおっしゃるが、その十分が四十五分くらいにもなるんだそうですの。たいへんいい方で、ひどくすまながったりなさるのです。一、二度などは、残ってごはんでもたべてゆけとおっしゃったこともあり、おもいのほか長くひきとめたことを気になさるらしいのです。それにしても迷惑な場合もありますわ。警部さん、わたしにでもお答えできるようなことがありませんか？　シェイラは帰りがおくれるかもしれませんから」

「そうですね、べつにこれということも」と警部は微笑を浮かべて言った。「ただね、この前はざっと書きとめておいただけですから、間違っていないか、たしかめたかったわけなのです」彼はもう一度手帳を調べているようなふりをした。「ええと、ミス・シエイラ・ウエッブ――これで名前は全部でしょうか？　ほかにもクリスチャン・ネームがあるのですか？　こういうことは正確を期す必要があるのですよ、検屍審問の記録に残すためにね」

「検屍審問は明後日じゃありませんの？　シェイラにも出廷するようにという通知が来ていますわ」

「そうなのです。ですが、べつに苦になさるほどのことではないのですよ」とハードキャスルは言った。「死体を発見したときのもようを述べるだけでいいのですから」

「あのひとのことはまだわからないのですか?」

「ええ、それにはまだまだ日数がかかりそうなのです。ポケットに名刺があったので、われわれも最初は何かの保険の代理人かと思ったわけです。ところが、いまではあれは誰かにもらった名刺ではないかという気がしてきています。たぶんご本人が保険に入ろうとでも考えていたのでしょう」

「まあ、そうですの」ミセス・ロートンも漠然と興味を感じたような顔つきになった。

「ところで、正式の名前のことなのですが」と警部は言った。「たしか前にはミス・シェイラ・ウエッブか、ミス・シェイラ・R・ウエッブと書きこんだような気がするのです。もう一つの名前がどうも想いだせないのですが、ロザリイでしたか?」

「ローズマリーですの」とミセス・ロートンは答えた。「ローズマリー・シェイラというクリスチャン・ネームをつけてもらったようですけれど、あの子はローズマリーなんて奇抜すぎる気がするらしく、自分ではシェイラとしか名乗らないのです」

「なるほどね」ハードキャスルの言葉つきからは、自分の予感が当たった嬉しさはぜんぜんうかがえなかった。ほかにもう一つ彼の気がついた点があった。ミセス・ロートンはローズマリーという名前のことでは懸念の色を見せなかった。それは姪の使わないクリスチャン・ネームというだけのことらしかった。

「これではっきりしましたよ」と警部は笑顔で言った。「姪ごさんはロンドンからいらして、十カ月ばかりカヴェンディッシュ事務所に勤めておられるのでしたね。あそこへはいられた正確な日は、あなたもご存じないでしょうね？」

「ええ、ちょっとわかりかねますわ。去年の十一月だったとは思いますけど。十一月も下旬ごろだったような気がします」

「ああそうですか。そんなことは大した問題ではないのです。カヴェンディッシュ事務所にはいられる前は、お宅に暮らしておられたのではないのでしょう？」

「ええ、それまではロンドンで暮らしていました」

「そのロンドンの住所は書きつけておいででしょうか？」

「どこかに書いておいたはずです」ミセス・ロートンは、だらしのないところのある人間の漠然とした表情を浮かべて、部屋を見まわした。「どうも忘れっぽい人間なものですから。たしかアリントン・グローヴだったと思います――フルハムへ行く道の途中の。ほかの女の人たち二人と共同でフラットを借りてたのです。ロンドンでは間代がおそろしく高いですからね」

「向こうで勤めておられた会社の名前はご存じですか？」

「ええ、ホプウッド・アンド・トレント。フルハム・ロードにある不動産会社でした」

「ありがとうございました。その方面のことはこれではっきりしたように思います。ウエッブさんは孤児なんでしたね？」

「ええ」とミセス・ロートンは答えたが、不安そうに身体をもじもじさせた。視線が戸口のほうへさまよっていった。「もう一度台所へ行ってきてもよろしいでしょうか？」

「もちろんですよ」

彼はドアを開けてやった。彼女は出ていった。彼はいまの質問が多少ミセス・ロートンを動揺させたとみていいかどうか迷った。あのときまでは彼女は気やすく答えていたのだから。彼がそのことを考えているうちにミセス・ロートンが引きかえしてきた。

「失礼しました」と彼女はあやまるように言った。「ほうってはおけませんでしょう——ものを煮かかっていますとね。でも、もうこれで気をとられなくてもすみます。まだほかにお尋ねになることがございまして？　ああ、そうそう、いま想いだしたのですけれど、アリントン・グローヴではありませんでした。カーリントン・グローヴで、家の番号は一七でしたわ」

「ありがとうございました」と警部は言った。「ところで、さっきウエッブさんはみなし児なのかとお尋ねしていたわけですが？」

「ええ、そうなんですよ。ふた親とも亡くなりましてね」

「ずっと前にですか？」

「あの子がまだ赤ん坊のころでした」

彼女の答えかたにはかすかに挑戦的な態度が感じとれた。

「奥さんのご姉妹のお子さんだったのですか、それともご兄弟のほうの？」

「姉妹のほうですの」

「そうしますと、お父さんにあたるウエッブさんは、どういうご職業だったのでしょうか？」

ミセス・ロートンは返事をする前にちょっと間をおいた。彼女は唇をかんでいた。と思うと、「わたしは知らないのです」と答えた。

「あなたがご存じない？」

「おぼえていないという意味ですの。なにしろずいぶん前のことですから」

ハードキャスルは、彼女がまだ何か言いたすに相違ないと思って、待っていた。そのとおりになった。

「失礼ですけれど、そんなことが今度の事件と何の関係があるのでしょうか？——つまりですね、父親や母親が何者で、父親が何をしていて、どこの出身かといったようなことが、どうして問題になるのですか？」

「そりゃ、そんなことはどうでもいいはずではないかとお思いになるでしょう、奥さんの立場からはね。なにしろ特殊な状況なものですから」

「それはどういう意味ですの——特殊な状況とおっしゃるのは？」

「じつはですね、昨日ウエッブさんがあの家へ行かれたのは、カヴェンディッシュ事務所へ、とくに名ざしで派遣を求めてきたからだと、信じていい理由があるのです。したがって、何者かが、ウエッブさんをあの家に来させるように、計画していたものと思えるわけです。その何者かはおそらく——」彼はちょっとためらった。「——彼女に恨みを抱いている者でしょう」

「シェイラに恨みを抱いている者があるなんて、想像もできませんわ。あの子はあんな優しい娘なのですもの。ひとに好かれてもいますし」

「そりゃ、わたしだってそう思いましたよ」とハードキャスルはおだやかに言った。

「それに、その逆のことをひとからほのめかされるなんて、わたしは心外ですわ」とミセス・ロートンは戦闘的な言葉つきになった。

「そりゃそうでしょうとも」ハードキャスルは相変わらずなだめるような笑顔を浮かべていた。「ですがね、奥さんもここのところをよく頭にいれておいていただきたいのです。姪ごさんは計画的に犠牲者にされたとしか思えないのですよ。映画でよく言うように、死地に追いやられたのです。何者かが、殺されて間のない死体のある家にはいっていくように、計画していたのです。そうした表面に現われている事実からは、悪意のあるしわざとしか思えないではありませんか」

「つまり——何者かが、シェイラがあの人を殺したように見せかけようとしたと、おっしゃるのですか？　そんなこと、わたしには信じられませんわ」

「そりゃ、信じかねるようなことではありましょう」と警部も言った。「ですがね、警察としては事実をたしかめ、真相を明らかにしなければならないのです。例えばですね、誰か青年が、たぶん姪ごさんに恋をしていて、かまってもらえなかった男でも、ありはしませんか？　若い男というものは、ときにはひどく恨んで、復讐的な行動に出ることがありますからね、ことに心の平衡を失っているような場合には」

「わたしはそういうことはありえないと思います」とミセス・ロートンは、眼をほそめ、眉をよせて、考え顔になりながら、答えた。「シェイラにも一人や二人はボーイフレンドがありましたけれど、さっぱりしたつきあいだったのですから。長続きした者もありませんしね」

「ロンドンに暮らしておられたころのことだったのかもしれませんよ」と警部は言って

みた。「なんといっても、向こうでの友だちのことは奥さんもあまりご存じないはずでしょう」

「ええ、そりゃね……そういうことは本人に訊いていただくしかありませんわ。ですがね、どういう種類のことにせよ、問題を起こしたなどということはわたしは聞いたこともありませんよ」

「でなければ、相手は女性だったかもしれませんよ」とハードキャスルは別の方面からつっついてみた。「いっしょに部屋を借りていた女性の誰かが、嫉妬を起こしたのかも？」

「そりゃね」とミセス・ロートンは相変わらず納得しかねる口ぶりで言った。「いじめてやろうと思っている女のひとくらいは、いるかもしれませんわ。でも、いくらなんでも、人殺しにまきこもうなどとは」

これは頭の鋭い観察だったし、ハードキャスルもミセス・ロートンは決してばかではないと悟らされた。そこで、彼はすぐにこう言った。

「たしかにありそうにもないことに思えるでしょうが、事件そのものがすでにありそうにもないことなのですからね」

「誰か狂人のしわざにちがいありませんよ」とミセス・ロートンは言った。

「狂気の場合にでも、その狂気の背後には、なんらかの観念がひそんでいるものですよ」とハードキャスルは言った。「狂気を生じさせた原因がね。だからこそなのですよ」と彼は言葉をついだ。「わたしがさっきシェイラ・ウエッブの両親のことをお尋ねしたのはね。意外なほど動機が過去に根ざしている場合が多いのです。シェイラさんは幼いときに両親を亡くしておられるとすると、あのひとに訊いても両親のことはわからないでしょう。それであなたにお願いしているわけなのです」

「それはそうでしょうが――でもね……」

彼女の言葉つきには、またしても懸念とあいまいさが感じとれた。

「両親とも奇禍(きか)か何かで同時に亡くなられたのですか？」

「いいえ、奇禍ではなかったのです」

「それでは、どちらも自然死だったのですか？」

「それがね――わたしもほんとうはよく知らないのですよ」

「奥さん、あなたは話してくださっている以上のことをご存じのはずだと思いますがね」彼はかまをかけてみた。「たぶん両親は離婚されたか――そういった種類の理由でもあるのではありませんか？」

「いいえ、離婚したわけではないのです」

「いいではありませんか、奥さん。あなたはご存じなのでしょう――ご姉妹がどういう亡くなりかたをなさったか、ご存じにちがいないと思いますが？」

「なぜそんなことを――わたしからは申しあげかねるのです――厄介なことになるものですから。過去を掘りかえしたりしたのでは。過去は掘りかえさないほうがいいと思いますわ」彼女の眼には追いつめられた困惑さのようなものが浮かんでいた。

「もしかすると、シェイラ・ウエッブさんは――私生児だったのではありませんか？」

たちまち彼女の顔に狼狽（ろうばい）とほっとした気持ちとのまざりあった表情が浮かんだのを、彼は見のがさなかった。

「いいえ、わたしの子供ではありませんわ」と彼女は言った。

「ご姉妹の私生児なのですね？」

「ええ。でもね、あの子はそんなことは知らないのですよ。そんな話はぜんぜん聞かせていないのです。両親は幼いときに亡くなったのだと言ってあるんです。そういうわけですから……あなたも……」

「ええ、それはわかっています」と警部は答えた。「――それに、この方面の調査から何か手がかりが出てこないかぎりは、ウエッブさんに直接そういうことを訊く必要はありませんから、ご安心ください」

「あの子の耳にいれなくてもすみそうなのですか？」

「今度の事件に関連がないかぎりはね。関連はなさそうだと言ってよろしいでしょうし。ですがね、奥さん、ご存じのことは何もかもうちあけてくださいませんか。これは二人だけの話として、できるかぎり秘密にしておくことは保証しますから」

「体裁のいいことではありませんしね、わたしもずいぶん頭を悩ましたのですよ」とミセス・ロートンは言った。「姉は、それまでは、わたしの一家では頭のいい娘としてとおっていましたし。教師をしていて、りっぱに暮らしていたのです。たいへん尊敬されてもいましたし。およそそういうことを起こしそうな人間とは――」

「ところが、まさかと思うようなひとによくあることなのですよ」と警部は如才なく言った。「その男を――そのウエッブという男を――知るようになって――」

「なんという名前の男かもわたしはぜんぜん知らないのです」とミセス・ロートンは言った。「一度も逢ったこともありませんしね。ところが、姉がわたしのところへやってきて、事情をうちあけるではありませんか。子供が生まれそうなのだが、相手の男は結婚できないか、結婚する意志がない、といったようなことをね――そのどちらなのかはわたしは知りませんが。姉は野心家でしたし、そういうことが明るみに出たのでは、地位を放棄しなければならなくなります。ですから、当然わたしが――わたしは助けてあげようと言ったわけですの」

「そのお姉さんはいまどこにおられるのですか？」

「さっぱり知りません。ぜんぜん見当もつきませんわ」彼女の答えかたはきっぱりしていた。

「しかし、ご存命なのでしょう？」

「そうと思います」

「それに、文通もなさっていないのですか？」

「そうするのが姉の希望だったのです。子供のためにも、自分のためにも、きっぱりと絶縁するのが最善の方策だと姉は考えていました。ですから、そうすることにきめたわけなのです。わたしたちはどちらも母親の遺産からの収入を多少持っていました。アンは子供の養育費にといって、自分の分をわたしにゆずってくれました。本人は、いまの職業は続けるが、別の学校に転勤するつもりだと言っていました。交換教師として外国へ行く考えがあったのだと思います。オーストラリアかどこかへね。警部さん、わたしの知っているのはそれだけですし、わたしにお話しできることもそれだけですわ」


警部は考え顔で彼女を見やった。この女の知っているのはほんとうにそれだけなのだろうか？　これは確実な解答を見出すことの困難な問題だった。その程度しか知っていないということもじゅうぶんにありうることだった。姉について言及した言葉はわずかではあったが、意志の強い、にがにがしく腹だたしい気持ちを抱いた女だろうという印象をうけた。一度の失策で自分の一生をだいなしにするようなことはしないと、決意をかためている種類の女。冷静な判断に基づいて、自分の子供の養育と将来の幸福のための手段をとってやってもいる。その瞬間から自分は完全に離れ去って、人生を再出発しようとしたわけだ。

子供についてはそういう気持ちになることも想像できないことはないと彼は思った。だが、妹に対してはどうなのだろうか？　彼はおだやかに訊いてみた。

「少なくともあなたとだけは文通して、子供の成長ぶりを知りたがりそうなものなのに、不思議な気がしますね」

ミセス・ロートンは首を振った。

「あなたはアンをご存じないからですわ。姉は前からきっぱりとした決断をくだすひとでした。それに、姉とわたしとはそう親しくもなかったのです。わたしはずっと――十二も――年下でしたしね。いまもお話ししたように、わたしたちはあまり親しい仲ではなかったのですから」

「養子にすることについて、あなたのご主人はどういうお気持ちだったのですか？」

「そのときには、わたしはもう主人を亡くしていたのです」とミセス・ロートンは答えた。「わたしは早く結婚したのですが、主人は戦死しましてね。そのころには、わたしは小さなお菓子屋をしていました」

「それはどこでのことだったのですか？　このクローディンでではなかったのでしょう？」

「ええ、その当時はリンカンシャーに暮らしていました。一度休日にこちらへ遊びにきたことがあって、すっかり好きになったものですから、店は売って、こちらへ引っ越してきたわけですの。その後、シェイラが小学校へ行く年齢になったときに、わたしはロスコー・アンド・ウエストという、ご存じの大きな衣料品店に勤めるようになりました。いまもそこに勤めているんですよ。みんなたいへんいい人たちなものですから」

「どうも何かと正直に話していただいて、たいへんありがとうございました」ハードキャスルは立ちあがった。

「いまの話はシェイラにはひとこともらさないでくださるでしょうね？」

「やむをえない場合が生じないかぎりはね。過去の何かの事情と、今度の事件とが、つながりがあると判明した場合はともかくですが、そういうことはありそうにもない気がします」彼はいままでに何人にも見せた写真をまた取りだし、ミセス・ロートンにも見せた。「この男に何か心あたりがありませんか？」

「その写真ならもう見せられましたわ」とミセス・ロートンは言った。

それでも彼女は写真を受けとり、つくづくと眺めた。

「やはり見たこともない人ですわ。このあたりの人ではなさそうですね。でなければ、どこかで逢った記憶くらいありそうなものですから。そりゃ——」彼女はなおしさいに見つめていたと思うと、一瞬後には少々想いがけないことを言った。「りっぱな人のようですわね。紳士といっていいのではありませんか？」

それは、警部の経験では、少々時代おくれな言葉だったが、ミセス・ロートンの口から出ると、しごく自然に聞こえた。〝田舎育ちだからだな。田舎ではいまだに古めかしい考えかたをしているから〟と彼は思った。彼は自分でも写真を見なおしてみ、自分が被害者をそんなふうには見ていなかったことを、かすかな驚きとともに反省した。りっぱな人間だったのだろうか？　自分はその逆の推測をくだしていたわけだ。おそらく無意識のうちにか、ポケットに明らかににせとわかる住所氏名の名刺を持っていた事実に影響されての、推測だったにちがいない。だが、自分がさっきミセス・ロートンにした説明のほうが当たっていたのかもしれない。あの名刺は、にせの保険代理人が被害者におしつけたものだったのかもしれないのだ。そうとすると、事件はいっそう困難なものになりそうだと、彼はにがい気持ちで考えた。彼はまたちらと時計に眼をやった。

「これ以上夕飯のおしたくの邪魔をしてはいけませんから。姪ごさんもまだお帰りにならないようですし――」

ミセス・ロートンのほうも炉棚の上の置き時計に眼をやった。〝ありがたいことには、この部屋には置き時計が一つだけだ〟と警部は心のなかで呟いた。

「あの子もおそいですわね」と彼女は言った。「意外なほどですわ。エドナに待っていてもらわなくてよかったですわ」

ハードキャスルがけげんそうな表情を浮かべたのに気がつき、彼女はわけを話した。

「同じ事務所のタイピストの一人ですの。さっきシェイラを訪ねてきて、しばらく待っていたのですけれど、もうそれ以上は待てないからと言って帰りました。誰かとのデートがあるらしいようでしたわ。明日か、別の日にでも来ると言っていました」

警部もハッと気がついた。さっき通りですれちがった若い女だ！　なぜ靴のことなんかが頭に浮かんだのかもわかった。もちろんそうにちがいない。カヴェンディッシュ事務所の受付係をしている娘、彼が帰りかかったときに、とがったヒールのもげた靴を手にして、これではどうやって家へ帰ったらいいのと、情けなさそうな声をあげていた娘だ。そう魅力があるわけでもない。めだたない種類の女で、しゃべっているときにも何か甘いものをしゃぶっていたことも、彼は想いだした。通りですれちがったときに、こちらは見忘れていたが、向こうはこちらの顔をおぼえていたにちがいない。話しかけようとでも思ったように、ちょっと立ち止まりもした。何を話すつもりだったのだろうかと、彼はなんということもなく考えてみた。シェイラ・ウエッブを訪ねていった理由を話すつもりだったのか、それとも、何か話しかけなきゃわるいと思っただけだったのか？　彼は訊いてみた。

「その娘さんはシェイラさんの親しい友だちなのですか？」

「とくに親しいというほどでもありませんわ」とミセス・ロートンは答えた。「同じ事務所に勤めているというだけのことですし、どちらかといえば退屈な子なんです。頭もいいほうではないし、あの二人はべつに親しい仲というわけでもありません。じつを言いますとね、なぜ今夜あんなにシェイラに逢いたがっていたのか、不思議なんですよ。なんだかがてんのいかないことがあるので、そのことでシェイラに訊きたいのだと言っていましたけれど」

「どういうことなのか、あなたには話しませんでしたか？」

「ええ。急ぐことではないし、大したことでもないからと言っていました」

「ああそうですか。では、わたしも失礼しなきゃ」

「へんですわね、シェイラが電話もかけてよこさないなんて」とミセス・ロートンは言った。「おそくなりそうだと、たいてい電話をかけてくるのですけれど。ときには教授に夕飯をごちそうになることもありますから。でも、いずれもうすぐ帰ってくるでしょう。バスの乗客が長い列を作っていることもありますし、カーリュー・ホテルはエスプラネード通りのずいぶんさきのほうなのですから。シェイラに何か――おことづけのようなものでも――ありませんか？」

「べつにこれということも」と警部は答えた。

彼は出ていきながら、こう訊いた。「ところで、ローズマリーとシェイラというクリスチャン・ネームは、どなたがお選びになったのですか？　お姉さんですか、奥さんなのですか？」

「シェイラというのはわたしたちの母の名前だったのです。ローズマリーは姉の選んだ名前でした。実際奇妙な名前をつけたものですわ。小説じみていてね。姉は空想家じみたところやセンチメンタルなところのぜんぜんないひとでしたのに」

「では、奥さん、おやすみなさい」

警部は門を出て通りへ曲がりこんだときに、こんなことを頭に浮かべていた。〝ローズマリーか――ふうん……ローズマリーといえば想い出の花だ。ロマンスの想い出か？

それとも、何かぜんぜん別のこと?〃

第十三章

コリン・ラムの話

わたしはチャリング・クロス・ロードを歩いてゆき、ニュー・オクスフォード通りとコヴェント・ガーデンとのあいだの、まがりくねった通りが迷路のように錯綜(さくそう)している地域にはいりこんだ。そのあたりには、あらゆる種類の思いもよらない商店が集まっていた。骨董店、人形病院、バレー靴店、デリカテッセン。

わたしは青や茶色のさまざまなガラスの眼玉のならんでいる人形病院の誘惑をはらいのけ、ようやく目的の家にたどりついた。そこは大英博物館からそう遠くはない横町にある、小さなうす汚い本屋だった。表側には例によって安売本がならべてあった。三ペンス、六ペンス、一シリングなどの札のついた、古ぼけた小説、教科書の古本、あらゆる種類の半端もの。ほとんど欠けた頁のない掘り出しものや、まだ装丁のしっかりしているものすらときにはあった。

　わたしは身体を横にして戸口を通りぬけた。通りからはいってくる通路には、毎日のようにふえるばかりの書物が危なっかしく積みあげてあるので、身体を横にして通る必要があった。内部は、店が書物を所有しているというよりも、明らかに書物が店を所有している感じだった。いたるところに書物が自由気ままに入りこんで、場所を占領し、繁殖していて、どうみても彼らを統制するだけの強力な手が欠けているようだった。書棚と書棚とのあいだも狭すぎて、そのあいだを通りぬけるのがやっとだった。どの書棚にもテーブルにも、書物がぎっしりならべられ、積みあげられていた。まわりじゅうを書物に囲まれた隅の腰掛けには、剝製(はくせい)の魚のような大きな平たい顔をした、山の平らなソフト帽をかぶった老人がいた。彼は衆寡(しゅうか)敵せずと悟って、闘うのをあきらめた人間のような様子をしていた。彼も書物を制御しようと努力はしたのだろうが、どうやら書物のほうが彼を制御することに成功しているようだった。彼は、いわば書物界のカニュート王（さまざまな伝説の持ち主のデンマークの王）みたいなもので、押し寄せる書物の満潮にあとずさりさせられるばかりだった。彼が満潮に退けと命じても、満潮のほうはどうしようもない確実さで押し寄せてきたにちがいなかった。その老人はソロモンといって、この店の主人だった。彼はわたしに気がついたとみえて、魚のような凝視がゆるみ、コックリとうなずいた。

「ぼくの専門のものは、何か来ていますか？」とわたしは訊いた。

「ラムさん、二階へ上がって調べてみてくださいよ。やはり海藻やそういったものをご研究ですか？」

「そうなんですよ」

「あなたもそういった方面のもののある場所をご存じでしょう。海洋生物や化石——南極大陸関係のものは三階です。一昨日新しいものをひと包み仕入れました。ときかかったのですが、暇がなくてまだ整理がついていないのです。三階のすみっこにありますよ」

わたしはうなずき、店の裏側にあるおそろしくきたならしい、こわれそうな小さな階段のほうへ、やはり身体を横にして歩いていった。二階には東洋関係の書物、美術書、医学書、フランスの古典などが置いてあった。この部屋には、一般人の知らない、専門家だけがはいらせてもらえる、カーテンで仕切った部分があって、そこにはいわゆる「奇書」「珍書」類が置いてあった。わたしはその横を通り、三階へ上がっていった。

そこには考古学や博物学などの堂々とした書物が、完全とはいえないまでも、一応分類してならべてあった。わたしは学生や年輩の大佐や牧師たちのあいだをぬって通り、床の上のいくつもの蓋を開けたままの書物をいれた箱をまたぎこしたが、そこからさきへ行こうにも、ぴったり抱擁しあい忘我の境にいるらしい、ひと組の男女の学生に道をふさがれていた。彼らは立ったまま前後に揺れていた。

わたしは「ちょっと失礼」と言って、二人をぐいと押しのけ、ドアを隠してあるカーテンを上げ、ポケットの鍵をさしこんでまわし、なかへはいりこんだ。そこは玄関みたいになっていて、きれいに着色してある壁には、スコットランドの高地の牛の群れを描いた版画がかけてあり、磨きあげたノッカーのついているドアがあった。そのノッカーを慎重に操作すると、白髪まじりの髪、いやに古風な眼鏡、黒いスカート、ちょっと意外な感じのペパーミント色のしまのジャンパーすがたの、年輩の女がドアを開けてくれた。

「あなたなの？」と彼女は挨拶もぬきにして言った。「おやじさんはつい昨日もあなたのことを訊いていたわ。機嫌がわるかったわよ」彼女は、年輩の家庭教師が不勉強な子供にでもするように、わたしに頭を振ってみせた。「あなたももう少ししっかりしなきゃだめね」

「お説教はよしてくれよ、おばさん」とわたしは言った。

「おばさん呼ばわりこそよしてよ」と相手は言いかえした。「生意気よ。この前もそう言っといたじゃないの」

「あなたがわるいんですよ。ぼくをまるで子供あつかいするんだから」

「もうおとなになってもいいころよ。さあはいって、叱られてらっしゃい」

彼女はブザーを押し、デスクの上の受話器を手にとって、言った。

「コリンさんです——ではそちらへ行かせます」彼女は受話器を置き、わたしにうなずいてみせた。

わたしはその部屋の突きあたりの戸口を抜けて、別の部屋へはいったが、そこには、何ひとつ見分けがつかないほど葉巻の煙がたちこめていた。煙にやられた眼がようやくはっきりしてくると、古ぼけた、もうおはらいばこにしてもよさそうな爺さん椅子に、ゆったりとよりかかっている、主任の大きな図体や、椅子の片方の腕にとりつけてある古風な読み書き用の回転デスクが見えてきた。

ベック大佐は眼鏡をはずし、大きな書物の載っている読書用デスクを横へ押しやって、とがめるような眼をわたしに向けた。

「やっとやってきたか」と彼は言った。

「はあ」とわたしは答えた。

「何かつかんだのか？」

「いいえ」

「なんだ！　そんなことでどうするのだ、コリン？　それではしようがないぞ。新月(クレスント)だなどと！」

「その着想はまだ棄てていないのですが」とわたしは言いかかった。

「なるほど。きみはまだその考えを棄てていない。だが、われわれのほうはきみが考えているあいだ待っているわけにはいかないのだ」

「あれが直感にすぎなかったことはわたしも認めます」

「その点には問題はない」とベック大佐は言った。

主任は逆に出ることの好きな男なのだ。

「わしの一番成功した場合は直感によるものだった。だが、きみの直感は成果をあげているとは思えないぞ。居酒屋のほうは終わったのか？」

「終わりました。この前に報告しましたように、今はクレスントにかかっています。新月形にならんでいる家々のことですが」

「まさかフレンチロールを売っているパン屋じゃあるまいな。もっとも、よく考えてみれば、それだって理由がないわけではない。なかにはフランスの三日月型(クロワッサン)パンを表看板にして、まがいものを売っている店があるからな。近ごろでは、何でもそうだが、パンも冷蔵庫へしまっておく。だから何でも本来の味がなくなってしまうのだ」

わたしは、おやじはなおその話題を発展させてゆくかなと思い、待ちうけていた。おやじの好きな話題だったからだ。ところが、わたしがその続きの話を予想していると見てとったか、ベック大佐は自制した。

「全部あらったのか？」と彼は詰問するように訊いた。

「だいたいは。まだいくらか残っています」

「もう少し余裕がほしいという意味なのか？」

「余裕がほしいことは事実です」とわたしは答えた。「ですが、すぐにほかへ移動する気はありません。偶然の一致ともいうべき事件が起こり、ことによると——ことによるとですが——何か根拠があるかもしれないのです」

「よけいなおしゃべりは不要だ。事実を述べてみろ」

「調査の対象、ウイルブラーム・クレスント」

「ところが、からくじを引いたというわけか！　それとも、ちがうのか？」

「まだどちらとも言えないのです」

「はっきりと話してみろ、はっきりと」

「偶然の一致というのは、ウイルブラーム・クレスントで殺人事件が起きたことなのです」

「殺されたのは何者なのだ？」

「まだいまのところ正体不明です。名前と住所を書いた名刺を持っていましたが、それがにせの名刺だったのです」

「ふむ。なるほど。くさいところがあるようだ。何かのつながりでも？」

「つながりがあるとは思えないのですが、それにしましても……」

「そのとおり、それにしてもだ……それできみは何を言いにきたのだ……引きつづき、そのウイルブラーム・クレストとかいう、へんな名前のところをかぎまわってみる許可を求めにきたのか？」

「そこはクローディンという町にあるのです。ポートルベリーから十マイルの距離の」

「なるほど、有望そうな地域だ。しかし、きみは何をしにここへ来たのだい？　普通なら許可を求めにきたりする男ではない。強情に自己流にやってゆく人間じゃないか」

「おっしゃるとおりです。わたしにはそういう傾向があるようです」

「それなら、どういう用件なのだ？」

「調査していただきたい人間が二、三あるのです」

溜息とともに、ベック大佐は読書用デスクをもとへもどし、ポケットからボールペンを取りだして、息を吹きかけ、わたしの顔を見た。

「それは？」

「ダイアナ・ロッジという家。実際はウイルブラーム・クレスント、二〇、です。ミセス・ヘミングという女と十八匹ばかりの猫が暮らしています」

「ダイアナ？　ふうん。月の女神じゃないか！」とベック大佐は言った。「ダイアナ・ロッジ。よろしい。何をしているのだ、そのミセス・ヘミングという女は？」

「なんにも。猫の世話に没頭しているだけで」とわたしは答えた。

「もってこいの隠れみのだと言っていいな」とベックは満足そうに言った。「たしかにありうることだ。それだけかね？」

「いいえ。ラムジイという男もいます。ウイルブラーム・クレスント、六二、に住んでいるのです。土木技師だと称しています。しじゅう外国へ出かけます」

「そいつは有望そうだな」とベック大佐は言った。「わしはそういうのが大好きだ。その男について調べてほしいというのだね？　よろしい」

「その男には細君があるのです」とわたしは言った。「感じのいい細君と、いたずらざかりの二人の子供がね——男の子ですよ」

「そりゃありうることだよ」とベック大佐は言った。「前例もある。きみもペンドルトンのことはおぼえているだろう？　あいつには細君も子供もあった。すこぶる感じのいい細君がね。あんなばかな女には逢ったことがなかったよ。東洋関係の書物を扱っているれっきとした人物という、亭主の表看板をぜんぜん疑ってもいなかった。そう言えば、ペンドルトンはドイツ人の細君にも娘を二人生ませていた。スイスにも細君を持っていた。わしにもよくはわからないのだがね、そういうのはあの男の個人的な欲情過多のせいなのか、カムフラージュなのか。もちろん本人はカムフラージュだったと言うだろうがね。それはともかく、そのラムジイという男のことを知りたいというわけだね。ほかには？」

「これはわたしもまだ迷っているのですが、六三号に夫婦者がいます。隠退した大学教授です。名前はマクノートン。スコットランド系。中老。庭いじりに日をすごしています。その夫婦がただものではないと考える理由はなにもないのですが――しかし――」

「よろしい。調査してみよう。機関にかけてたしかめさせることにする。ところで、この連中はいったいどういう関係にあるのだね？」

「庭が殺人事件の起きた家の庭と隣りあっているか、境を接している家に住んでいるのです」

「フランス語の練習文みたいだね」とベックは言った。「わたしの伯父の死体はどこにありますか？　わたしの伯母のいとこの庭のなかです。一九号そのものについてはどうなのだ？」

「以前教師をしていた目の不自由な女が住んでいます。現在は盲人の教育機関に勤めているのですが、その女については土地の警察が徹底的に調べています」

「ひとり暮らしなのかね？」

「そうです」

「さっきの連中については、きみはどういうふうに考えているわけなのだ？」

「かりにいま名前をあげた者たちの家のどれかで、その連中のうちの誰かが殺人をおかしたとしても、都合のいい時間をみはからえば、危険はともなうにしても、きわめて容易に死体を一九号に搬びこめそうな気がするのです。もちろん、そういう可能性があるというだけのことにすぎませんが。それから、お見せしたいものがあるのです。これですよ」

ベックはわたしの差しだした銅貨をうけとった。

「チェコのヘイラー貨じゃないか？　どこで見つけたのだ？」

「わたしが見つけたのではありませんが、一九号の裏庭にあったのです」

「おもしろい。きみが執拗に新月や月の出に執着したのも、結局は根拠があったのかもしれないな」と彼は考え顔でつけ加えた。「あの横の通りには〈月の出〉という居酒屋がある。なぜそこも当たってみないのだね？」

「あそこへはもう行ってみましたよ」とわたしは答えた。

「きみはいつでも答えを用意しているじゃないか。葉巻はどうだね？」とベック大佐は言った。

わたしは首を振った。「ありがとうございます――今日は暇がありませんから」

「クローディンに引きかえすのかね？」

「そうです。検屍審問に出席しなければなりませんから」

「いずれ延期になるだけのことだろうがね。クローディンにはきみの追っかけている女でもいるんじゃないのかね？」

「そんなばかなことが」とわたしはけしきばんで言った。

想いがけなくベック大佐はくっくっと笑いだした。

「例によってセックスが醜悪な頭をもたげかかっているぞ。その女性とはいつから知り合いなのだ？」

「そんな女はいませんよ――ただ――死体を発見した娘はいましたが」

「死体を見つけたとき、その娘はどうした？」

「悲鳴をあげましたよ」

「もってこいの条件だ」と大佐は言った。「その娘はきみに飛びつき、きみの肩にもたれて泣きながらわけを話した。そうだろう？」

「何の話なのかわかりませんね」とわたしはつきはなした。「それよりも、これを見てください」

わたしは警察写真のうちから選んできたものを渡した。

「これは何者なのだ？」とベック大佐は訊いた。

「被害者ですよ」

「十中八九まではきみが熱をあげている娘が犯人だぞ。わしには事件全体が眉つばもののように思える」

「まだ事件の内容を聞いてもいらっしゃらないじゃありませんか。わたしはまだ話していないのですから」とわたしは言った。

「わしは聞かせてもらう必要はないよ」ベック大佐は葉巻に火をつけた。「検屍審問に出かけて、その娘を待ちうけるがいい。その娘の名前もダイアナか、アルテミスか、何か、新月か月に関係がありはしないか？」

「そんなことはありませんよ」

「それにしても、そうかもしれないことを忘れるんじゃないぞ！」

第十四章

コリン・ラムの話

ホワイトヘーヴン・マンションを訪れるのはずいぶん久しぶりだった。数年前にはこのマンションはモダンなアパートとしてめだった建てものだった。いまはそれよりも堂々としてもいれば、いっそうモダンでもあるビルディングが、いくつもその両側に建ちならんでいた。このマンションも内部は最近に若返り手術をうけたらしい様子だった。壁がうすい色合いの黄色と緑に塗りなおされていた。

わたしはエレベーターで上がってゆき、二〇三号のベルを押した。例によって一点の乱れもない服装の侍僕、ジョージが取り次ぎに出てきた。歓迎のほほえみが彼の顔に浮かんだ。

「コリンさんですね！　お久しぶりですねえ」

「そうだね。元気かい、ジョージ？」

「おかげでたっしゃでおります」

わたしは声をひそめた。「あの人はどんなふうだね？」

ジョージも声をひそめた。もっとも、わたしたちは最初からすこぶる慎重な声音で話していたのだから、その必要もなかったのだが。

「いくらか気がめいることもおありになるようです」

わたしは同情するようにうなずいた。

「どうぞこちらへ――」彼はわたしの帽子をひきとった。

「コリン・ラムという名前で取り次いでくれないか」

「承知しました」彼はドアを開け、澄んだ声で、「コリン・ラム氏がお見えです」と伝えた。

彼は身をひいてわたしを通し、わたしはなかへはいった。

わたしの友人エルキュール・ポアロは壁炉の前のいつもの大きな角型の安楽椅子に座りこんでいた。長方形の電気ストーブの横棒が一本赤く熱しているのにわたしは気がついた。九月早々であり、気候も暖かかったが、ポアロは誰より早く秋の冷えこみを感じとり、その用心をする人間の一人だった。彼の両側の床にはきちんと書物が積みあげてあった。書物は彼の左側のテーブルの上にもあった。右側には湯気のたちのぼっているティーカップがあった。わたしは薬湯（ティセーン）ではないかなと思った。ポアロはティセーンが好きで、わたしにもよくすすめた。胸のむかつくような味、鼻を刺すようなにおいのするやつなのだ。

「どうぞそのままで」とわたしは言ったが、ポアロはもうすでに立ちあがっていた。エナメルの靴をはいた姿で、眼をきらめかせ、両手を差しだして、わたしのほうへやってきた。

「ああ、きみなのか、きみなのか、わが友！　わが若い友人コリン。それにしても、なぜ小羊（ラム）などと名乗っているのかね？　ひとつわたしに考えさせてみておくれ。格言かことわざがあるね。小羊肉にみせかけた羊肉とかいう。いや、ちがう。あれは年よりも若く見せようとする中老の婦人のことだったね。きみの場合にはあてはまらないわけだ。ははあ、わかったぞ。きみは羊の皮を着た狼（ウルフ）なのだ。そうだろう？」

「そうでもないのですよ」とわたしは言った。「仕事が仕事ですから、本名だと都合がわるいかもしれない、おやじとつながりのある人間と思われるおそれがある、というだけの理由です。ですから、ラムとしたわけです。短くて、単純で、おぼえやすい。わたしという人間にも似つかわしいと、自分ではうぬぼれているのですがね」

「その点は何とも言えないね」とポアロは答えた。「ところで、わたしの親友、きみのお父さんはお元気かね？」

「元気でいます。タチアオイにかかりきりですよ——いや、菊だったかな？　なにしろ季節の移り変わりが早いから、いまは何なのか、わたしにはおぼえていられませんよ」

「すると忙しいわけだね、園芸のほうに？」

「誰でも晩年はそこへ落ちつくみたいですね」

「わたしはちがう」とエルキュール・ポアロは言った。「一度はナタウリにこったことがある——だが、それでおしまい。きれいな花がほしければ、花屋へ行けばいいではないか。あれだけ活躍した警視さんのことだから、回想記でも書くつもりかと思ったがね」

「書きはじめるには始めたのです」とわたしは答えた。「ですがね、公表をひかえる必要のあることが多すぎるし、それをはぶいたのでは、書くねうちもないほど生ぬるいものになってしまうという、結論に達したわけなのです」

「人間は慎重に行動する必要がある、というわけだね。残念だね、きみのお父さんなら非常に興味のある話が語れたはずなのだから。わたしはあのひとには大いに敬意をはらっている。前からそうだった。あのひとのやり口がわたしには非常に興味があった。率直をきわめているのだ。いままで誰も使ったこともないほどの明らさまな手段を用いる。いつも見えすいたわなをかけるものだから、捕えようとする相手も、〝あまりにも見えすいている。みせかけだけにちがいない〟と考える。だからわなにかかる！」

わたしはふきだした。「いずれにしても、近ごろでは息子が父親を崇拝するなどということはやりません。たいていの息子は、ペンに毒気をこめ、あらんかぎりの醜悪な事実を想いだして、どう見ても気持ちよさそうに書いていますよ。ところがね、わたし自身はおやじに絶大な敬意を抱いているのです。自分にもあれだけの手腕があればと思いますよ。もちろん、たずさわっている仕事は同じだとは言えませんが」

「しかし、関係はある」とポアロは言った。「密接な関係がね。そりゃ、きみの場合は、お父さんとはちがって、いわば舞台うらで活動しなきゃならないわけだが」彼はそこで上品な咳をした。「わたしもお祝いの言葉を述べなきゃ、きみの最近のめざましい成功にね。そうなのだろう？　あのラーキン事件」

「あれは、あの事件のかぎりでは成功したわけです」とわたしは答えた。「ですが、完全に仕上げるためには、まだまださぐりださねばならないことが多いのです。それにしても、ほんとうはその話でうかがったわけではありませんが」

「それはそうだろうとも」とポアロは言った。彼はわたしを椅子に招きよせ、ティセーンはどうかと言ったが、わたしはすぐにことわった。

その瞬間に、うまいぐあいにジョージがはいってきて、ウイスキーや、グラスや、サイフォンをわたしのそばに置いてくれた。

「あなたのほうは近ごろ何をしていらっしゃるのですか？」とわたしはポアロに訊いてみた。

彼のまわりのいろんな書物を見まわし、「何かを調べていらっしゃるみたいですね」とも言ってみた。

ポアロは溜息をついた。「まあそう言えないこともない。そう、ある意味ではそのとおりだろう。最近のわたしは問題に飢えている感じなのだ。問題でさえあれば何でもいいと、ひとりごとを言ったりする。シャーロック・ホームズの場合と同じでね、パセリがどこまでバターのなかに沈みこむかということでも問題にはなる。かんじんなのは、それが疑問を提出してくれることなのだ。きみも知ってのとおり、わたしの場合、運動が必要なのは筋肉ではなくて、脳細胞なのだからね」

「健康を保つためにはね。よくわかりますよ」

「そのとおり」彼は溜息をついた。「ところがね、問題というやつは簡単にはやってきてくれないときている。もっとも、先週の木曜日には一つだけ向こうからやってきてくれたよ。けしからんことには、うちの傘立てに干からびたオレンジの皮が三きれ出現した。どうしてそんなものがそこへ落ちこんだのか？　どうしてそんなものがそこへ落ちこんだりしたのか？　わたしはオレンジは食わない。ジョージは傘立てにオレンジの皮の干からびたのを入れたりする男ではない。来客がオレンジの皮を三きれ持ってきたりしそうにもない。そう、あれはまさに問題を提供してくれたよ」

「それで、あなたはそれを解決なさったのですか？」

「解決した」とポアロは答えた。

誇らしさよりも憂鬱（ゆううつ）さを感じさせる言葉つきだった。

「結局は大して興味のある問題でもなかったよ。いつもの掃除婦がやめ、新しくきだした女が、厳重な命令に背いて、自分の子供を一人連れてきたというわけだ。くだらないことに思えるだろうが、それでも、うそや見せかけや、そういった小細工を、つぎつぎと見抜いてゆく必要があった。うまくいったと言ってもよかろうが、重大な問題ではないのだから」

「失望されたというわけですね」とわたしは言った。

「結局（アンファン）はね」とポアロは言った。「これでもわたしは謙遜（けんそん）な人間のつもりだが、小包の紐を切るのに短刀を使うのでは惜しい気がする」

わたしも心からうなずいた。ポアロは言葉をついだ。

「最近は、現実のいろんな未解決な事件を読んでみることを仕事にしている。自分の解決法をそれらの事件に適用してみるわけだ」

「つまり、ブラーヴォ事件や、アデレイド・バートレット事件などにですか？」

「そのとおり。ところがね、ある意味ではあまりにもやさしすぎる問題だったよ。わたしの考えるところでは、チャールズ・ブラーヴォ殺害犯人については何の疑問の余地もない。あの話し相手役に雇われていた女性は、事件に関係していた可能性はあるが、事件の主役ではなかったことはたしかだ。それから、あの不幸な思春期の娘コンスタンス・ケントの事件もある。あの娘が愛していたに相違ない自分の弟を絞殺するにいたった根本の真の動機は、前から謎だとされていた。だが、わたしには謎ではない。あの事件の詳細を読んだとたんに、はっきりわかったよ。リジイ・ボーデン事件にしたって、関係者に二、三質問することさえできれば、解決してやれたのだがと思う。わたしの頭のなかでは、その解答がかなりはっきりした形をおびてきている。残念なことには、もう関係者は全部この世にはいないだろうがね」

わたしは、いままでも何度もそう思ったことだが、謙遜がポアロの特徴ではないことだけはたしかだと、今度もまた心のなかで呟いた。

「その次には、わたしは何をしたと思うね？」とポアロは言葉をついだ。

どうやらここしばらく身をいれて話をする相手もなかったとみえて、自分の声の響きを愉しんでいるみたいだった。

「実話から小説に転じたわけだよ。見たまえ、わたしのまわりに置いているのは各種の犯罪小説の代表的な作品だ。わたしは過去にさかのぼってみた。これは――」彼はわたしがはいってきたときに椅子の腕に載せていた本を手にとった。「――これはねコリン、『リーヴェンワース事件』（アンナ・キャサリーングリーン著）なのだよ」彼はその本をわたしのほうへ差しだした。

「ずいぶん古いものにまでさかのぼっておられるわけですね。わたしの記憶では、たしかおやじが子供のころに読んだと言っていましたよ。わたしも一度読んだはずです。いま読めば古くさい感じがするでしょうが」

「すばらしい作品だよ」とポアロは言った。「時代の雰囲気、堅実に悠々と組みたててゆくメロドラマ、味わいが深い。エリナーの華やかな美しさやメアリイの月光のような美しさの、筆をつくしてのゆたかな描写！」

「わたしももう一度読みなおしてみる必要がありますね。そういう美しい女性たちの部分は忘れてしまっていますよ」

「それから、ハンナというかにも女中らしい女中も出てくるし、殺人犯にいたっては、すぐれた心理研究になっている」

わたしは講義を聞かされるはめにおちいったと悟り、ゆったりと腰をおちつけた。

「次には『アルセーヌ・ルパンの冒険』を取りあげてみよう」とポアロは話を続けた。「いかにも空想的だし、非現実的でもある。それにしても、なんという活気、なんという生気がみなぎっていることか！　荒唐無稽ではあるが、けんらんとしている。ユーモアもあるしね」

彼は『アルセーヌ・ルパンの冒険』を下に置き、別の書物を手にとった。「これは『黄色い部屋の秘密』（ガストン・ルルーの作品）なのだ。これこそまさに古典だよ！　初めから終わりまで文句のつけどころがない。論理的な筋のはこびのみごとさ！　批判もあったことはわたしもおぼえている、不公平（アンフェア）だという意味のね。しかし、不公平だとは言えないよ、コリン。ちがう、ちがう。その間近まではきてはいるが、不公平だとは言いきれない。その間には髪一筋ほどのちがいがある。そうなのだ。全篇を通じて用心深い狡猾な表現のしかたで真相が隠してある。例の三つの廊下のかどで登場人物たちがぶっつかるクライマックスで、すべてが明瞭に読みとれるはずだ」彼はその作品を丁重に下に置いた。「どうみても傑作だよ。だが、最近ではほとんど忘れられているらしいね」

ポアロは二十年以上とばし、比較的最近の著者の作品に近づいた。

「アリアドニ・オリヴァー夫人の初期の作品も二、三読んでみたよ。あのひとはわたしの友人だし、きみの友人でもあるはずだね。だが、わたしはあの女流作家の作品を全面的に是認する気にはなれないのだよ。物語のなかに、ありそうにもないような出来事が起きる。偶然の一致という可能性のうすいことをやたらに使いすぎる。それに、当時はまだ若かったから、無茶にもフィンランド人の探偵を登場させたりしているが、あのひとはフィンランド人もフィンランドという国についても、たぶんシベリウス（フィンランドの作曲家）以外は、ぜんぜん知識がないことは明らかだ。それにしても、あの女流作家には独創的な思考方式があり、ときおり鋭い推理を発揮するし、近年は以前知らなかった事柄についても豊富な知識を備えてきている。例えば、警察の捜査方式などについてもそうだ。それ以上に彼女に欠けていたのは法律に関する知識だったのだが、どうやら弁護士の友人ができて、そのほうも助言をえているらしい」

彼はアリアドニ・オリヴァーを横に置き、別の書物を手にとった。

「さて、次はシリル・クェイン氏だ。まさに巨匠だね、クェイン氏は、ア、リ、バ、イ、のね」

「わたしの記憶に間違いがなければ、おそろしく退屈な作家のはずですがね」とわたしは言った。

「たしかに彼の作品にはこれというスリルを感じさせるような事件も起きない。死体は出現するがね。ときには一体だけにとどまらないこともある。だが、作者の力をいれているのは常にアリバイなのだ。列車の時刻表、バスのルート、地方の道路網。正直なところ、わたしはこの人の複雑で巧妙をきわめたアリバイの使用を愉しんで読んでいる。シリル・クェイン氏の術策を見破ってやろうと努力してみるのは愉しい」

「あなたならいつも成功なさるでしょう」とわたしは言った。

ポアロは正直だった。

「いつもとはかぎらないね」と彼は言った。「いつもとはかぎらない。もちろん、幾篇か読んでいるうちには、ひどく似通った作品があるのに気がつく。アリバイが、そっくり同じだと言えないにしても、いつも類似した形式になっているのだ。じつはね、コリン、わたしにはシリル・クェインの書斎にいるときの姿が眼に浮かぶようだよ。写真にうつされているように、パイプをくわえ、ABC鉄道時刻表、大陸列車時刻表、旅客機時刻表、その他あらゆる種類の時刻表を、まわりに備えてね。定期船の日程表だって備えているだろう。きみはどう言おうとね、コリン、シリル・クェイン氏には秩序と方式がある」

彼はクェインの本を下へ置き、別のを取りだした。

「これはスリラーものの多作家、ギャリイ・グレグソン氏のものだ。この人は少なくとも六十四冊は書いているらしいね。クェイン氏とは正反対の作家だと言ってよさそうだ。クェイン氏の作品では大して事件が起きないが、ギャリイ・グレグソンのものとなるとやたらに事件が起きる。ありえないような大混乱が起きるのだ。しかも高度に脚色されている。棒でかきまわしたようなメロドラマだ。流血——死体——手がかり——スリルがもりあがり、あふれでそうだ。すべてが強烈で、すべてが現実ばなれしている。この作家は、世間流の言いまわしに従えば、わたし向きの紅茶（好みに合ったもの）ではないよ。わたし向きどころか、だいたい紅茶にもなっていないね。すこぶる怪しげなものを混ぜる、正体不明のアメリカのカクテルなるもののほうに近いよ」

ポアロはそこで言葉をきり、溜息を一つして、講義を再開した。「それではアメリカに転じることにしよう」彼は左側に積みあげてある書物のうちから一冊を取りだした。「これはフローレンス・エルクスなのだ。この作者にも秩序と方式があり、多彩な事件も織りこまれているが、じゅうぶん納得させるものがある。陽気で、活気に満ちている。才気のある作家だ。この女流作家はね。ただ、アメリカの作家のごたぶんにもれず、酒類にとりつかれている傾向はあるがね。きみも知ってのとおりに、わたしもブドウ酒にかけてはくろうとのつもりだ。小説のなかに銘柄も醸造年月もたしかなクラレットやブルゴーニュが出てくると、いつも愉しい気持ちにされる。ところが、アメリカのスリラーものに登場する探偵が一頁ごとに飲むウイスキーの正確な量などを知らされても、いっこうに興味をそそられないよ。探偵がカラー用引き出しから取りだしたウイスキーを一パイント飲もうと、半パイント飲もうと、そんなことが物語の筋のはこびに実際上の影響があろうとは思えないものね。アメリカの小説の酒のモチーフは、ディック氏が回想記を書こうとしたときのこの著者と、チャールズ王の首との関係に、よく似たところがある。どちらもそれを頭からはなせないでいる」

「ハードボイルド派についてはどうお考えですか？」とわたしは訊いてみた。

ポアロはうるさいハエか蚊でもはらいのけるように手を振った。

「暴力のための暴力かね？　いったいいつからあんなものが興味をもたれだしたのかね？　わたしなどは警察官をしていた若いころに、じゅうぶん暴力を見てきているよ。ばからしい。医学の教科書でも読むほうがましだよ。それにしても（ツウ・ド・メーム）、全体としてのアメリカの犯罪小説には、わたしはかなり高い地位を与えるね。イギリスの作品よりも器用であれば、想像力にもたけている。フランスのたいていの作家のものに比べると、雰囲気に欠けていると同時に、雰囲気にのしかかられすぎてもいる。例えば、ルイーザ・オマレイを例にとってみよう」

彼はまた一冊の本を掘りだしてきた。

「この女流作家は教養を感じさせる模範的なととのった文体の持ち主なのだが、それでいて、読者に興奮を、息づまるような懸念を、感じさせる腕は大したものだ。あのニューヨークの赤褐色の砂岩建築のアパート。いったい、砂岩のアパートとはどういうものなのだね――わたしにはさっぱりわからないが？　ああいう高級アパート、上流人気どりの意味ありげな言葉のやりとり、それでいてその奥底には、おもいもかけない犯罪のひび割れが無軌道にのびていっている。そんなふうになる可能性があるし、げんにそうなってゆく。じつにたくみなものだよ。このルイーザ・オマレイという作家はね。じつにたくみな作家だ」

彼は溜息をつき、椅子によりかかり、頭を振ったと思うと、ティセーンの残りを飲みほした。

「それからだね――常に変わらぬなつかしい愛読書がある」

彼はまた一冊の書物を掘りだした。

「『シャーロック・ホームズの冒険』」と彼はいとしそうに呟き、敬意をこめた語調でただひとこと口にした。「巨匠(メイトル)だよ！」

「シャーロック・ホームズがですか？」とわたしは訊いてみた。

「ノン、ノン、シャーロック・ホームズではない！　その作家だ。アーサー・コナン・ドイル卿にわたしは敬意を表す。シャーロック・ホームズのこれらの物語は実際は不自然だし、欺瞞に満ちてもおり、すこぶる技巧的な構成になっている。しかし、その手法の芸術性――その点を考えると、ぜんぜんちがってくる。言葉の与えてくれる愉しみ、ことにあのワトスン医師というすばらしい人物の創造。あれはまさに大成功だよ」

　彼は溜息をつき、頭を振って、明らかに当然の連想から生じたに相違ない言葉を呟いた。

「あの愛すべき友（ス・シエル）。ヘイスティングズ（ポアロにとってワトスン役の人物）。きみにも幾度となく話したことのあるわが友、ヘイスティングズ。あの男の消息を聞かなくなってからもう長くなる。南米なんかに埋もれにいくなんて、ばからしいことをするものだよ。南米ではしじゅう革命が起きているというのに」

「それは南米だけにかぎりませんよ」とわたしは指摘した。「近ごろは世界のいたるところで革命が起きているのですから」

「爆弾の話はよそう」と、エルキュール・ポアロは言った。「そうなるしかないのなら、しかたがないが、そういう話はよそう」

「じつはですね」とわたしはきりだした。「ぜんぜんちがった種類の話をしに、うかがったわけなのですよ」

「ああ！　きみは結婚するのだね。そうだろう？　それは嬉しい。ほんとうに嬉しいしらせだ」

「いったい何からそんなふうに思いこまれたのですか？　そういう種類のことではありませんよ」

「そうなるものだよ」とポアロは言った。「毎日のように起きていることなのだ」

「それはそうかもしれないが、わたしには起きてはいませんよ」とわたしはきっぱりと言いきった。「わたしが話をしにきたのは、殺人事件のかなり厄介な問題にぶっつかったからなのです」

「ほんとうかね？　殺人事件の厄介な問題だって？　それをきみはわたしのところへ持ちこんできた。なぜだね？」

「それは――」わたしはちょっととまどった。「あなたの――愉しみになるかと思いまして」

ポアロは考え顔でわたしの顔を見やった。いつくしむように口髭をなでていたと思うと、こう言った。

「主人はしばしば自分の飼い犬に親切にしてやる。表へ出ていって、犬のためにボールを投げてやったりする。ところが、犬も主人に親切にしてやることができる。犬は兎や鼠を殺し、それをくわえてきて、主人の足もとにおく。そのときどうすると思う？　犬は尻尾を振る」

　わたしは思わずふきだした。「ぼくも尻尾を振っていますか？」

「そういう気がするね。どうもそういう気がするよ」

「それなら、そうとしときましょう」とわたしは言った。「その場合、主人はどう言うでしょうか？　犬のくわえてきた鼠を見る気になりますか？　その鼠についてのいっさいを知りたいという気持ちに？」

「もちろん。当然だよ。犯罪になら、わたしが興味をそそられるものときみは考えている。そうだろう？」

「問題は、この事件には筋道が通っていないという点なのです」とわたしは言った。

「そんなことはありえないね」とポアロは言った。「何事によらず筋道があるものだ。何事によらず」

「それなら、この事件にも筋道を通してみてください。ぼくには考えつけないのだから。ほんとうはぼくのほうとは無関係な事件なんですがね。ぼくは偶然にぶっつかっただけなのです。もっとも、被害者の身元がわかれば、急転直下解決に向かうかもしれないのですけれど」

「きみの話しかたには方式も秩序もないね」とポアロはきびしくたしなめた。「まず事実を聞かせてほしいものだ。殺人事件だとか言ったね？」

「殺人事件には間違いありませんよ」とわたしは保証した。「それでは話してみましょう」

わたしはウイルブラーム・クレスント、一九号の家で起きた事件を詳細に物語った。エルキュール・ポアロは椅子の背によりかかっていた。眼を閉じ、人差し指で椅子のひじかけを軽くトントンと叩きながら、わたしの話に聞きいっていた。ようやくわたしが話し終わったときにも、彼はちょっとのあいだ口をきかなかった。やがて、やはり眼はつぶったままで、こう訊いた。

「事実ありのままだろうね（サン・ブラグ）？」

「もちろんですよ」とわたしは答えた。

「すばらしい（エパタン）」とエルキュール・ポアロは言った。彼は、その言葉を舌の上で味わうように、一音節ずつ区切って繰りかえした。

「エ・パ・タン」そう言ったあとでも、やはり椅子のひじかけをトントンと叩きつづけ、ゆっくりとうなずいた。

なお数分たったのち、わたしは待ちかねて訊いた。「どうですか、ご意見は？」

「いったいわたしにどういうことを言ってほしいのだね？」

「あなたの推理を聞かせてほしいんですよ。前から言ってらしたじゃありませんか、椅子によりかかり、縦横に頭をめぐらせてみただけで、解答を見出すことも、完全に可能だと。手がかりを求めて飛びまわったり、いろんな人間に質問を浴びせたりする必要はないと」

「たしかにわたしは前からそう主張してきている」

「だから、あなたのその高言を実行に移してみてくださいと言っているんですよ」とわたしは言った。「事実を提供したわけですから、解答を聞かせてほしいのです」

「いやに簡単そうに言うではないか。ところが、まだ判明していない部分がうんとある。われわれはようやく事実の端緒に到達したにすぎない。そうではないかね？」

「それにしても、解答のはしくれくらいは見出してほしいですね」

「よろしい」彼はちょっとのあいだ考えこんでいたと思うと、「これだけは明白だね」と言ってのけた。「これはすこぶる単純な犯罪に相違ない」

「単純ですって？」わたしは啞然となった。

「当然ね」

「なぜ単純でなければいけないのですか？」

「いかにも複雑そうな外見を呈しているからだよ。複雑そうにみせかける必要があるとすると、単純な犯罪に相違ないということになる。それはわかるだろう？」

「なんとも言いかねますね」

「奇妙だよ」とポアロは想い出をたどるような声になった。「いまきみから聞いた話には――どうもそう思えてならないのだが――どことなくなじみがある。いったいその似たような事件には、どこで――いつ――でっくわしたのかな……」彼は黙りこんだ。

「あなたの記憶は犯罪の巨大な貯蔵庫のようなものでしょうね。しかし、あなたでもその全部を想いだすことは不可能なのではありませんか？」とわたしは言った。

「残念ながらね」とポアロは答えた。「しかし、ときおりはそうした追憶が役にたってくれるものなのだ。いまもリエージュの石けん工場主のことが想いだされてくる。ブロンドのタイピストと結婚したくて、細君を毒殺した男だ。その犯罪は一つの型（パターン）を示していた。後年、といってもずっとあとのことだが、その型が再現した。わたしにはそれとわかった。そのときはペキニーズ犬が誘拐された事件だったのだが、型（パターン）は同じだった。そこで、わたしは石けん工場主とブロンドのタイピストにあたる人物をさがしてみた。するとどうだ、ちゃんといるではないか。そういったものなのだよ。今度の事件にも、きみの話を聞いていると、これは前にもでっくわしたぞという感じをうけさせるものがある」

「置き時計ですか？」とわたしは希望をこめて訊いてみた。「それとも、にせの保険勧誘員のほうですか？」

「ちがう」ポアロは首を振った。

「では、盲目の女性のほう？」

「ちがう、ちがう。こちらの頭を混乱させないでほしいね」

「あなたには失望させられましたよ」とわたしは言った。「ずばりと解答してもらえるものと思っていたのだが」

「そんなことを言っても、現在のところ、きみは一つの型を提供してくれただけではないか。まだまださぐりださねばならないことがたくさんある。その男の身元にしても、やがては判明するだろう。そういう種類の仕事にかけては警察は優秀だからね。前科者台帳もあれば、被害者の写真を広く公表することもできるし、失踪人名簿を調べることもできる。被害者の着衣やその他のものについての科学的検証も可能だ。そのほか、警察は数多くの手段を備えている。いずれはその男の身元も判明するに相違ない」

「したがって、当分は何もすることがない。そういうお考えなのですね？」

「常にすることはあるものだよ」とポアロはきびしい口調で言った。

「例えば？」

彼は強調するように人差し指をわたしの顔につきつけて振った。

「近所の者たちと話をしてみるのだ」

「それはもうすましましたよ。ハードキャッスルが聞きこみにまわったときに、わたしも同行したのです。近所の者たちもこれという役にたつことは知っていません」

「そんなばかな。きみがそう思っているだけだよ。断言してもいい、そんなことはありえない。きみたちは近所の者たちのところへ行って、こんなふうに訊く。『何か疑わしく思えることを眼にしなかったか？』すると、近所の者たちは何も眼にしなかったと答え、きみたちはもう聞きだせることはないと思いこむ。だがね、わたしが近所の者たちと話をしてみろと言ったのは、そういう種類のことではないのだ。わたしは話しあってみろと言っているのだ。向こうにも話をさせる。そういう会話からは、常にどこかに手がかりが見出せるものだ。そりゃ、園芸の話、かわいがっている動物のこと、髪の型や、行きつけの洋裁店のこと、友人の話や、好きな食べものの話も出よう。しかし、常にそのどこかには光明を投げかける言葉がはさまっているものなのだ。きみはそういう話には役にたつものは何ひとつとしてなかったと言う。わたしはそんなことはありえないと言う。かりにきみが彼らの述べたことを一語一語わたしに聞かせてくれることができれば……」

「そういうことなら事実上できますよ」とわたしは言った。「ハードキャッスルの補佐役を演じた際に、双方の言葉を速記で書きとっておいたのです。あとでそれを書きなおし、タイプに打ってもらって持ってきています。これがそうですよ」

「ああ、きみはいい青年だ。まったくいい青年だ。きみはまさに適切な行動をとったわけだ。わたしは感謝のおもいにたえない（ジュ・ヴ・ルメルシイ・アンフィニマン）」

わたしはすっかりとまどわされた。

「ほかには何か示唆してもらえることがありませんか？」

「示唆ならいつでもしてあげられる。さっきの話の娘さんがいる。あの娘さんと話してみるがいい。逢いにいってみるのだ。きみたちはもう友だちなのだろう？　あのひとはおびえて飛びだしてきたときに、きみの胸にしがみついたのだったね？」

「あなたはギャリイ・グレグソンに影響されていますね。あの作家のメロドラマ・スタイルに感染していますよ」とわたしは言ってやった。

「たぶんきみの言うとおりだろう」とポアロもそれは認めた。「たしかに人間は最近読んだ書物の文体に感染させられるものだ」

「あの娘については——」とわたしは言いかかって、口をつぐんだ。ポアロは尋ねるようにわたしの顔を見た。

「どうしたね？」

「どうもわたしは——気がすすまなくて……」

「ああ、そういうわけなのか。きみの心の奥には、あの娘もこの事件に多少関係があるという疑いがひそんでいるのだね」

「そんなことはありません。あの娘が現場にいたのはまったくの偶然なのですから」

「それはちがうね。わが友。まったくの偶然ではなかったよ。きみもそれはじゅうぶんに承知している。げんにわたしにもそんなふうに語っている。あの娘は電話で来訪を求められた。とくに名指してね」

「しかし、あの娘はその理由を知らないのですよ」

「知らないかどうか、きみには確信できないはずだ。おそらくその理由を知ってはいるが、隠しているのだと考えるほうが当たっていよう」

「ぼくはそうは思いませんね」とわたしは頑固に言い張った。

「あの娘と話してみれば、その理由がさぐりだせないともかぎらないよ。かりに当人は真相を悟っていないとしてもね」

「ぼくにはやれそうにもありませんよ――親しいわけでもないのですから」

　エルキュール・ポアロはまた眼をつぶった。

「二人の男女がおたがいに魅力を感じあう過程には、親しくはないという言葉が切実に感じられる場合もある。その娘さんは魅力のあるひとなのだろうね？」

「そうですね――魅力があると言っていいでしょう」とわたしは答えた。

「その娘さんと話をしてみるのだ」とポアロは命令するように言った。「きみたちはもう友だちなのだからね。それから、例の眼の見えない女性にも、何か口実をもうけて、もう一度逢いにいってみるのだ。そのひとと話をしてみるのだ。それから、何かの原稿をタイプしてもらう口実でも作って、例のタイプ引受所へも行ってみるのだ。そこに勤めている誰かほかの女性とも友だちになるのだ。そうした人たちみんなと話をしてみたうえで、もう一度わたしのところへ来たまえ。そうすれば、すべての物事がどういう意味をおびているか解明してあげよう」

「そいつはたいへんだ！」とわたしは言った。

「そんなことはない。愉しんでやれるよ」ポアロは言った。

「あなたは、ぼくが自分の職務をかかえている人間だということを、忘れておられるらしい」

「多少の気晴らしは職務の遂行に役立ってくれるものだよ」とポアロは説きつけた。

わたしは笑いだし、立ちあがった。

「お医者さんみたいなことをおっしゃる！　ほかには聞かせてもらえる叡知(えいち)の言葉はありませんか？　あの奇妙な置き時計の問題についてはどうお思いですか？」

ポアロはまた椅子の背によりかかり、眼を閉じた。彼の口にした言葉はまったく想いがけないものだった。

さあ、時は来たぞ、とセイウチは言った、
いろんなことを話しあう時が、
靴のこと、船のこと、封蠟(ふうろう)のこと、
それからキャベツや王様のことも。
海がなぜ沸きかえっているか、
豚には翼があるのかないのかということも。

彼はまた眼を開き、こっくりとうなずいて、「わかったかね？」と言った。

「『鏡の国のアリス』のなかの〝セイウチと大工〟からの引用ですね」（セイウチと大工がカキを食おうとして呼び集める

ために使う文句）

「そのとおり。いまのところでは、これがわたしのしてあげられる最善の示唆なのだよ。この文句をじっくりと考えてみることだね」

第十五章

検屍審問には一般の傍聴者の数も多かった。クローディンの住民たちは、自分たちのなかに起きた殺人事件にスリルを感じていただけに、センセーショナルな事実がばくろされるのではないかという期待をかけて、押しかけてきたのだった。ところが、審問はこの上もなく無味乾燥なものだった。シェイラ・ウエッブも、びくついていた試練が二分間ばかりで終わり、うそみたいな気がした。

彼女は、カヴェンディッシュ事務所への電話で、ウイルブラーム・クレスント、一九号の家へ派遣を求められたこと、出かけていき、命じられたとおりにして、居間へはいっていったこと、そこに死体を発見して、悲鳴をあげ、助けを求めようとして家を飛びだしたこと、などを語った。何の質問も、詳細な事実の追求もなかった。ミス・マーティンデールも証言を求められたが、彼女の場合はなおいっそう短かった。ミス・ペブマーシュからだという電話があり、速記タイピストを一人、できるならばミス・シェイラ

・ウエッブを、ウイルブラーム・クレスント、一九号に派遣してほしいということと、その場合の指図を伝えてきた。自分はその電話をうけた正確な時間を一時四十九分と書きとめておいた、と彼女は述べた。ミス・マーティンデールはそれだけで解放してもらえた。

、次に呼ばれたミス・ペブマーシュは、その日カヴェンディッシュ事務所にタイピストの派遣を求めたりしたおぼえは、絶対にないと、きっぱりと否定した。ハードキャスル警部は何の感情もまじえない簡単な証言をした。電話でしらされるとすぐに、自分はウイルブラーム・クレスント、一九号の家に駆けつけ、死体を発見したしだいである、と。

すると、検屍官はこう訊いた。

「その死者の身元は判明しましたか？」

「いまだに不明なのです。その理由に基づき、わたしは検屍審問の延期を求めたいのです」

「ごもっともです」

ついで、医学上の証言があった。警察医リッグ医師は、自分の身分や資格を述べたのち、ウイルブラーム・クレスント、一九号の家におもむき、死体を検案したことを語った。

「死亡時刻についてのだいたいの見当をお話し願えますか？」

「わたしが死体を検案したのは三時半でした。死亡時刻は一時半から二時半までのあいだとみていいと思います」

「それ以上は範囲を縮められませんか？」

「それはひかえたほうがいいと思います。おそらく二時か、その少し前ごろと、推測できないこともありませんが、考慮にいれる必要のある多くの要因があります。年齢、健康状態、など」

「死体の解剖もなさったのですか？」

「しました」

「死因は？」

「うすい鋭利な刃物による刺傷でした。たぶんフランス製のさき細の包丁のたぐいかと思われます。刃物の先端は――」ここで医師は刃物の先端の達していた心臓の正確な場所を専門用語で述べた。

「即死だったわけですね？」

「ほんの数分以内に息が絶えたものと思われます」

「叫び声もあげず、もがきもしていなさそうですか？」

「刺されたときの状態のもとでは、そういうことは考えられません」

「あなたのいまの言葉はどういう意味なのか、ご説明願えませんか？」

「わたしはある器官を調べ、ある種のテストをしてみました。殺害されたときには、麻薬による昏睡状態にあったものと言ってよろしい」

「どういう種類の麻薬なのですか？」

「抱水クロラールです」

「どういう手段によって注入されたものとお考えですか？」

「おそらく何かアルコール飲料に混ぜて飲まされたものと思われます。抱水クロラールは非常に急速に作用します」

「ある方面ではミキイ・フィン（麻薬入りの酒）という名称で知られているものらしいですね」と検屍官は呟いた。

「そのとおりです」と医師は言った。「おそらく被害者は何の疑いも抱かずにその液体を飲み、数分後には、意識を失って、よろめき倒れたことでしょう」

「そして、あなたのご意見では、意識を失っていたあいだに刺殺されたというわけですか？」

「わたしはそう信じています。そう考えれば、もがいた様子のないことや、安らかな顔つきの説明がつきます」

「意識を失ってからどのくらいのちに殺されたのでしょうか？」

「その点は正確には推定しかねます。この場合も被害者の体質によって左右されますから。確実に半時間は意識を回復しなかったでしょうし、それ以上の長い時間を要したかもしれません」

「ありがとうございました。被害者が最後に食事をした時間については何か証拠がありませんか？」

「昼食のことでしたら、昼食はたべていません。少なくとも四時間は固形物は何も摂取していません」

「ありがとうございました。それだけでよろしいかと思います」

ついで、検屍官は廷内を見まわし、こう言った。

「この検屍審問は九月二十八日まで二週間延期することに致します」

検屍審問が終わると、みんなはぞろぞろと法廷を出はじめた。エドナ・ブレントは、同じ事務所の大部分のタイピストたちといっしょに傍聴に来ていたのだが、外へ出るのをためらった。カヴェンディッシュ事務所は午前中は休みになっていたのだった。仲間の一人のモーリーン・ウエストが彼女に話しかけてきた。

「エドナ、どうする？　ブルーバードへ昼ごはんを食べにいかない？　まだたっぷり時間はあるんだから。わたしたちはともかく、あなたのほうはね」

「わたしだって時間の点ではみんなと同じよ」と彼女は腹だたしそうに言った。「砂色猫にね、最初の休み時間に昼食をすませておけと言われたのよ。意地がわるいじゃないの。余分の一時間を買いものやなんかに使えると思っていたのに」

「いかにも砂色猫らしいわね」とモーリーンも言った。「あんな意地わるってないじゃない？　事務所は二時に開けるのだから、そのときまでにはみんな出勤しなきゃならないわけね。あなたは誰かをさがしているの？」

「シェイラよ。出ていくのを見なかったから」

「あのひとなら、さきに帰ったのよ、証言をすましたあとでね」とモーリーンは言った。「若い男のひとといっしょに出ていったわ――相手は誰なのかわからなかったけど。あなたもいっしょに来て？」

やはりエドナは迷っている様子で、こう言った。「さきに行ってよ――どうせわたしは買いものもしなきゃならないんだから」

モーリーンともう一人のタイピストはいっしょに出ていった。エドナはぐずついていた。やっと勇気をふるいおこして、彼女は戸口に立っていた金髪の若い巡査に話しかけた。

「もう一度なかへはいってもよろしいでしょうか？」と彼女はおずおずした声で訊いた。「話したいことがあるんですの——事務所へこられた方に——なんとかという警部さんに」

「ハードキャッスル警部ですか？」

「ああ、そうですわ。今朝証言をなさっていた方ですの」

「それなら——」若い巡査は法廷を覗きこんだが、警部は検屍官や郡の警察署長と何かしきりに話しこんでいるようだった。

「いまは忙しそうですよ。あとで署へ来てくださるか、なんだったらわたしから用件をお伝えしてもよろしいですが……何か重要なことなのですか？」

「いいえ、大したことではないんです」とエドナは言った。「じつは——その——あの女のひとの言ったことが、ほんとうだとは思えないので、げんにわたしは……」彼女は、やはり考えあぐねたように眉をひそめながら、去っていった。

彼女はなんのあてもなさそうな歩きかたでコーンマーケットを離れ、ハイ・ストリートを歩いていった。やはり眉をひそめ、考えてみようとしていた。ところが、ものを考えるなどということはエドナは得意なほうではなかった。物事をはっきりさせようとすればするほど、頭のなかが混濁してきた。

一度など、彼女は声に出して呟いた。

「だって、そんなはずがないんだもの……あのひとの言ったとおりだったはずがないわ……」

不意に、決心をつけようとしている人間の足どりになり、彼女はハイ・ストリートをそれて、ウイルブラーム・クレスントのほうへ、オールバニ・ロードを歩いていった。

ウイルブラーム・クレスント、一九号の家での殺人事件が新聞に報じられた日以来、毎日のように、その家の前は物見高い人間で人だかりがしていた。ただの煉瓦や漆喰が何かの事情で急に大衆の好奇心のまとになるのだから、不可思議と言っていい。最初の一昼夜は、警官を配置して、強制的に群衆を歩きださせるしかなかった。その後は関心がうすれてきていた。だが、依然として完全に消滅したわけではなかった。商人の配達車はその家の前を通るときには速度をおとし、手押し車を押してプラムを売り歩いている女たちも、四、五分間は舗道の反対側に足をとめ、眼を皿のようにしてミス・ペブマーシュの瀟洒な住居を見つめた。バスケットをさげた買いものの行き帰りの女たちも、むさぼるような眼をして立ちどまり、愉しそうに友だちとおしゃべりをした。

「あれがその家なのよ――あの家がさ……」

「死体は居間にあったのだってね——でも、それではへんね、居間は表側の部屋、あの左側の部屋のはずなのだから……」

「八百屋の話だと、右側の部屋だということよ」

「そりゃそうかもしれないけど、わたしは一度一〇号の家へはいったことがあって、食堂のほうが右側で、居間は左側だったと、はっきりおぼえているのよ……」

「きっと、あの若い女が狂ったような叫び声をあげて飛びだしてきたのは、あの門なのね……」

「あの娘はそれ以来頭がもとどおりにならないそうよ……そりゃ、ひどいショックだったろうし……」

「あの男は裏の窓ガラスをこわしてはいりこんだのだそうよ。銀器類を袋につめていたときに、その娘がはいってきて、見つけたので……」

「気の毒に、この家の持ち主の女のひとは眼が見えないのよ。だから、どんなことが起きていようと、当人は気がつくはずがないわ」

「だって、あのときには家にいなくて……」

「わたしはいたのだと思うわ。二階にいて、あの男の侵入する物音を聞きつけたんだと思うわ。まあ、たいへん、もう買いものに行かなきゃ」

たいてい、いつもこういった会話がかわされていた。およそ来そうにもない人たちまでが、磁石にひきよせられでもしたように、ウイルブラーム・クレスントへやってきて、立ちどまり、見つめ、多少は内心の欲求を満足させて通りすぎていった。

ここへ――やはり考えあぐねた顔で――エドナもふらふらとやってきて、殺人事件のあった家を眺めるという、大好きな愉しみにふけっている五、六人の人間のあいだに、まじっていた。

常に暗示にかかりやすいエドナは、ほかの連中と同じように、じっと見つめていた。これがあの事件の起きた家なのだわ！　窓にはレースのカーテン。いかにもこざっぱりした感じに見える。それでいて、ここで男のひとが殺された。包丁で刺されて。ありふれた包丁で。包丁ならどこの家にだってありそうだ……

まわりの者たちの態度に催眠術でもかけられたように、エドナもじっと見つめ、ぽかんとしていた。

何のためにここへ来たのかもほとんど忘れていた……

耳もとで声がしたとき、彼女はドキッとした。

聞きおぼえのある声なのに驚き、ふりむいた。

第十六章

コリン・ラムの話

1

わたしはシェイラ・ウエッブが検屍審問廷からこっそり抜けだすのに気がついた。彼女はりっぱに証言をやってのけた。緊張した顔つきをしていたが、異常なほどではなかった。実際は自然な態度といってよかった。（ベックならなんと言うだろうか？「たくみな演技だよ」とあのひとの言うのが聞こえるようだ！）

わたしはリッグ医師の終わりの部分の意外な証言（ディック・ハードキャスルは知っていたが、わたしには教えてくれなかったらしい）を耳にとどめ、彼女のあとを追った。

「結局はそういやな経験でもなかったでしょう？」わたしは彼女に追いつくとそう話し

かけた。

「ええ、ほんとうはらくでしたわ。検屍官が優しくしてくださいましたから」彼女はちょっとためらった。「これからどうなるのでしょうか？」

「審問は延期になるでしょう——新たな証拠待ちです。たぶん二週間くらいは。でなければ、被害者の身元が判明するまではね」

「いずれは判明するとお思いですか？」

「もちろんですよ」とわたしは言った。「警察はきっとつきとめますよ。その点は間違いありません」

彼女は身ぶるいした。「今日は寒いですわね」

とくに寒いというほどの日ではなかった。じつのところ、わたしはむしろ暖かいと思っていたのだった。

「少し早いが、昼ごはんにしませんか？　あなたも事務所へ引きかえす必要はないのでしょう？」

「ええ、二時まではお休みですの」

「それならいっしょに行きましょう。中華料理はいかがですか？　この通りのちょっとさきに小さな中華料理店があるようですが」

シェイラはためらいの色を見せた。

「少し買いものをしなきゃいけないんですのよ」

「あとでだってできるじゃありませんか」

「やはりよしますわ――一時から二時までは休む店もありますから」

「それではしかたがありません。あそこへ来てくれますか？　半時間ばかりたったころに」

彼女は承知した。

わたしは海岸まで歩いてゆき、そこの日かげに腰をおろした。風は海からまっすぐに吹きつけていたので、わたしはまともに風をうけた。

わたしは考えてみたかった。自分よりも他人のほうがこちらの気持ちを知りぬいていたりすると、むしょうに腹がたってくるものだ。ところが、ベックにしても、ポアロにしても、ハードキャッスルにしても、わたしがいまになって認めるしかなくなったことを、はっきりと見抜いていたわけだ。

わたしはあの娘に関心をよせていたのだ――いままで女性に対して抱いたこともない種類の関心を。

彼女の美しさのせいではなかった――きれいなひとにはちがいなかったし、それもどちらかといえば独自な美しさだったが、それだけのことだ。性的魅力のせいでもなかった——わたしはそうした魅力には幾度となくでっくわしていた——じゅうぶんに味わわされてもいた。

ただ、すでに最初に逢ったときからだと言っていいが、このひとはわたし向きの女性だと感じとっていただけだった。

しかも、わたしは彼女のことはこれっぽっちも知っていなかったのに！

2

わたしが署内へはいっていってディックに面会を求めたのは、二時ちょっとすぎだった。ディックは自分のデスクで積みあげてある書類に眼を通していた。彼は顔を上げ、今日の検屍審問をどう思ったかと訊いた。

わたしは、たくみな処理のしかたでもあり、紳士的なはこびかたでもあると思ったと答えた。

「ああいう方面にかけてはわが国の人間は手ぎわがいいね」

「医師の証言についてはどう思ったね？」

「ちょっとめんくらわされたよ。なぜぼくには話してくれなかったのだい？」

「きみはいなかったからさ。きみのいわゆる専門家には会ったのかい？」

「会った」

「あのひとのことはぼくにも漠然とした記憶がある。でっかい口髭がね」

「そう、ピンとひねりあげているよ」とぼくも言った。「あのひとはあの口髭が大の自慢なのだぜ」

「もうずいぶんの齢（とし）にちがいないね」

「齢はとっているが、老いぼれてはいないよ」とわたしは言った。

「きみは、ほんとうのところは、なぜ会いにいったのだい？　純粋な親切心の発揮か？」

「きみはまったく刑事らしい猜疑心の持ち主だなあ！　たしかに主としてそういう気持ちからだったよ。だが、好奇心もひそんでいたことを認める。今度の事件についてどういう意見を述べるか、聞きたかったのだ。なにしろ、しじゅうほらを聞かされているものだからね、椅子に座りこんで、両手の指さきを形よく合わせ、眼を閉じて考えてみただけで、事件の解決なんかわけなしにできるなどとね。だからそのほらを実行させてみたかったのだよ」

「そのとおりのしぐさをきみにもしてみせたのかね？」

「そうなのだ」

「それで、どういう意見だった？」ディックも多少好奇心を浮かべて訊いた。

「こう言うんだよ、これはすこぶる単純な殺人事件に相違ない、と」

「単純だって！」ハードキャッスルは憤慨の声をあげた。「なぜ単純なのだ？」

「ぼくに推測できるかぎりでは、全体の舞台装置があまりにも複雑すぎるかららしい」

とわたしは答えた。

ハードキャッスルは頭を振った。「ぼくには納得がいかないね。チェルシーの若い連中の口にするような気のきいた言葉みたいだが、理解に苦しむね。そのほかには？」

「近所の者と話をしてみろと言ったよ。そんなことはすましたと言っといたがね」

「さっきの医者の証言から考えても、近所の者たちがいっそう重要性をましてきていることはたしかだ」

「つまり、どこかほかで麻薬を飲ませておいて、一九号の家に殺しに連れてきたのかもしれないというわけか？」

その言葉にはどことなく聞きおぼえがあるのに、わたしは気がついた。

「あの何とかという猫のおばさんが似たようなことを言ったね。あのときも、ぼくはおもしろい言いかたをすると思ったが」

「あそこの猫どもときたら」とディックは身ぶるいした。「ところで、兇器が見つかったんだよ。昨日」

「見つかったって？　どこで？」

「あの猫の家でだよ。たぶん犯人が兇行後に投げこんだのだろう」

「指紋は見つからなかったのだろうね？」

「きれいに拭きとってあった。それに、どこの家にでもありそうな包丁だ――多少使ってある――最近といだ形跡もある」

「してみると、こういうことになるね。被害者は麻薬を飲まされた――ついで一九号の家に搬びこまれた――自動車か？　どういう手段によったろうか？」

「庭続きの家のどこかから搬びこむこともできたはずだ」

「そいつは少々危険なやりかたではないかね？」

「たしかによほど大胆でなきゃできないことだ」とハードキャスルもその点は認めた。「近所の者たちの習慣を知悉（ちしつ）している必要もある。自動車で搬びこまれたと考えるほうが妥当かもしれない」

「それも危険性をともなうにはちがいないよ。自動車はひとめにつくからね」

「誰も自動車になんか注意していなかったよ。もっとも、犯人はそういう事情を知らなかったということはありうる。それに、あの日、一九号の家の前に自動車が停めてあったら、通行人が気がついただろうし――」

「通行人だって、どうだかあやしいものだよ」とわたしは言った。「近ごろは誰もが自動車には慣れっこになっているからね。とくに贅沢なくるまか、風変わりなくるまなら、べつだが、そういうことはありそうにもないし――」

「それに、昼めしどきでもあったしね。コリン、きみは気がついているかい？　これでミス・ペブマーシュも容疑者の仲間にまいもどったことになるぞ。目の不自由な女が何の不自由もない身体の男を刺し殺したと考えるのは、空想的にすぎると思えたが――麻薬を飲まされていたとすると――」

「言葉をかえて言えば、例のミセス・ヘミングの表現のように〝殺されにきた〟のだとするとだね、当人は何の疑いもはさまず約束の時間にやってきて、シェリイ酒かカクテルを出される――麻薬入りの酒（ミキイ・フィン）がききめをあらわし、ミス・ペブマーシュは仕事にかかる。ついで、ミキイ・フィンのグラスをきれいに洗い、死体をきちんと床に横たわらせ、兇器は隣りの家の庭にほうりこんでおいて、いつものとおりの軽快な足どりで外出する」

「その途中、カヴェンディッシュ秘書引受所に電話をかける――」

「いったいなんだってそんなことをするのだい？ ことに、シェイラ・ウエッブの派遣を求めたり？」

「それが知りたい点だよ」ハードキャッスルはわたしの顔を見た。「当人は知っているのかね？ あの娘のことだが」

「知らないと言っているよ」

「知らないと言っているよ、か」とハードキャッスルはなんの抑揚もつけずに繰りかえした。「ぼくはきみがどう考えているかを訊いているんだぜ」

わたしは一、二分のあいだ口を開かなかった。いったいおれはどう考えているのか？ いますぐに行動方針を決定しなければいけない。結局は真実が明るみに出るものなのだ。シェイラがわたしの信じているとおりの人間だとすれば、当人の不利になるはずもない。

わたしはてきぱきとした動作でポケットから一枚の絵葉書を取りだし、それを彼のほうへ押しやった。

「こんなものが郵便でシェイラのところへ送られてきた」

ハードキャッスルはその絵葉書を調べてみた。それはロンドンの建てものを写した一連の絵葉書の一枚で、中央刑事裁判所を写したものだった。彼はそれを裏返してみた。右側には宛名が書いてあった——きちんとした活字体で。左側には、やはり活字体で、記憶せよ！　と書いてあり、その下に、四・一三とあった。

「四時十三分といえば、あの日の置き時計のさしていた時間じゃないか」とハードキャスルは言って、頭を振った。「中央刑事裁判所の写真、〝記憶せよ〟という言葉、四時十三分という時間。何かにつながりがあるに相違ないね」

「シェイラは何のことかさっぱりわからないと言っている」ついでわたしは、「ぼくもその言葉を信じているのだ」とつけ加えた。

ハードキャスルはうなずいた。

「これは預っておくことにしよう。何かの手がかりになるかもしれないから」

「そうなってほしいものだよ」

わたしたちのあいだには気づまりな雰囲気が漂った。わたしはそれを緩和しようとしてこう言ってみた。

「ずいぶん書類を積みあげているね」

「みんないつものやつだよ。しかもたいていは何の役にもたたないときている。被害者は前科を持っていないし、指紋も台帳には載っていない。こちらのほうは、ほとんど全部、被害者に見おぼえがあると思いこんでいる連中からきた手紙なのだ」彼は読みあげた。

〈前略、新聞に載っていた写真の人物は、先日ウィルズデン乗換駅で汽車に乗ろうとしていた男に間違いないと思います。その男はブツブツ呟いていて、ひどくとりみだした様子をしていたので、何かへんなことが起きたにちがいないと思いました〉

〈前略、問題のひとは主人のいとこのジョンそっくりのような気がします。ジョンは南アフリカへ出かけたのですが、帰ってきているのかもしれません。出発したときには口髭をのばしていましたが、髭なんかは剃り落とせるものなのですから〉

〈前略、わたしは新聞に載っていた男を昨夜地下鉄で見かけました。そのとき、なんだかへんなやつだなあと思いました〉

「もちろん、自分の良人（おっと）ではないかと言ってきた女たちもいる。女というやつは、ほんとうは自分の亭主の顔つきも知らないらしいよ！　二十年前に行方不明になった息子ではないかと言ってきた母親も何人かいる。

ここにあるのは失踪人名簿だ。このほうもわれわれの助けにはなってくれそうにない。〈ジョージ・バーロウ、六十五歳、家から姿を消す。細君は記憶を喪失したものと考えている〉その下には次のような書きこみがある。〈負債多し。赤毛の未亡人と出歩いていたのを見られている。ずらかったとみて間違いなさそうである〉

次は、〈ハーグレーヴズ教授。先週の火曜日に出講の予定になっていた。ところが、姿を見せず、休講の電報も通知もよこしていない〉

ハードキャスルはハーグレーヴズ教授の件は問題にもしていないようだった。

「講義はその前の週かそれとも来週だと思いこんでいたのだろうよ」と彼は言った。「自分では家政婦に行先を告げておいたつもりでいて、実際は忘れていたのかもしれない。そういう例は多いんだからね」

ハードキャスルのテーブルの上のブザーが鳴った。彼は受話器を手にとった。

「そうだが？……なんだって？……誰が見つけたのだ？　名前は聞いておいたか？……よしわかった。続行してくれ」彼は受話器をもどした。わたしのほうへ向きなおったときには表情がまるで変わってしまっていた。きびしい、かみつきそうな顔つきだった。

「ウイルブラーム・クレスントの電話ボックスで、若い女の死体が発見されたのだ」

「死体だって？」わたしは驚いて彼の顔を見つめた。「死因は？」

「絞殺だ。本人の身につけていたスカーフで！」

わたしはさっと血の気がひくのを感じた。

「どういう女なのだ？　まさか――」

ハードキャスルは冷ややかな批判的な眼つきでちらとわたしの顔を覗きこんだ。わたしはいやな気持ちにさせられた。

「きみのガールフレンドではないよ。きみが心配しているのがその点ならね。巡査は被害者が何者かも知っているらしい。シェイラ・ウエッブと同じ事務所に勤めているタイピストだと言っている。名前はエドナ・ブレント」

「誰が見つけたのだい？　その巡査か？」

「見つけたのは、ミス・ウォーターハウス、一八号に住んでいる女だ。自分のうちの電話が故障を起こしていたので、公衆電話をかけにいき、ボックス内にうずくまったようになっている若い女を見つけたらしい」

ドアが開き、署詰めの警官が伝言を伝えた。

「リッグ医師から、これから出かけるという電話がありました。ウイルブラーム・クレスントでお目にかかるということでした」

第十七章

それから一時間半ばかりのちのことだった。ハードキャスル警部は自分のデスクの前に座りこみ、ちょっと救われたおもいで署員の差しだす紅茶を受けとった。依然として怒りをこめた沈んだ表情をしていた。

「失礼ですが、ピアスがちょっとお話ししたいことがあると申していますが」

ハードキャスルはわれにかえった。

「ピアス？　ああ、いいよ。よこしてくれ」

ピアスがはいってきた。神経質そうな顔つきの若い巡査だった。

「失礼ですが、お話ししておかなければいけないと思ったものですから」

「それで？　どういうことなのだね？」

「検屍審問が終わったときのことなのです。わたしは入り口の警備にあたっていました。すると、あの若い女が――あの殺されていた女なのですけれど――わたしに話しかけてきたのです」

「きみに話しかけてきた？　どういうことを？」

「警部殿にお話ししたいことがあると」

ハードキャスルは急にきっとなって座りなおした。

「ぼくに話したいことがある？　どういうわけで？」

「それが、はっきりとは言わなかったものですから。すみません。わたしが——あのときになんとかしてやればよかったのですが。わたしは、なんだったらわたしから伝えてあげようかと言ってみました——でなきゃ、あとで署へ来てくれないか、と。警部殿は署長さんや検屍官の方とお話しちゅうだったものですから、わたしは——」

「チェッ！」ハードキャスルは喉のつまったような声を出した。「ぼくが手のあくまで待っていろとでも、言えばよさそうなものじゃないか」

「すみません」若い巡査は顔をあからめた。「いまになってみますと、そうしなきゃいけなかったのだと後悔しております。ですけれど、あのときは重要な用件だとは気がつかなかったものですから。当人も、重要なことだとは思っていなかったらしいのです。ただちょっと気になることがあるものだからと、そう言っただけなのです」

「気になることが？」とハードキャスルは言った。彼は一分間あまりも頭のなかで別の事実を思いかえしていた。あれは、自分がミセス・ロートンの家へ行く途中、通りですれちがった若い女、シェイラ・ウエッブに逢いたがっていた女、なのだ。すれちがったときに、こちらの顔を見おぼえていて、話しかけようかどうしようかと迷っているみたいに、一瞬足をとめかかった。何か頭にひっかかっていることがあったのだ。そうにちがいない。何か頭にあったのだ。自分はそれを見のがした。機敏さに欠けていたわけだ。シェイラ・ウエッブの周辺をさらにさぐってみようという目的に頭を奪われていて、貴重な手がかりを見のがしてしまった。あの娘が気にしていたことがあったとすると、何だろうか？　いまとなっては、おそらくわからずじまいになりそうだ。

「ピアス、想いだせるかぎりのことを話してみてくれ」と彼は言い、ついで、彼も公平な人間だったから、優しみのある語調でつけ加えた。「重要なことだとは、きみだって悟れるはずもなかったろうからね」

自分の腹だたしさと挫折感のやり場を求めて、この若い巡査を責めたりしても、何の役にもたちはしないことは、彼も悟っていた。この青年だって、あのときに事情が悟れたはずもないではないか。彼の訓練の一部分は規律を維持することであり、上長官に話しかけるには適当な時、適当な場所を見はからってでなければいけないと、言いふくめてもあった。あの娘が重要なことだとか、緊急な用件だと言ったのだったら、べつだ。

ところがあの娘は、事務所で最初に逢ったときのことを想いだしてみても、そういうことを言いそうな女とは思えない。頭のにぶい娘だったのだ。おそらく自分の頭の働きかたに自信もなかったに相違ない。

「ピアス、そのときの様子や、あの娘の言ったことが、はっきり想いだせないかい？」と彼は訊いた。

ピアスは感謝の念をこめたまなざしを彼に向けていた。

「あの娘がわたしのそばへやってきたのは、みんながぞろぞろと出かかっていたときだったのです。ちょっとのあいだぐずついていて、誰かをさがしてでもいるように、あたりを見まわしたりしていました。でも、警部殿をさがしていたのではないと思います。誰か別の人間だったのでしょう。そのうちにわたしのそばへやってきて、あの警察の方に、さっき証言をなさった方に、お話ししたいことがあるのですが、と言いました。そこでわたしは、警部殿は署長さんとお話しちゅうでしたから、いまはご多忙のようだから、わたしに聞かせておいてくれるか、あとで署に来てくれないかと言ったわけなのです。すると、それでけっこうだと答えたように思います。わたしが、何かとくに重要なことでも、と訊くと……」

「すると？」ハードキャスルは身体を乗りだした。

「べつに大したことでは、という答えでした。ただちょっと、あの女のひとの言ったとおりだったはずがないという気がしたので、と言いました」

「あの女のひとの言ったことが、あの言葉どおりだったとは思えない、とだね？」とハードキャスルは繰りかえしてみた。

「そうなのです。そのとおりの言葉だったかどうかは、自信がありませんけれども。たぶんこうだったと思います。『あの女のひとの言ったとおりだったはずがないという気がする』額にしわを寄せ、考えあぐねているみたいでした。それでいて、わたしが訊きかえすと、べつに重要なことではない、と言ったのです」

べつに重要なことではないと、あの娘は言ったという。ところが、その娘がその後まもなく電話ボックスのなかで絞殺されていた……

「その娘がきみに話しかけていたときに、近くに誰かいたかね？」と彼は訊いてみた。

「大勢いました。ぞろぞろと出てくるところだったのです。傍聴人が多数つめかけていましたから。だいぶ世間を騒がせていますからね、今度の殺人事件は。新聞があんなに書きたてていますし」

「そのとき、きみの近くにいた人間で、とくに記憶に残っている者はないかね？——例えば、証言をした人間のうちの誰かでも？」

「どうも、これといって想いだせる人間はいません」

「しかたがない」とハードキャスルは言った。「もういいからね、ピアス、何かほかに想いだしたことがあったら、すぐにぼくのところへ話しにくるんだぞ」

ひとりになると、彼はつのる怒りと自責の念をおさえるのに苦労した。あの娘、あの兎みたいな顔つきの娘は、何か知っていたのだ。いや、知っていたとまでは言えなかろうが、何か眼にするか、聞くか、していたのだ。何か気になるようなことを。しかも、検屍審問を傍聴してからその気がかりが増大してもいる。いったいそれは何だったのだろうか？　証言のなかの言葉なのか？　たぶんシェイラ・ウエッブの述べたことではないのか？　あの娘は、二日前にも、わざわざシェイラに逢いにシェイラの叔母の家まで出かけている。シェイラになら、事務所ででも話ができたはずではないか？　なぜひとりで逢いにいったりしたのか？　シェイラに関することで、何かがてんのいかないことを知っていたのではないのか？　それが何であるにせよ、シェイラに問いただしたかったのではないのか、どこか二人だけで話せるところで――ほかのタイピストたちのいないところで？　そんなふうに思える。たしかにそんなふうに思える。

彼はピアスのことは頭から追いはらった。ついでクレイ巡査部長に二、三指図を与えた。

「あの娘は何のために、、、ウイルブラーム・クレスントへ行ったとお考えですか?」とクレイ巡査部長は訊いた。

「ぼくもその点を考えていたところなのだ」とハードキャスルは答えた。「もちろん、ただの好奇心からだと――現場を見たいという気持ちからだけだったと――考えられないこともない。そういう気持ちを抱いたって不思議はないからね――クローディンの住民の半数はそうなのだから」

「まさにおっしゃるとおりですね」とクレイ巡査部長も感情をこめて言った。

「一方、こうも考えられる」とハードキャスルはのろのろと言った。「あそこに住んでいる何者かに、逢いにいったのだ、とも……」

クレイ巡査部長が出ていくと、ハードキャスルは吸い取り紙に三つの番号を書きつけた。

「二〇」と書き、その下にクェスチョン・マークをつけた。ついで「一九?」と書き、「一八?」と書いた。それぞれに応じる名前も書いた。ヘミング、ペブマーシュ、ウォーターハウス、クレスントの上側の三軒は問題外だ。そちら側の家を訪ねるつもりだったら、エドナ・ブレントは下側の道を行くはずがない。

ハードキャスルは三種の可能性を検討してみた。

まず二〇号の家から始めてみた。最初の事件の兇器はその屋敷内で発見されたのだった。一九号の家の庭からほうりこまれたものとみてよさそうだったが、そうと断定するだけの確証はない。二〇号の居住者が自分で灌木の繁みにおしこんでおいた可能性も考えられないことはない。問いただしたとき、ミセス・ヘミングは憤慨の声をあげただけだった。「うちの猫にあんな危ない刃物を投げつけるなんて、なんて意地のわるい人間がいるのでしょう！」と彼女は叫んだ。ミセス・ヘミングとエドナ・ブレントにはどういうつながりがあるか？　つながりはないと、ハードキャスルは断定した。続いて彼はミス・ペブマーシュに考えを移した。

エドナ・ブレントがウイルブラーム・クレスントへ行ったのは、ミス・ペブマーシュを訪ねるためだったのか？　ミス・ペブマーシュは検屍審問で証言をしている。その証言のなかに、エドナに不審の念を起こさせる言葉があったのではないのか？　ところが、エドナが考えこみだしたのは検屍審問以前からだった。すると、前からミス・ペブマーシュに関することで何か知っていたのではないのか？　例えば、ミス・ペブマーシュとシェイラ・ウエッブとのあいだには、なんらかのつながりがあるということでも。それだと、エドナがピアスに言った言葉がぴったりしてくる。「あの女のひとの言ったとおりだったはずがないのです」

〝何もかもただの推測にすぎないのだ〟と彼は腹だたしそうに心のなかで呟いた。

それでは、一八号は？　今度の死体を発見したのはミス・ウォーターハウスだった。ハードキャスル警部は死体発見者には職業的な偏見を抱いていた。自分が死体を発見したことにすれば、殺人犯はいろんな困難をまぬがれることができる——アリバイを工作する危険も避けられるし、指紋の説明もつけられる。いろんな点で鉄壁の立場に立てるわけだ——一つだけ条件があるが。何ひとつとして明白な動機がないことが必要だ。たしかにミス・ウォーターハウスには、エドナを片づけたがるだけの明白な動機がないといっていい。ミス・ウォーターハウスは検屍審問で証言をしてもいない。だが、傍聴に来ていたかもしれないのだ。もしかすると、エドナは、ミス・ウォーターハウスがミス・ペブマーシュの名前をかたって電話をかけ、一九号にタイピストの派遣を求めたことを知っているか、そう信じていたのではないのか？

これまた推測にすぎない。

もちろん、シェイラ・ウエッブもあやしい……

ハードキャスルの手は受話器のほうへのびた。彼はコリン・ラムの滞在しているホテルに電話をかけた。まもなくコリンが電話に出た。

「こちらはハードキャスルだが——きみが今日シェイラ・ウエッブと昼食をともにした

のは何時ごろだったのだね？」

コリンが答える前にちょっと合間があった。

「ぼくらがいっしょに昼めしを食ったことをどうして知っているのだい？」

「ぼくの推測力は大したものだろう。当たったのだろう？」

「シェイラと昼めしをいっしょにしてわるい理由でもあるのかい？」

「そんなことはないよ。ぼくはただ時間を訊いているだけなのだ。法廷からまっすぐに昼食に出かけたのかい？」

「いや。シェイラは買いものをする必要があったのだ。ぼくらは一時にマーケット・ストリートの中華料理店で落ちあった」

「そうなのか」ハードキャスルはメモに眼をやった。エドナ・ブレントの死亡時刻は十二時半から一時半までのあいだとなっていた。

「きみは昼食に何を食ったかも知りたいのかい？」

「そう神経質になるなよ。正確な時間が知りたかっただけなのだ。記録のためになあ」

「なるほど。そういうことなのか」

ちょっと言葉がとぎれた。ハードキャスルは緊張を緩和しようとして、こう言ってみた。

「今夜、きみが暇だったら――」

相手はその言葉をさえぎった。

「ぼくは出かけるのだ。いま手荷物の用意をしているところだ。命令がきていたのでね。外国へ旅だたなきゃならない」

「いつ帰る予定だい？」

「そんなことは誰にもわかるものか。少なくとも一週間――たぶんもっと長くかかるだろう――二度と帰ってこないともかぎらん！」

「都合のわるいときに――というところかな？」

「なんとも言えないね」コリンはそう答えて電話をきった。

第十八章

1

ハードキャッスルがウイルブラーム・クレスント、一九号の家に着いたときには、ミス・ペブマーシュは出かけようとしているところだった。

「ペブマーシュ先生、ちょっと待ってくださいませんか？」

「ああ、たしか——ハードキャッスル警部さんですね？」

「ちょっとお話ししたいことがあるのですが？」

「学校におくれたくないのですけれどね。長くかかりそうですの？」

「ほんの三、四分でけっこうなのです」

彼女は家へもどり、彼はついてはいった。

「今日の午後の事件はお聞きでしょうね？」と彼は言った。

「何が起きたのですか？」

「あなたの耳にもはいっているかと思っていましたよ。すぐそこの電話ボックスで若い女が殺されたのです」

「殺された？　いつ？」

「二時間と四十五分前です」彼は柱時計を見やった。

「そんなこと、ぜんぜん聞いてもいませんでしたわ。ぜんぜん」と彼女は言った。一瞬彼女の声には憤りに似た響きがまじった。眼の見えない情けなさをとくに痛切に感じさせられたかのようだった。「若い女が――殺されたのですって！　どういう女のひとなのですか」

「名前はエドナ・ブレント、カヴェンディッシュ秘書引受所の者なのです」

「またあそこのタイピストが！　この前のシェイラ何とかいう娘さんと同じように、仕事で呼ばれてきたのですか？」

「そうではなさそうなのです」と警部は答えた。「あなたにお目にかかりに、お宅へよりませんでしたか？」

「ここへ？　いいえ。ぜんぜん来ていません」

「かりに来たとしても、ご在宅だったでしょうか？」

「なんとも言えませんわ。何時ごろだったとお言いでしたかね？」

「だいたい十二時半か、その少しあとです」

「それなら、わたしは家にいたはずですわ」と彼女は答えた。

「検屍審問が終わったあとで、どこかへいらっしゃいましたか？」

「いいえ、まっすぐに帰ってきました」彼女はちょっと間をおいてから、こう訊きかえした。「どういうわけで、その女のひとがわたしに逢いにきたかもしれないとお考えなのですか？」

「その娘も今朝は傍聴に来ていましたし、法廷であなたの姿を見かけてもいますし、何か理由があってウイルブラーム・クレスントに来たにちがいないからです。われわれにわかっているかぎりでは、この通りには誰も知人はなかったはずなのです」

「それにしても、法廷で見かけたというだけで、わたしに逢いにきたりするはずがないではありませんか」

「それはそうですが――」警部はちょっと微笑を浮かべたが、相手の警戒心をとろけさせるはずの彼の笑顔も、ミス・ペブマーシュの眼には映らないのだと悟ると、あわてて声に笑いをふくませようとした。「近ごろの若い女の気持ちなんて、わかりませんからね。あなたのサインがほしいといったような、たわいのないことだったのかもしれませんよ」

「サインなんかを！」ミス・ペブマーシュの声には軽蔑がこもっていた。ついで、彼女はこう言った。「そうねえ……あなたのおっしゃるとおりかもしれませんわ。そういうことはよくあるものですから」ついで彼女はきっぱりと首を振った。「でも、今日はそういうことがなかったということだけは断言できます。わたしが検屍審問から帰ってきてからは、誰も訪ねてきてはいません」

「では、ありがとうございました、ペブマーシュ先生。われわれとしては、あらゆる可能性に当たってみたほうがいいと考えたものですから」

「そのひとはいくつだったのですか？」とミス・ペブマーシュは訊いた。

「十九歳だったと思います」

「十九ですって？　そんな若さでねえ」彼女の声音（こわね）はいくらか変わってきた。「そんな若さで……かわいそうに。そんな年齢の娘を、いったい誰が殺す気になったのでしょうか？」

「よく起きることなのですよ」とハードキャッスルは言った。

「その娘さんはきれいなひとだったのですか——魅力のある——セクシイな？」

「いいえ」とハードキャッスルは答えた。「本人はそうなりたかったのでしょうが、実際はそうではなかったのです」

「すると、それが原因ではなかったわけですね」とミス・ペブマーシュは言った。彼女はまた頭を振った。「残念ですわ。ほんとうに口では言えないほど残念ですわ、なんのご援助もできなくて」

彼は、いつものとおりに、ミス・ペブマーシュの人柄に感銘をうけて、そこを出た。

2

ミス・ウォーターハウスも家にいた。彼女は、こういうタイプの女性らしく、不都合なことをする人間に不意うちをくわせてやるつもりだったのか、いきなりパッとドアを開けた。

「ああ、あ、あなたですの！　警察の人たちには、わたしの知っているかぎりのことはみんな話しましたよ」

「そりゃ訊かれたことだけはお答えになったでしょうが、一度に何もかも尋ねられるものではありませんから」とハードキャスルは言った。「なお、二、三こまかな点を検討してみる必要があるのです」

「そんなこと理解に苦しみますわ。今度の事件はわたしにはこの上もないショックだったんですよ」ミス・ウォーターハウスは、すべてが彼のしわざでもあるように、彼をにらみつけた。「まあおはいりなさい。一日じゅう靴ぬぐいの上に突っ立っているわけにもいかないでしょうからね。はいって、腰をおろし、なんなりとお訊きになるがいいですわ。まだ訊くことがあろうとは思えませんけれどね。前にも言ったように、わたしは電話をかけにいったのです。ボックスの戸を開けると、あの女のひとがいるではありませんか。あんなにショックをうけたことは生まれて初めてですわ。わたしはおまわりさんを呼びに飛んでいきました。そのあとで、もしそんなこともお聞きになりたければですがね、家へ引きかえして、薬がわりのブランディを飲みましたわ。薬がわりに、ですよ」彼女はかみつきそうな口調で言った。

「それは賢明でしたね」とハードキャスル警部は言った。

「それで話はもうおしまいですよ」とミス・ウォーターハウスはぴしりと言いきった。

「わたしがお訊きしたかったのは、あの娘の顔にはぜんぜん見おぼえがなかったかどうかという点なのですが」

「そりゃ何度も見かけてはいるかもしれませんよ」と彼女は答えた。「こちらがおぼえていないだけでね。ウールワースで給仕をしてくれたかもしれないし、バスで隣りに乗りあわせたひとか、映画館の切符売場にいたひとかもしれませんもの」

「あの娘はカヴェンディッシュ事務所の速記タイピストだったのです」

「わたしは速記タイピストなどを雇ったことはないはずです。たぶん兄のいるゲインズフォード・アンド・スウェトナムにでも勤めていたひとなのでしょうよ。あなたはそこへ話を持ってゆきたかったのでしょう？」

「とんでもない」とハードキャスル警部は答えた。「そういうつながりはぜんぜんなさそうなのです。ですがね、もしかすると、今朝、殺害される前に、お宅へ訪ねてきているのではないかという気がしただけなのですよ」

「うちへ訪ねてですって？　そんなことがあるものですか。なぜですか？」

「理由はわれわれにもわからないのですよ」とハードキャスル警部は言った。「今朝あの娘がお宅の門をはいってゆくのを見た者があったとしても、それはきっと見間違いに相違ないとおっしゃるでしょうね？」彼は底意のなさそうな眼で彼女を見やった。

「誰かがうちの門へはいってゆくのを見たですって？　そんなばかげたことが」とミス・ウォーターハウスは言ったが、ちょっとためらった。「少なくとも——」

「ええ？」彼は表面にはあらわさなかったが、さっと緊張した。

「そりゃ、パンフレットか何かを戸口に押しこんでいったのかもしれませんわ……げ、ん、に、パンフレットが玄関に落ちていましたからね。核武装反対の集会についてのものだったと思います。そういう種類のものは毎日のように入れてあるのです。きっとその女のひともはいってきて、郵便受けに何か押しこんでいったのでしょうよ。だからといって、わたしの責任ではないでしょう」

「もちろんですよ。次に、電話のことなのですが——お宅の電話が故障していたというお話でしたね。交換局によると、そんなことはないと言っていますが」

「交換局はどんなことだって言いますよ！　げんにダイアルをまわすと、話しちゅうともちがう、な、ん、と、も、奇妙な鳴りかたがしたのですもの。ですから公衆電話をかけにいったのです」

ハードキャスルは立ちあがった。

「こんなことでご迷惑をかけてすみませんでした。なにしろ、被害者はこの一画の誰かを訪ねるつもりでやってきたにちがいないし、ここからそう遠くない家に行ったものと、考えられるものですから」

「だから、この通りの者全部に訊いてまわる必要があるというわけですね」とミス・ウォーターハウスは言った。「わたしなら、一番可能性のあるのは隣りの家——ペブマーシュさんのところだと思いますがね」

「なぜそうお考えになるのですか？」

「その若い女は速記タイピストで、カヴェンディッシュ事務所から来たとおっしゃったではありませんか。この前、例の男のひとが殺されたときにも、たしかペブマーシュさんは自宅へ速記タイピストの派遣を求めたとか聞いていますよ」

「そう言いふらされていることは事実ですが、本人は否定しているのです」

「わたしなんかが口ばしをいれるのはよけいな話だし、あとではなるほどと悟っても、わたしの言うことを聞いてくれる者なんかありませんけれど、わたしはあのひとは少々頭がいかれていると思いますね。ペブマーシュさんがですよ。実際に事務所に電話をかけ、速記タイピストの派遣を求めておいて、あとできれいに忘れてしまったのだと思いますね」

「しかし、まさか、あのひとが殺人をおかすとはお思いにならないでしょう？」

「殺人や何かのことは問題外ですわ。あの家で殺された者があることは知っていますけれど、ペブマーシュさんがその事件に関係あるなどと、そんなことを、わたしはほのめかしているのではありませんよ。とんでもない話ですわ。わたしはね、あのひとは奇妙な固定観念にとりつかれている人間の一人かもしれないと、考えているだけなのです。

ゲ　知っているある女のひとなどは、しじゅうお菓子屋に電話をかけて、菓子を注文するのです。それでいて、そのお菓子がたべたいのでもないし、届けてくると、注文したおぼえはないと言い張るのです。そういった種類のことですよ」

「そりゃ、奇妙なことだって起きますからね」とハードキャスルは答えた。彼はミス・ウォーターハウスにさよならを言ってその家を出た。

彼女の最後の暗示は、あのひととしては、言いすぎだったと彼は思った。もっとも、エドナが自分のうちにはいってゆくのを見かけた者があると聞き、事実そうだったかもしれないと信じたのだとすれば、すぐに、エドナは一九号の家を訪れたのだろうとほのめかしたのは、あの場合としては、たくみな話のもってゆきかただったという気もした。

ハードキャスルはちらと時計に眼をやり、まだカヴェンディッシュ秘書引受所にあたってみる時間があると判断した。あそこは午後二時から事務所を開いているはずだった。タイピストたちから何か参考になる話が聞けないともかぎらない。シェイラ・ウエッブもいるはずだ。

3

彼が事務所へはいってゆくと、タイピストの一人がすぐに立ちあがった。

「ハードキャスル警部さんですね。所長がお待ちしております」

彼女は奥の所長室へ案内していった。ミス・マーティンデールは一瞬の余裕もおかず、彼にくってかかった。

「こんなことは恥辱(ちじょく)ですよ、ハードキャスルさん！　あなた方には事件を根本的に解決しなければならない義務があるのです。それも、直ちに！　のらくらしていることは許されません。警察はわたしたちを保護してくれる義務があるはずだし、わたしたちこの事務所の者はその必要に当面しているのですよ。保護ですよ。わたしは、ここに勤めている者たちのために、それを求めていますし、ぜひとも実行してもらうつもりです」

「そりゃもちろん――」

「あなただって、うちのタイピストが二人も、二人もですよ、犠牲にされたことは否定なさらないでしょう。責任能力のない人間が――近ごろはどう呼ばれているのか知りませんが、速記タイピストか秘書引受所への被害妄想でも抱いている人間が――うろついているのは明白です。げんにこの事務所は計画的にその犠牲にされかけているではありません。最初は、シェイラ・ウエッブが無慈悲な策略にひっかけられて、死体を発見させられるし――あんなめにあわされれば、神経質な女なら頭が狂いかねませんよ――今度はまたこんな事件ときている。どう見てもひとのいい、罪のない若い娘が、電話ボックスで殺されるなんて。警部さん、あなた方は事件の根底をつきとめる義務がありますよ」

「もちろん、それは何よりもわたしの望むところです。何かご助力願えはしないかと思って、今日もうかがったわけなのですから」

「助力ですって！　わたしにしてあげられるようなことが何かあります？　あれば、早速あなたの耳にいれに飛んでいっていますよ。それをしないような人間だとでもお思いなのですか？　あなたはあのかわいそうなエドナを殺害した犯人を、シェイラを無慈悲なわなにかけた犯人を、さぐりだす義務があるのですよ。わたしはね、警部さん、うちに勤めている者たちには厳格だし、仕事をずるけたり、期限におくれたりすることは許しません。ですけれど、あの子たちが犠牲にされたり、殺されたりしてもいいなどとは、思っていませんよ。わたしはあの子たちを護ってやるつもりですし、国家からそのために給料をもらっている人たちにも、ぜひその義務をはたしてもらうつもりです」彼女は彼をにらみつけ、人間の姿をした牝虎といった形相だった。

「警察にも時日を与えていただかなきゃ」と彼は言った。

「時日ですって？　たかがくだらない女が死んだだけだから、まだたっぷり暇があるとでも思っていらっしゃるのでしょう。そんな気でいたら、この次には別のタイピストが殺されるようなことになりかねませんよ」

「そういうおそれはないと思います、マーティンデールさん」

「ところが、今朝お起きになったときには、まさかエドナが殺されようとは、予想もしておられなかったでしょう。予想しておられたのなら、あの子を保護するために多少の処置はとってくださったはずですからね。それでいて、うちのタイピストの誰かが殺されたり、ひどい疑惑をかけられるはめにおちいらされたりすると、あなたは意外だという顔をなさる。何もかもが異常なのだし、ばかげているのですよ。あなただって、これがばかげた事件だということは認めるしかありますまい。新聞に報じられているようなことが事実だとすればね。例えば、あのいくつもの置き時計。あのことは、今朝の検屍審問には持ちだされなかったようですわね」

「できるだけ発表をひかえるようにしたのです。いずれは延期になるはずの検屍審問だったのですから」

「いずれにせよ、なんとか方法を講じてもらわなきゃ困りますね」彼女はまたしてもハードキャスルをにらみつけた。

「何か聞かせてもらえることはありませんか？　エドナがふとあなたにもらした言葉でも？　あの娘は何か心配ごとを持っていたらしいのですが、そのことであなたに相談してはいませんか？」

「い、いかりに心配ごとがあったとしても、わたしに相談するとは思えませんよ」とミス・マーティンデールは言った。「それにしても、あの子が心配するようなことが、何かありますかね？」

それは、ハードキャスル警部のほうこそが、解答を求めた疑問点だったのだが、ミス・マーティンデールからは解答がえられそうにもないことは、彼にも見てとれた。そこで、彼はこう言ってみた。

「こちらに勤めている人たちと、できるだけ話しあってみたいのですがね。エドナがあなたには心配ごとや不安をうちあけていそうにないことは想像がつきますが、仲間の者たちにならば話していないともかぎりませんから」

「それはじゅうぶんありうることでしょう」とミス・マーティンデールも言った。「しじゅうおしゃべりに時間をすごしているのですから――あの連中ときたら。わたしが廊下に出ると、そのとたんに、いっせいにタイプライターが音をたてだします。その直前までは何をしていたかというと、おしゃべりですよ。ペチャクチャ、ペチャクチャ」彼女も多少はおだやかになってきていて、こうつけ加えた。「いま事務所にいるのは三人だけですよ。こちらへ来られたついでに話してごらんになりますか？　あとの者たちはそれぞれの仕事に出ているのです。なんでしたら、名前や住所を教えてあげましょう」

「ありがとうございます」

「あなただけで話してごらんになりたいでしょうね。わたしがそばにいて眺めていたのでは、あの子たちも気楽にはしゃべれないでしょうから。むだ話に時間を浪費していたことを認めなきゃならないはめになりますからね」

彼女は席を立ち、表側の事務室に通じるドアを開けた。

「皆さん」と彼女は言った。「ハードキャスル警部さんがあなた方と話しあってみたいそうなのよ。ちょっと仕事を休みにしてよろしい。エドナ・ブレント殺害犯人をつきとめる助けになるようなことを知っていたら、なんなりと話してあげるのですよ」

彼女は私室にひきあげ、ぴたりとドアを閉めた。少女っぽい、びっくりしたような三つの顔が、警部を見上げた。彼はすばやくそれらの顔を見まわし、表面からだけでも、これから扱うことになる材料の質を見きわめておこうとした。眼鏡をかけた堅実そうな顔つきの金髪の娘。信頼できそうだが、とくに頭がいいというほうではなさそうだ、と彼は思った。最近嵐にでも出会ったのかと思われるような髪型の、ちょっとかわいい顔のブルネットの娘。ここでのいろんな出来事を眼にとめていそうではあるが、それを想いださせてみても、その話には信頼がおけないに相違ない。何もかも適当に脚色して話しそうだから。三人めの娘は笑い上戸で、ひとの言うことに何によらずあいづちをうちそうだった。

彼はもの静かなくだけた態度で話しかけた。

「あなた方も、ここに勤めていたエドナ・ブレントの事件のことは、もう耳にしておられるでしょうね？」

三つの頭が勢いよくうなずいた。

「ところで、どういう事情で知ったのですか？」

三人は、誰が代弁者になるかきめようとしているみたいに、顔を見合わせた。全員一致で、名前はジャネットというらしい金髪娘にきまったようだった。

「エドナは、当然出勤しなきゃならない二時になっても、姿をみせなかったのです」と彼女は説明した。

「それで、砂色猫がカンカンになって」と黒っぽい髪のモーリーンという娘が言いかかって、ハッと気がついたらしく、「ミス・マーティンデールのことなのですけれど」とつけ加えた。

三番めの娘がくすくす笑いだし、「砂色猫というのは、わたしたちがあのひとにつけているあだ名ですのよ」と説明した。

〝うまくできているほうのあだ名だな〟と警部は思った。

「あのひとが怒ると、そりゃすごいんですのよ」とモーリーンが言った。「つかみかかりそうですわ。エドナが、休む理由を何か言ったかと尋ね、ことわりの連絡ぐらいよこしてもよさそうなものだと、カンカンでしたわ」

金髪の娘は言った。「そこでね、わたしはこう答えたんです。検屍審問のときにはわたしたちといっしょにいましたけど、その後、姿が見えなくなったので、どこへ行ったのかわたしたちも知らないのです、と」

「そのとおりだったのですか？」とハードキャスルは訊いた。「あのひとが法廷を出てからどこへ行ったかあなた方にもぜんぜん見当がつかないのですね」

「わたしはいっしょに昼ごはんをたべにいかないかと誘ったんですよ。でも、何か考えていることがあるみたいでしたわ。わざわざ昼ごはんをたべにいく気になるかどうかわからない、などと言いましたもの。何か買っていって事務所でたべることにする、とも」

「それでは、事務所に帰ってくるつもりではいたわけですね」

「そりゃそうですわ。そうしなきゃならないことはみんな知っていたのですもの」

「どなたか、この二、三日、エドナ・ブレントの様子がいつもとちがっていたのに、気がついたひとはありませんか？　何か心配ごとをかかえているか、気がかりなことでもありそうな様子に。そういう意味のことをあなたがたにもらしませんでしたか？　ちょっとでも知っていることがあったら、ぼくに話してください」

三人は顔を見合わせたが、べつに陰謀を企んでいるというふうではなかった。ただ漠然と推測をめぐらしているみたいだった。

「あのひと、いつでも何かを苦にしていたんですよ」とモーリーンが言った。「筋道のたたないやりかたをするものだから、間違いをしでかすんですの。頭のにぶいほうでしたからね」

「エドナには、いつでもいろんなことが起きるみたいでしたわ」と笑い上戸が言った。

「この前、靴のかかとがはずれたときのことをおぼえていらして？　あれはいかにもエドナのやりそうなことでしたわ」

「ぼくもおぼえていますよ」とハードキャスルは言った。

エドナが片手にさげた靴を情けなさそうに見おろしていた姿を想いだした。

「わたしはね、二時になってもエドナが帰ってこなかったときに、何か恐ろしいことが起きたのではないかという予感がしたわ」とジャネットが言った。彼女は厳粛な顔をしてこっくりうなずいた。

ハードキャスルは多少いやな気持ちで彼女を見やった。彼はあとになって知っていたような顔をする人間がきらいだった。この娘にしても、そんな予感なんか抱いていなかったにちがいないと思った。彼女のその次に言った言葉のほうがはるかにもっともらしいと、彼は心のなかで呟いた。

「エドナが帰ってきていたら、砂色猫にこっぴどくやられるところだったわね」

「あなた方があの事件のことを耳にしたのは、いつだったのですか？」と彼はまた訊いた。

三人は顔を見合わせた。笑い上戸がやましそうに顔をあからめた。ミス・マーティンデールの私室の戸口のほうへちらと横眼を走らせたりした。

「じつはね、わたしは――ちょっとのあいだ抜けだしたんですの。パイを買って帰りたかったし、事務所がひけてからでは売り切れているにきまっているのですから。それで、店に行ってみると――その店はこの街角にあって、わたしは顔なじみなんですよ――そこの女のひとが、『あの娘さんもあなたのところに勤めていたんじゃないの？』と言うので、わたしは『誰のことなの？』と訊きかえしたのです。すると、『若い女のひとが、ついさっき電話ボックスのなかで死体になって発見されたのよ』と言うではありませんか。わたしはあんなにびっくりしたことはありませんわ！　飛んで帰って、みんなにも話し、結局、ミス・マーティンデールにしらせなきゃいけないときめたところへ、ご本人が自分の部屋から飛びだしてきて、こう言うんですの『いったいあなたたちは何をしているの？　一つのタイプライターも動いていないじゃないの？』」

　金髪娘がその物語のあとを続けた。

「そこでね、わたしはこう言ってやりましたわ。『なにもわたしたちがわるいんじゃないんですよ。エドナのことで恐ろしいしらせを聞いたところなんですから』」

「すると、マーティンデールさんはどう言いました？」

「最初は信じようともしませんでしたわ」とブルネットの娘が答えた。「『ばかなことお言い。どこかの店からくだらないうわさ話でも聞きかじってきたのでしょう。誰かほかの女のことにちがいないわ。エドナであるはずがないじゃないの』と言ってね。ところが、自分の部屋へひきあげて、署に電話をかけてみると、真実だったことがわかったというわけです」

「でもね。わたしにはわけがわからないわ」とジャネットが夢みるような調子で言った。

「エドナを殺したがったりする人間がいるなんてねえ」

「ボーイフレンドもなにもいなかったみたいだったのに」とブルネットの娘も言った。

三人とも、その疑問に答えてくれるのを期待しているかのように、ハードキャスルの顔を見つめた。彼は溜息をついた。この連中からも何ひとつ役にたつことは聞きだせなかった。ことによると、ほかのタイピストの誰かがもう少し役にたってくれるかもしれない。それに、シェイラ・ウエッブもいる。

「シェイラ・ウエッブとエドナ・ブレントとはとくに親しかったのですか？」と彼は訊いてみた。

三人はぼんやり顔を見合わせた。

「とくにというほどではなかったと思いますわ」

「ところで、ウエッブさんはどこへ行っているのでしょうか？」

シェイラ・ウエッブはカーリュー・ホテルのパーディ教授のところだという話だった。

第十九章

パーディ教授は口述を中断して電話に出させられたので、苛だたしそうな口調だった。

「誰が？　何だって？　もうこちらへ来ているのか？　それなら、明日にしてくれと言ってくれないか——どうもしようがないね——それでは、上がってくるように言っておくれ」

「いつもこうだ」と彼は腹だたしそうに言った。「こう絶えず邪魔されたのでは、本格的な仕事なんかできるはずもないではないか」彼は多少不愉快そうな視線をシェイラに向けた。「さて、どこまでいったかね？」

シェイラが答えようとしたときに、ドアをノックする音がした。パーディ教授は、ほぼ三千年前の歴史上の難問題から自分を現実に連れもどすのに、ちょっと苦労をした。

「何だね？」と彼はかんしゃくを起こしそうな声を出した。「ああ、おはいり。何の用ですか？　今日の午後は誰も来させないでくれと、とくにことわっておいたはずなのだが」

「どうもまことにすみません。やむをえなかったものですから。ウエッブさん、こんばんは」

シェイラ・ウエッブは、ノートを片寄せて、立ちあがっていた。ハードキャスルは急に彼女の眼に懸念の色が浮かんだような気がしたが、自分のおもいすごしかどうか迷った。

「いったいどういうご用ですか？」と教授はまたとがった声で訊いた。

「ウエッブさんにお訊きになればわかると思いますが、わたしは捜査課の警部のハードキャスルという者なのです」

「なるほど、なるほど」と教授は言った。

「じつは、ウエッブさんと二、三話してみたいことがあったものですから」

「待つわけにはいかんのですか？　いまはすこぶるぐあいのわるいときなのです。すこぶるね。ちょうどむずかしいところにさしかかっていたときなのだから。あと十五分もすれば、ウエッブさんにも帰ってもらえるのです――いや、半時間はかかるかな。だいたいその程度なのだが。おや、もう六時じゃないか」

「パーディ先生、必要上やむをえないのですから」ハードキャスルの語調は断固としたものだった。

「どうもしかたがない。いったいなんですか――たぶん交通違反だろうと思うが？　交通巡査ときたら、ずいぶんうるさいからなあ。このあいだなんか、パーキング・メーターのそばに四時間半もくるまを停めていたと言い張るのだ。そんなはずはないのだけれどね」

「交通違反よりは少々重要な問題なのですよ」

「なるほど、なるほど。それにあなたはくるまは持っていなかったね？」彼はシェイラ・ウエッブのほうへぼんやり視線を向けた。「そうそう、いま想いだしたが、あなたはバスで来たのでしたね。警部さん、いったいどういうことですか？」

「エドナ・ブレントという若い女性のことなのですよ」彼はシェイラのほうへ向きなおった。「あなたも聞いているでしょうね」

シェイラは唖然となった。美しい眼。ヤグルマギクの花のような青さ。この眼には見おぼえがあるような気がした。

「エドナ・ブレントのことですって？」シェイラは眉をつりあげた。「そりゃ、あのひとなら知っていますわ。あのひとがどうかしたのですか？」

「どうやらまだ何も聞いておられないらしいですね？　ウエッブさん？　昼食へはどこ

へいらしったのですか？」

彼女の頬にポッとあかみがさした。

「お友だちとホー・ツン料理店へ行きました。そんなこと——関係がないではありませんか」

「そのあとも事務所へはいらっしゃらなかったのですか？」

「カヴェンディッシュ事務所へですか？　電話をしたら、二時半にパーディ先生のところへうかがう約束になっているから、直接そちらへ行ってくれということだったのです」

「そのとおりです」と教授は言って、うなずいた。「二時半。あれからわたしたちはずっと仕事をしてきたわけだ。ずっとね。ああ、そうだ、お茶を注文するのを忘れていましたよ。これはすまないことをしましたね、ウエッブさん。おなかがすいたでしょう。ちょっと言ってくだされば よかったのに」

「いいんですのよ。パーディ先生。そんなことといいんですの」

「これは大失策だった」と教授は言った。「大失策。そう言えば、また邪魔をしましたね。警部さんはあなたに訊きたいことがあるそうなのだから」

「してみると、エドナ・ブレントの事件はご存じないわけですね？」

「事件ですって?」シェイラはせきこんで訊きかえし、声もかん高くなった。「あのひとの事件? それはどういう意味ですの? 何か事故にあったのですか——自動車にひかれでも?」

「すこぶる危険だからね——近ごろのスピードの出しかたでは」と教授が口をはさんだ。

「そうなのです。事件が起きたのですよ」とハードキャッスルは言って、ちょっと間をおいてから、できるだけむごたらしい表現を使うことにして、こう答えた。「エドナ・ブレントは、十二時半ごろに締め殺されたのです。電話ボックスのなかで」

「電話ボックスで?」と教授もその場合にふさわしい多少の関心を示した。

シェイラはひとことも口にしなかった。呆然と警部を見つめていた。唇がいくらか開き、眼が大きく見開かれていた。〝ほんとうに初めて聞いたのか、でなければ大した俳優に相違ない〟とハードキャッスルは頭のなかで呟いた。

「これはどうも」と教授は言った。「電話ボックスのなかで絞殺されたとはね。ちょっと普通では考えられない場所のような気がする。普通ではね。わたしの選びそうな場所ではないね。かりにわたしがそういうことをするとすれば、の話だけれど。それにしても、気の毒なことだ。よほど不運な女性とみえる」

「エドナが——殺された! どうしてそんなことに?」

「ウエッブさん、あなたも知っているでしょう? エドナ・ブレントは一昨日しきりにあなたに逢いたがっていた。あなたの叔母さんの家まで訪ねてゆき、しばらくあなたの帰りを待っていたりもした」

「あのときもわたしがわるかったのです」と教授はあやまるように言った。「あの晩も、ずいぶんおそくまでウエッブさんをひきとめていたことをおぼえている。ずいぶんおそくまでね。あの晩のことでは、わたしはいまだにわるいことをしたと思っていますよ。いつでも、時間がきたらわたしに注意してくださいね。遠慮なく」

「そのことは叔母から聞きました」とシェイラは答えた。「でも、とくに用事があって来たとは気がつきませんでした。そうだったのでしょうか? エドナは何か困ったことにでも当面していたのでしょうか?」

「われわれにもわかりませんよ」と警部は答えた。「おそらくわからずじまいになることでしょう。あなたが、話してくださらないかぎりはね」

「わたしがですって? わたしなんか知っているはずがないではありませんか?」

「エドナ・ブレントが何の用事であなたに逢いたがっていたのか、あなたには多少の見当がつきそうなものですがね?」

彼女は首を振った。「ぜんぜん見当もつきませんわ。ぜんぜん」

「何かあなたにほのめかしませんでしたか、困ったことが起きたといったようなことを、事務所ででも？」

「いいえ。そんな話はなにも――わたしは昨日はぜんぜん事務所にはいなかったのです。いつもわたしたちのところでお引きうけしているある作家の仕事で、一日じゅうランディス・ベイに行っていましたから」

「最近あの娘が心配そうな顔をしているような気がしませんでしたか？」

「ところがね、エドナはしじゅう心配したり、迷ったりしていたんですよ。あのひとはいやに――何と言ったらいいでしょうか――自信のもてない、あやふやな頭の持ち主でした。つまり、自分のしようとしていることが正しいかどうかの判断をつけることが、奇妙にできないひとだったのです。あるときなどは、アーマンド・レヴァインさんの原稿をタイプに打っていて、まる二頁分ぬかしてしまい、どうしたらいいかとひどく苦にしていたことがありました。ぬかしたことに気がついたときには、もうタイプした原稿を送ってしまったあとだったのです」

「なるほど。どうしたらいいか、あなたに助言を求めたわけですね？」

「そうなのです。わたしは、すぐに著者に手紙を出したほうがいいとすすめました。著者の方も、タイプした原稿をすぐに読みかえしてごらんになるとはかぎりませんからね。

手紙を出して、ありのままのことを白状し、マーティンデールさんには内密にしてくださるようにお願いすればいいと、言ったわけですの。ところが、あのひとはそうする気にもなれないと言うんですの」

「そういう問題を起こしたときには、たいていあなたに助言を求めたのですか？」

「ええ、たいていは。でも、厄介なことには、わたしたちの意見が一致するとはかぎっていませんでした。そうなると、あのひとはまた迷いだすのです」

「そうすると、何か問題が起きた場合は、当然同僚の誰かに相談をもちかけるものと考えていいわけですね？　そういうことが何度もあったのですか？」

「ええ、たびたびありました」

「今度は、何か重大なことだったのかもしれないとはお思いになりませんか？」

「そうは思えませんわ。あのひとに、重大な問題なんか起きるはずもありませんから」

シェイラ・ウエッブは外見どおりに実際に不安を感じていないのかどうか、警部は判断に迷った。

「エドナは何をわたしに話したがっていたのか、さっぱり見当もつきませんわ」と彼女は多少せきこんだ早口で言葉をついだ。「なぜわざわざ叔母のところまでやってきて、そこで話をしようなどとしたのか、わたしには想像もつかないのです」

「どうも、事務所で話したのでは都合のわるいような問題を、かかえていたのではないかと思えますがね。ほかの同僚たちのいるところで話したのではね。何か、あなたと二人だけの秘密にしておく必要があるとでも思っていたことが。事情はそういうところにあったのではありませんか?」

「そんなこと、ありそうにない気がしますわ。あるはずもないと思います」彼女は息苦しそうにした。

「それでは、聞かせていただくこともないわけですか、ウエッブさん?」

「残念ですけれど。エドナのことはほんとうに気の毒に思いますけれど、わたしはお役にたつようなことは何も知らないのですから」

「九月九日の事件と、なにか関係がありはしないかと思われるようなことも?」

「といいますと——あの——あのウイルブラーム・クレスントの男とですか?」

「そうです」

「そんなことが、どうして? エドナがそんなことを知っていたはずがないではありませんか」

「たぶん重要なことではないだろうが、何かを知っていたにちがいないのです」と警部は言った。「どんなことだろうと、われわれの参考になるのです。どんな些細なことでもね」彼はちょっと間をおいた。「殺害されたのは、ウイルブラーム・クレスントの電話ボックスだったのですが、そのことから、何か思いあたることがありませんか、ウエッブさん？」

「べつに、何も」

「あなたは、今日はウイルブラームにはおいでにならなかったのですか？」

「ええ、ぜんぜん」と彼女は力をこめて否定した。「あの付近までだって、ぜんぜん近寄ったりしていません。あそこはなんだか怖ろしい場所だという気がしますもの。最初からあんなところへなんか行かなきゃよかったんですわ。こんな事件にまきこまれずにすんだはずですのに。いったいなぜわたしを、それも、よりによってあの日に、呼んだりしたのでしょうか？　なぜエドナはあの近くで殺されるようなことになったのでしょうか？　警部さん、なんとかしてさぐりだしてください。なんとかして、お願いですわ！」

「ウエッブさん、警察はつきとめずにはおきませんよ」と警部は言った。続いてこうつけ加えたときには、彼の声はかすかな威嚇がこもっていた。「その点はわたしが保証します」

「おや、ふるえているじゃありませんか」とパーディ教授は言った。「シェリイ酒でも飲む必要がありますよ。絶対にそう思いますね」

第二十章

コリン・ラムの話

わたしは、ロンドンに着くとすぐに、ベック大佐のところへ出頭した。

彼はわたしのほうへ葉巻を振った。

「きみの例のばかげた新月論（クレスント）にも多少の根拠はあったのかもしれないぞ」

「やっとぼくも何かを掘りあてたというわけですか？」

「そうとも言いきれないが、可能性はあるとだけ言っておこう。例のウイルブラーム・クレスント、六二、のラムジイという土木技師、あれは見かけどおりの人間ではないぞ。最近あの男のやっている社用というのがすこぶる奇妙だ。会社はほんものだが、社歴の浅い会社だし、いままでにやってきている仕事もいっぷう変わっている。ラムジイは五週間ばかり前に突然の命令で出張したのだ。行先はルーマニアだ」

「細君に話した行先とはちがっていますね」

「そりゃありうることだが、実際に行ったのはルーマニアだし、げんにいまもそこに滞在している。あの男についてはもう少しさぐってみたい。したがって、きみは大至急出かけてくれ。いっさいの手続きはすましてあるし、旅券（パスポート）も新しいのが用意してある。今度はナイゼル・トレンチという名前になるのだ。バルカン半島の珍しい植物についての知識にみがきをかけておくこと。きみは植物学者になるのだからな」

「何か特別の命令でも？」

「ない。連絡先は、書類を受けとりにいったときに教えてくれる。ラムジイという男についてできるかぎりの事実を調べあげてくれ」彼は鋭い眼でわたしを見やった。「もっと嬉しそうな顔をしてもよさそうなものだがなあ」彼は葉巻の煙のなかから覗きこむようにした。

「第六感が当たったときには、いつだって愉快ですよ」とわたしは言ってごまかした。

「新月（クレスント）は当たり、ナンバーは間違っていた。六一号の住人はどう見ても怪しいところのない建設業者だ。怪しいところがないと言っても、われわれの観点からのことだがね。かわいそうなことをしたハンベリイは、番号を間違えてはいたが、狙っていたまとにはそう狂いはなかったわけだ」

「ほかの連中もお調べになりましたか？　ラムジイだけですか？」

「ダイアナ・ロッジはダイアナ同然に清純そうだ。猫を飼いだしてからも長い。マクノートンのほうはなんとなく関心をそそる。きみも知っているとおりに隠退した教授だ。専門は数学。健康上の理由でかなり突然教授の椅子を去っている。本人の言っているとおりかもしれないが――いたって元気そうに見える。以前の友人とは全部縁をたっており、それも少々おかしい」

「われわれの眼には、誰のやっていることもすこぶる怪しく映るのだから厄介ですよ」とわたしは言った。

「きみの言うことも一理ありそうだ」とベック大佐は答えた。「きみだってね、コリン、向こう側へ寝返っているのではないかと、わしは疑いたくなることもあるのだ。そういうわしだって、一度は向こう側へ寝返っておいて、またこちら側へついているような気がしてくることもある。何もかもまぎらわしさをきわめているからな」

わたしの乗る旅客機は午後十時発だった。わたしはその前にエルキュール・ポアロを訪ねた。今度は彼はシロップ・ド・カシスを飲んでいるところだった（われわれ流に言えば黒すぐりシロップだ）。彼はわたしにもすすめたが、わたしはことわった。ジョージがわたしにはウイスキーを持ってきてくれた。すべてがいつものとおりだ。

「きみはめいっているようだね」とポアロは言った。

「そんなことはありませんよ。わたしは海外へ旅だつところなのです」

彼はわたしの顔を見つめた。わたしはうなずいた。

「そういうわけなのか？」

「そういうわけなのですよ」

「成功を祈るよ」

「ありがとう。ところで、ポアロさん、あなたの宿題の進みぐあいはどうなのですか？」

「なんだって（パルドン）？」

「クローディン置き時計殺害事件のことですよ——椅子によりかかり、眼をつぶり、いっさいの解答を出してくれましたか？」

「きみの残しておいてくれたものは興味深く読んだよ」とポアロは答えた。

「大して参考にはならなかったでしょう？　この前も話したように、あそこの隣人たちときたら、まとはずれなことばかり言う——」

「逆だね。あのうちの少なくとも二人の場合は、すこぶる啓発的な言葉を口にしていて——」

「どの二人がですか？　その言葉というのは？」

ポアロは、はがゆそうに、あの速記を読みなおしてみたまえと言った。

「そうすれば、きみにもわかるよ――向こうから眼に飛びこんでくる。現在きみのしなきゃならないことは、ほかの隣人とも話しあってみることだ」

「ほかにはいませんよ」

「いや、いるにちがいない。常に誰かが、何かを、眼にしているものだ。それが公理だよ」

「公理かもしれないが、今度の事件にはあてはまりませんね。それからね、その後の情報も持ってきてあげましたよ。また殺人事件が起きたのです」

「ほんとうかね？　そんなに早くに？　それは興味があるね。話してみてくれ」

わたしは話して聞かせた。彼は一つ残らず事実を引きだすまで、わたしにこまかに問いただしてやめなかった。わたしはハードキャスルに渡しておいた絵葉書のことも話して聞かせた。

「おぼえているだろう――四一三――でなければ、四時十三分」と彼は繰りかえした。

「やはりそうだ――同じ型（パターン）だよ」

「それはどういう意味なのですか？」

ポアロは眼をつぶった。

「その絵葉書にはただ一つ欠けているものがある、血にひたした指紋がね」

わたしは不信をこめた眼で見やった。

「今度の事件についての、あなたの偽りのない意見はどうなのですか？」

「ますますはっきりしてくる――例によって犯人はよけいなあがきをしないではおれないらしい」

「しかし、その犯人というのは何者ですか？」

ポアロはたくみに答えを避けた。

「きみの留守のあいだに、わたしの手で二、三調査してもいいかね？」

「例えば？」

「明日、ミス・レモンに口述筆記させて、旧友のエンダビイという弁護士に手紙を出すことにする。ミス・レモンにはサマセット・ハウスで、結婚記録を調べさせるつもりでいる。海外電報もうたせることになろう」

「それでは不公平な気がしますね。あなたは座りこんで考えるだけにするはずだったではありませんか」とわたしは文句を言った。

「そのとおりにしているじゃないか！　ミス・レモンにやらせようとしている仕事も、

わたしのすでに到達している結論を立証するのが目的なのだ。わたしは情報を求めはするが、確認したいがためにすぎない」

「何ひとつわかってもいないくせに！　それはから威張りというものですよ。げんにあの被害者が何者なのかも、まだ誰一人として知ってはいないし——」

「わたしは知っているよ」

「それなら、あの男の名前は？」

「そんなことは、わたしにはわかりっこない。名前なんか重要ではないのだ。きみには理解できないらしいが、わたしが知っているというのは、名前ではなくて、どういう人間かということなのだ」

「恐喝者ですか？」

　ポアロは眼を閉じた。

「私立探偵ですか？」

　ポアロは眼を開いた。

「きみには短い引用句で答えておこう。この前のときのようにね。それだけでおしまいにするから、そのつもりで」

　彼はもったいぶった調子で暗誦（あんしょう）した。

「ディリイ、ディリイ、ディリイ——殺されにおいで」

第二十一章

ハードキャスルはデスクの上のカレンダーに眼をやった。九月二十日。十日を少しこしたわけだ。警察の捜査も彼の望んでいたほどの進捗(しんちょく)を見せていなかったが、それも当初からの難関、被害者の身元不明にてこずらされたからだった。そのために、すでに予想以上の時日がかかっていた。手がかりもすべてが期待に反し、消えていった。着衣についての科学検査もこれという役にたつ結果はもたらしてくれなかった。衣類そのものにもなんらの手がかりもなかった。衣類は輸出用の上質のもので、新しくはなかったが手入れがゆきとどいていた。歯医者からも、洗濯屋からも、役にたつ情報はえられなかった。被害者は〝謎の人間〟のままだった。けれども、実際には〝謎の人間〟的な要素のない男だという気が、ハードキャスルにはしていた。どことい ってひとめをそばだたせるようなところも、芝居がかったところもない、人間だったのだろう。誰一人として見知っている者が出てきてくれなかったというだけのことだった。そういったケースにちがいないと彼は思った。〝この男をご存じの方はありませんか？〟という文句つきの写真を新聞に載せてからの、例によって殺到してきた電話や手紙のことが頭に浮かぶと、溜息が出た。その男なら知っていると思いこんでいる人間が驚くばかりの数にのぼった。何年も前に仲たがいしたままの父親ではないかという、希望的想像から手紙をよこした娘たち。問題の写真は三十年前に家出した息子にちがいないと思いこんでいる九十歳の老婆。行方不明になっている良人（おっと）にちがいないと言ってきた細君にいたっては、数えきれないほどだった。自分の兄弟かもしれないと言ってきた姉妹は、それほどの数ではなかった。たぶん姉妹のほうはさほど希望的想像をめぐらさないからだろう。もちろん、リンカンシャーなり、ニューキャッスルなり、デヴォンなり、ロンドンなり、地下鉄やバスなりで、見かけたとか、桟橋をこそこそと歩いていたとか、陰険な顔をして街角に突っ立っていたとか、顔を隠すようにして映画館から出てきたとか、しらせてきた者にいたっては、おびただしい数にのぼった。そのうちの有望そうな手がかりを幾百となく辛抱強くたどっていってみたが、結局むだに終わったのだった。

だが、今日のは警部にもいくぶん希望が持てそうな予感がした。彼はもう一度デスクの上のその手紙に眼をやった。マーリナ・ライヴァル。このクリスチャン・ネームは気にくわなかった。普通のセンスを持った人間なら、子供にこんな名前をつけるはずがない。きっと当人がきどった趣味から勝手につけ変えた名前にちがいない。だが、文面からうける感じは好ましいものだった。常識はずれなところも、自信過剰さも感じられなかった。ただ、問題の人物は数年前に別れた良人かもしれないと、書いてきているだけだった。その女が今朝訪ねてくることになっていた。彼はブザーを押し、クレイ巡査部長がはいってきた。

「例のミセス・ライヴァルという女はまだ来ていないかね？」

「いま来ましたよ。おしらせに上がろうとしていたところなのです」とクレイは答えた。

「どんなふうな女だね？」

「多少芸人ふうな感じです」とクレイはちょっと考えてみてから答えた。「こてこてと化粧をしています――気のきいた化粧のしかたではありませんがね。全体からうける感じは、かなり信頼のおけそうな女と言っていいでしょう」

「とりみだしているようかね？」

「いいえ。眼につくほどには」

「よろしい。こちらへ通してくれ」とハードキャスルは言った。

クレイは出ていき、まもなく引きかえしてきて、「ミセス・ライヴァルです」と紹介した。

警部は立ちあがり、握手した。五十歳くらいと見当をつけたが、遠くから見れば——ずっと遠くから見れば——三十歳くらいかと思ったかもしれなかった。近くで見ると、まずい化粧のせいで五十歳を越していそうに見えたが、全体的に見て五十歳くらいと彼は判断した。赤褐色に染めた黒っぽい髪。帽子はかぶっていず、背たけも肉づきも中くらいで、黒っぽい色のオーバーにスカート、白のブラウス。タータンチェックの大きなバッグを手にしている。ジャランジャラン鳴る腕輪を一つ二つに、いくつかの指輪。いままでの経験に基づいて人柄を判断するとすれば、だいたいは善良なほうの人間だろうと彼は思った。こまかく気のつくほうではなさそうだが、いっしょに暮らすには気楽で、ある程度までは寛大で、親切さを持っていそうだった。だが、信頼できるかどうかその点が問題だった。彼はその点はあてにする気にはなれなかったが、そういえば、何事によらず相手を信用してかかれる立場ではなかった。

「はじめまして。奥さんからのご情報には大いに期待をかけているのですよ」と彼は口をきった。

「わたしにも自信があるわけではないのですけれど」とミセス・ライヴァルは答えた。弁解するような口ぶりだった。「でもね、ハリイに似ているものですから。そっくりと言っていいくらいに。そうは言いましても、人ちがいだったという結果になる心がまえは、じゅうぶん持っていますし、むだにあなたのお時間をつぶさせたことにならねばいいがと、心配していますのよ」

彼女はまず弁解してかかるといった態度のようだった。

「そういうご心配はいりませんよ。今度の事件では、わらにでもすがりたい気持ちなのですから」と警部は言った。

「それはそうでしょうけれど、こちらも自信のあるお答えができるといいのですが。なにしろあの人には何年も逢っていないものですからね」

「それでは、二、三、基礎的な事実からうかがわせていただきましょうか？　ご主人と最後にお別れになったのはいつごろのことなのですか？」

「汽車で来る途中も、できるだけ正確に想いだそうと努力してはみたのですけれどね」と彼女は言った。「年月の点になると、おそろしく記憶がおぼろになってくるものですわね。手紙では十年前ごろと書きましたけれど、十年以上たっていますわ。十五年近くではないかという気がしますのよ。時のたつのって早いものですわね。きっと、人間には自分が実際よりも若いつもりでいたい気があって、年月を少なめに見る傾向があるのではないでしょうか」と彼女は気のきいた言葉をつけ加えた。「あなたはそうはお思いになりません？」

「そういうこともあるでしょうね」と警部は答えた。「いずれにせよ、お別れになってからほぼ十五年はたっているわけですね？　いつご結婚なさったのですか？」

「別れる三年前だったにちがいありませんわ」とミセス・ライヴァルは答えた。

「そのころはどこにお住まいだったのですか？」

「サフォークのシプトン・ボイスという町。感じのいい町ですのよ。市の開かれるところでしてね。どちらかといえば、ちっぽけな町ですけれど」

「それで、ご主人は何をしておられたのですか？」

「保険の代理人をしていました。少なくとも——」彼女はちょっとためらった。「——本人はそう言ってましたわ」

警部はさっと顔を上げた。

「実際にはそうではないと、あなたは感づかれたわけですか？」

「いいえ、そうとも言えないのです……まだそのころにはね。あとになってから、たぶんうそをついていたのだろうと思っただけで。男のひとの場合、そういう見せかけはしやすいのではないでしょうか？」

「事情によってはね」

「しじゅう家をあけるには、いい口実になるという意味なのですけれど」

「ご主人はそんなにしじゅう留守がちだったのですか?」

「ええ。最初のうちは、わたしもそんなことは考えてもみなかったのですけれど――」

「だが、あとでは?」

彼女はすぐには答えなかったが、やがてこう言った。

「こんな話、続けなきゃならないのでしょうか? 結局、あれがハリイではないとわかった場合は――」

彼には彼女の気持ちがはっきりとはつかみかねた。声に緊張が感じられるところをみると、感情上の問題なのか? 彼は確信がもてなかった。

「早く問題を片づけたいお気持ちでしょうね。それでは、すぐに行きましょう」

彼は立ちあがり、付き添って、待たせてあった自動車に乗りこんだ。目的の場所に着いたときの彼女の不安そうな態度は、同じところへ連れていったときのほかの者たちと変わりがなかった。彼はいつもの気持ちを落ちつかせるための言葉を口にした。

「なんでもありませんよ。べつにいやな感じでもありませんしね。それに、一、二分で片づくことなのですから」

死体置台が引きだされ、所員がシーツを持ちあげた。彼女は、多少息づかいをはやめ、しばらくじっと見おろしていたと思うと、かすかに喘ぐような声をたて、不意に顔をそむけて、こう言った。

「やはりハリイですわ。あのころよりはずっとふけていて、顔つきも変わっています……でも、ハリイに間違いありません」

警部は所員にうなずいてみせ、彼女の腕に手をかけて外へ連れだし、また署へ自動車で引きかえした。彼は途中ではひとことも話しかけなかった。相手に自力で落ちつきをとりもどさせるようにした。もとの部屋へ帰り着くと、待ちかまえていたように、すぐに巡査が紅茶を搬んできた。

「さあ、紅茶でも飲んで落ちつきをとりもどしてください。それから話をしましょう」

「ありがとうございます」

彼女は紅茶に砂糖を、それもたっぷりといれ、ごくごくとむさぼるように飲んだ。

「おかげで気分がよくなりましたわ」と彼女は言った。「ほんとうは、わたし、気にしているわけではないのですけれどね。ただ――ああいうことって、多少胸がわるくなるものでしょう」

「あの男はご主人に間違いないとお思いになりますか？」

「ええ、間違いありません。そりゃ、あのころにくらべると、ずっとふけてはいますけれど、それほど変わってはいませんわ。あのひとはいつも――品のいい容姿をしていたのです。ちゃんとした階級の人間のような」

たしかにこれはうまい形容だとハードキャスルは思った。ちゃんとした階級。おそらくハリイは実際よりもずっと階級の上な人間のような風采(ふうさい)をしていたにちがいない。そういう人間もあるものだし、それがその連中の目的には役立つわけだ。

ミセス・ライヴァルは言葉をついだ。「あのひとはいつも身につけるものや何かにずいぶん気をつかっていました。そのせいもあるのでしょう——みんなは簡単にあのひとに惚れこみました。ぜんぜん疑ってみようともしなかったのです」

「惚れこんだというのは、どういう者たちがですか?」ハードキャスルの声には優しさがあり、同情がこもっていた。

「女たちですわ」ミセス・ライヴァルは答えた。「女たち。あのひとがたいていの時間をすごしていたのはそのためだったのですもの」

「なるほどね。あなたもそのことに気づかれたわけですね」

「そうですね——疑ってはいましたわ。なにしろしじゅう家をあけるものですから。それに、わたしも男のひとってどういうものか知っていましたしね。きっとときおりは若い女のところへ通っているのだろうと思っていました。でも、そんなこと、問いつめてみてもしようがありませんものね。うそをつかれるにきまっているんですから。でもね、まさか——あのひとがそれを商売にしていようとは、思いませんでしたわ」

「ところが、そうだったのですか？」

彼女はうなずいた。「そうだったにちがいないと思います」

「どうしてそれがわかったのですか？」

彼女は肩をすくめた。

「ある日のこと、旅行先から帰ってきました。ニューキャッスルへ行っていたのだと本人は言っていましたけれどね。とにかく、帰ってくると、すぐにずらからなきゃいけないと言うんですよ。動きのつかないはめになったって。どこかの女を妊娠させたらしいのです。本人の口ぶりでは、相手は女教師で、わるい評判のたつおそれがあるということでした。そのときには、わたしも問いつめてみました。あのひともわたしには隠そうともしませんでしたわ。きっとわたしが実際以上に知りつくしていると思いこんでいたからでしょう。あのひとときたら、しじゅう女のひとに惚れこまれていましたからね、わたしもごたぶんにもれないわけですけれど。あのひとは指輪を与え、婚約するのです——そうしておいてから、二人のためにお金を投資しておこうと言いだすわけですの。たいていの場合、相手の女は簡単にお金を渡してしまうのですよ」

「あなたにもその手を使ったのですか？」

「ええ、じつはそうなのですけれど、わたしはお金は一文も渡しませんでしたわ」

「なぜですか？　もうそのころから信用してはおられなかったのですか？」

「わたしは、相手が誰にせよ、人を信用するたちではなかったのです。男というものにも、そのやり口にも、世間の裏側にも、多少は経験をつんでいましたからね。いずれにしても、自分のお金をあのひとに投資してもらう気にはなれませんでしたわ。多少なりと持っているお金は自分で投資できますものね。お金だけはしじゅう自分の手に持っているのが安全だと、いうではありませんか！　娘たちや女たちがばかなめにあった例を見すぎていますもの」

「あなたに投資の話を持ちだしたのはいつごろでしたか？　結婚なさる前か、それとも、結婚後だったのですか？」

「前もってそういうことをほのめかしていたようですけれど、わたしがとりあわないので、すぐに話を横へそらしてしまいました。そのうちに、結婚してからですけど、すばらしい儲け話があるのだがと、もちかけてきました。わたしは『そんな話、聞きたくもない』と言ってやりましたわ。信用していなかったからだけではないのです。すばらしい儲け口にありついたと言っていたかと思うと、ひとの食いものにされていたとわかった例を、幾度も耳にしていましたからね」

「ご主人は警察ざたを起こされたことはありませんでしたか？」

「そんな心配はなかったのです」とミセス・ライヴァルは答えた。「女は騙されたことが世間に知れるのをいやがりますから。でも、あのときは事情がちがっていたのかもしれません。相手の娘さんか何かは教育のあるひとだったのですから。ほかの女たちのようには簡単には騙せなかったのでしょう」

「その女のひとには子供ができてしまったのですか？」

「そうなのですよ」

「そういうことは、ほかの場合にもあったのですか？」

「そうらしいですわ」ついで彼女はこうつけ加えた。「正直なところ、最初どういう気持ちで接近していったのか、わたしにも判断がつかないのです。お金だけが目的だったのか——いわば暮らしの手段としてね——それとも、女と見ると手を出したくなる種類の男で、愉しみの費用は相手に出させてもいいという考えだったのかがねえ」彼女の声には、いまはにがにがしさがこもっていた。

ハードキャスルは優しく問いかけた。

「あなたも彼を愛しておられたのでしょうね？」

「さあ、どうでしょうか。正直なところ、自分でもよくわかりませんわ。たぶん多少は愛していたのでしょう、でなければ結婚するはずもありませんから……」

「失礼ですが、正式に結婚しておられたのですか？」

「それすらはっきりとはわからないしまつなのですよ」とミセス・ライヴァルは正直に答えた。「ちゃんと結婚式はあげたのです。教会でね。でも、そのときにも、別の名前を使ってほかの女と結婚していたのかもしれませんから。わたしと結婚したときには、キャスルトンという姓でした。それが本名だとは思えませんせんけれど」

「ハリイ・キャスルトンですね？」

「そうですわ」

「そして、シプトン・ボイスという町に夫婦として暮らしておられた――何年くらい？」

「あそこには二年くらいいました。その前にはドンカスターに住んでいたのです。あの日、あのひとが帰ってきてうちあけ話を聞かされたときにも、わたしはべつに驚きもしませんでしたわ。しばらく前からろくな人間ではないと気がついていたのでしょう。信じられないような話ですけれどね、あんなに上品な風采をしていたのですから。どう見ても、ちゃんとした紳士と言いたいほどの！」

「それからどうなったのですか？」

「すぐに逃げださなきゃいけないというので、いい厄介ばらいになるから、どこへでも行ってくれるがいい、もうこんなことにはがまんができませんからね、と言ってやりましたわ！」ついで彼女は、しんみりとした顔つきになって、こうつけ加えた。「わたしは十ポンドやりました。手もとにあったお金をあらいざらいくれてやったわけですの。お金に困っていると言うものですから……それ以来というもの、逢ったことも、うわさを聞いたこともありません。今日にいたるまで。もっとも、新聞で例の写真は見ましたけれど」

「身体に、何か見分けのつくあざか、傷痕でもありませんでしたか？　手術か――外傷か――何かそういったことでの？」

彼女は首を振った。

「なかったように思います」

「カリイという名前を使ったことはありませんか？」

「カリイねえ。なかったように思いますわ。わたしの知っているかぎりでは」ハードキャスルは例の名刺を彼女のほうへ押しやった。

「これが彼のポケットにあったのです」

「やはり保険の代理人と名乗っているらしいですわね」と彼女は言った。「きっと、あの男のことですから、いろんな名前を使っているのでしょうよ」

「この十五年間、何の便りもなかったとおっしゃいましたね？」

「世間流に言えば、クリスマス・カード一枚だってくれませんでしたわ」そう答えたとき、ミセス・ライヴァルの眼には不意に冗談めいた色が浮かんだ。「それに、わたしの居所も知らなかったでしょうしね。わたしは別れてまもなく舞台にもどったのですの。たいていは旅興業でしたけれど。それも大した生活ではありませんでしたし、キャスルトンという名前を棄てていました。マーリナ・ライヴァルにもどったわけですの」

「マーリナというのは——ご本名ではないのではありませんか？」

彼女はうなずき、愉快そうな表情がかすかに顔に浮かんだ。

「自分で想いついたんですの。ちょっとない名前でしょう。ほんとうはフロッシイ・ギャップですのよ。きっとフローレンスと名づけてくれたのでしょうけれど、誰もがフロッシイだのフローだのと呼ぶんです。フロッシイ・ギャップ。あまりロマンチックな名前ではありませんわね」

「いまは何をしていらっしゃるのですか？　やはり芝居のほうですか？」

「ときおりはね」ミセス・ライヴァルは多くは語りたがらなそうな口ぶりだった。「出たり出なかったり、というところですわ」

ハードキャスルも如才がなかった。

「なるほどね」と彼は言った。

「片手間仕事にあちらこちらへ出かけたりもします」と彼女は言った。「パーティのお手伝い、ホステス役、そういったことですの。そう悪い生活でもありませんのよ。いろんな人にも逢えて、ときには若返った気持ちにもなれますわ」

「お別れになって以来、ハリイ・キャスルトンからは何の便りもなかったということですが、うわさもお聞きになりませんでしたか？」

「ひとことも。たぶん国外へでも出たのだろうと思っていました――でなきゃ、死んでいるか」

「もう一つだけお訊きしたいのですが、ハリイ・キャスルトンがなぜこの付近へやってきたりしたのか、何かお心あたりがありませんか？」

「ぜんぜん、わたしには見当もつきませんわ。あれ以来何をして暮らしていたのかさえ知らないのですもの」

「保険詐欺か――何かそういった種類のことも、やっていそうな気がしませんか？」

「わたしにはぜんぜんわかりませんわ。でも、そういうことをする人ではなさそうな気がします。ハリイは自分の身をまもることにかけては、いつも細心の注意をはらっていましたから。あとで責任を問われるようなことに首を突っこむはずがありません。女からお金をしぼりとるようなことなら、やりかねないと思いますけど」

「ゆすりに類するようなことでも、やっていたのかもしれない、というわけですか？」

「さあ、わたしにはなんとも言えませんけれど——似たようなことならね。過去の何かのことをあばかれたくない女のひともいるでしょうから。そういう場合は、あのひとも安全だという気がするでしょう。でも、わたしはそうにちがいないと言っているのではありませんよ。やりかねないと言っているだけで。大金をほしがるとは思えませんわ。相手を自暴自棄に追いつめるようなことはしそうにありませんけれど、少しずつしぼりとるくらいなことはやりかねない気がしますわ」彼女はこっくりとうなずいてみせた。

「そういうことならね」

「女のひとには好かれるほうだったのでしょうね？」

「ええ。あの人にはわりあい簡単に惚れこむ女が多かったのです。あんなふうにちゃんとした階級の、れっきとした人間のようにみせかけていたからでしょうけれど。女たちはそういう男性を征服したことが自慢だったのです。そういう男性といっしょの安全な将来に期待をかけていたわけですわ。そう考えるのが一番事実に近いのではないかという気がします。わたしだって、そういう気持ちを抱いていたのですもの」とミセス・ライヴァルは飾りけなしにつけ加えた。

「もう一つだけ、些細なことなのですが」ハードキャスルは部下に声をかけた。「例の置き時計を持ってきてくれないか」

置き時計が、盆に載せられ、布でおおわれたまま、持ちこまれた。ハードキャスルは布をはねのけ、置き時計をミセス・ライヴァルの眼の前にさらした。彼女は包み隠しのない興味と感嘆の眼で見つめた。

「きれいな時計ばかりですわね。わたしはそちらのが好きですわ」彼女はオルモルの置き時計に手をふれた。

「どれも初めて眼にされたもののようですね。何か想い浮かぶことはありませんか？」

「ないようですけれど。何かわたしに関係でもあるのでしょうか？」

「ご主人とローズマリーという名前との関連が、何か想いだせませんか？」

「ローズマリーねえ。ええと、そうだわ、赤毛の女で——いや、ちがいますわ。そのひとはロザリイという名前でしたから、どうも想いだせそうにありませんわ。でも、わたしは知らないのが当然じゃありませんかしら？　ハリイは女性関係は秘密にしていましたから」

「四時十三分をさしている時計を眼にされた場合、あなたなら——」と言いかけて、ハードキャスルはちょっと言葉をきった。ミセス・ライヴァルは愉快そうにくすくす笑いだした。

「わたしなら、もうまもなくお茶の時間だと思うところですわ」

ハードキャスルは溜息をついた。

「それでは、どうも何かとありがとうございました。さっきもお話ししたとおり、延期されていた検屍審問は明後日再開されるはずです。認定証言をしていただけるでしょうね？」

「ええ、そんなことぐらいなら。ただこのひとは誰だと言えばいいのでしょう？　くわしい事情まで話さなくても？　あのひとの暮らしかたや、そういったことにまで、たちいらなくても？」

「いまのところ、その必要はありますまい。あなたの誓言の必要なのは、このひとはハリイ・キャスルトンという、以前自分の結婚していた相手だということだけでしょうから。正確な年月日はサマセット・ハウスの記録に残っているはずです。どこで結婚なさったのですか？　それはおぼえておいでですか？」

「ドンブルクという町でした——教会の名前はセント・ミカエルだったと思います。二十年以上も前だったなどということになるといやですけれどね。そんなことにでもなると、わたしは墓場に片足をいれているような気持ちにおちいりそうですもの」とミセス・ライヴァルは言った。

彼女は立ちあがり、片手を差しだした。ハードキャスルはさよならを言った。彼は自分のデスクにもどり、座りこんで、鉛筆でトントンとデスクを叩いた。まもなくクレイ巡査部長がはいってきた。

「信頼できそうですか？」と彼は訊いた。

「そう考えてよさそうだ」と警部は答えた。「名前はハリイ・キャスルトンだ――おそらく偽名だろうがね。その男についてできるだけのことを調べる必要があろう。そいつに復讐したがっている女が一人ならずいそうだよ」

「あんなにれっきとした人間のように見えてもねえ」とクレイは言った。

「それがあの男のおもな商品だったらしいのだから」とハードキャスルは言った。

彼はまたローズマリーと書きこんである置き時計のことを頭に浮かべた。あれは想い出のためのものだったのか？

第二十二章

コリン・ラムの話

1

「やあ、帰ってきたのだね」とエルキュール・ポアロは言った。

彼は、本の読みかけていた部分がわかるように、丁寧にしおりをはさんだ。今度は彼の肘のそばのテーブルには熱いショコラをいれたカップが置いてあった。どうも飲みものにかけてのポアロの趣味ときたら、処置なしだ！　それでも、今度だけは彼もわたしに同じものをすすめようとはしなかった。

「お元気ですか？」とわたしは訊いた。

「気持ちをかき乱されているよ。どうにもやりきれない。このアパートでも改装や修理をやるだけでなく、構造まで変えるらしいのだ」

「それなら、よくなるではありませんか」

「よくはなる。それはそうだが――わたしにとっては迷惑この上なしだよ。生活を乱されるにきまっている。ペンキのにおいもするだろうし……」彼はたまらないといった様子でわたしの顔を見た。

ついで、そうした自分のほうの厄介な問題ははらいのけるように手を振り、わたしのほうのことを訊いた。

「きみはやりとげてきたのだね？」

わたしはのろのろと答えた。「自分でもよくはわからないのですよ」

「ああ――そういうものだよ」

「調べてこいと命じられたことだけは調べてきました。当の人間は見つかりませんでしたがね。自分に何を求められていたのかが、わたしにもわからないのです。情報か？それとも、死体か？」

「死体といえば、延期されていたクローディンの検屍審問の記事は読んだよ。一人または幾人かの不明の人間による故殺。例の死体にもついに名前がついたわけだ」

わたしはうなずいた。

「ハリイ・キャスルトン。何者なのかは知りませんがね」

「細君が確認したわけだ。きみもクローディンへ行っていたのかね？」

「まだです。明日行ってみようと思っていました」

「ああ、多少は暇ができたわけだね？」

「まだそこまでは。やはり例の事件にたずさわっているのです。その仕事の関係で行くわけですが——」わたしはちょっと言葉をとぎらせてから、話をついだ。「国外に出ていたあいだにどう事態が発展しているのか、わたしもろくに知らないのです——被害者の身元が判明したということだけしか——あの点についてはどうお考えですか？」

ポアロは肩をすくめた。

「あれは予期できたことだよ」

「それはそうですね——警察もそういうことにかけては有能だし——」

「細君たちはおせっかいやきだときている」

「ミセス・マーリナ・ライヴァル！　奇妙な名前もあったものですね！」

「あの名前にはなんとなく記憶を刺激されるものがあるのだがね」とポアロは言った。

「いったい何なのかなあ？」

彼は考え顔でわたしのほうを見やったが、わたしにも助け舟が出せなかった。相手がポアロでは、こちらの想像もつかないようなことを記憶にたたみこんでいるのだから。

「友人を訪問したときだった――田舎の家に」ポアロは呟くように言ったと思うと、頭を振った。「だめだ――あまりにも昔のことだから」

「マーリナ・ライヴァルという女のことは、ハードキャスルが調べているでしょうから、ロンドンへ帰ってきたら、その話をお聞かせしますよ」とわたしは約束した。

ポアロは片手を振り、「その必要はないよ」と言った。

「聞かなくても、あの女のことは知りつくしているというわけですか？」

「いや、あの女には興味がないという意味だよ――」

「興味がない――なぜですか？　わたしにはさっぱりわかりませんが」わたしは頭を振った。

「人間は要点に頭を集中しなきゃいけないものだよ。それよりも、エドナという娘のことを話してくれ――ウイルブラーム・クレスントの電話ボックスのなかで死んでいたという」

「いままでにお聞かせした以上のことはわたしも知らないのです――あの娘のことはぜんぜん知らないのですから」

「するとだね」とポアロは難詰するように言った。「きみの知っていることといえば、わたしに話せることといえばだね、あの娘はタイプ引受所で見かけたことのある、気の毒な気の弱い女で、あのとき、道路の格子蓋に靴をひっかけてヒールがもげたというだけの――」彼は不意に言葉をとぎらせた。「いったいその格子蓋というのはどこにあるのだね？」

「そんなこと、ぼくが知っていたはずがないでしょう」

「尋ねさえしていたら、知っていたはずだぞ。適切な質問もしないで、どうして物事が知れるというのだい」

「ですがね、靴のヒールがもげた場所なんかが、どうして問題になるのですか？」

「問題ではないかもしれない。だが、その反面、その娘のいた場所が正確にわかるはずだし、それが、その娘がそこで見かけた人間なり――そこで起きた何かの事件なりと――関連があるかもしれないのだ」

「それは少々空想的にすぎますよ。いずれにせよ、事務所のすぐ近くだったということはわたしも知っています。本人がそう言っていましたからね。それから、パンを買って、靴下のままで帰り、事務所でそのパンを食ったことや、靴がこんなでは、どうやって家に帰ったらいいのだろうと、言っていたこともね」

「なるほど。いったいどうやって家へ帰ったのだね？」ポアロは関心がありそうに訊いた。

　わたしは呆れてまじまじと彼の顔を見つめた。

「ぼくには見当もつきませんよ」

「それだからだ――適切な質問は絶対にしないきみのやり口にはおそれいるよ！　その結果、重要なことは何も知らないときている」

「あなたが自分でクローディンへ行って、お訊きになるといいですよ」とわたしはむっとなって言ってやった。

「それは目下のところ不可能なのだ。来週には、大いに関心をそそられる著者の原稿の競売があって――」

「まだあの道楽が続いているのですか？」

「まあそう言うものではないよ」彼の眼が輝いた。「ジョン・ディクスン・カーの作品を例にとっても――あの男はときにはカーター・ディクスンという名前で書いてもいるがね――」

　わたしは、急ぐ必要のある面会約束があるからとことわって、彼が話の本筋にはいらないうちに逃げだした。犯罪小説の過去の巨匠の手法についての講義なんかに、耳を傾けられるような気分ではなかったからだ。

2

その翌晩、わたしはハードキャスルの家の玄関の石段に座りこんでいて、彼が帰ってくると、うす暗がりからぬっと立ちあがって声をかけた。

「なんだ、コリン、きみだったのか？　またしても蒼空からでも飛びだしたみたいな現われかたをするじゃないか」

「赤い空からとでも言ってくれたほうが、いまの場合にはずっと適切なのだがね」

「いつからここにいたんだい、玄関口に座りこんだりして？」

「半時間ばかり前からだよ」

「家にはいれなくて気の毒だったなあ」

「こんな家にはいるぐらい、わけなしにやれたのだぞ」とわたしは憤然として言った。

「きみはわれわれの訓練がどういうものか知らないな！」

「それならなぜはいらなかったんだい？」

「きみの権威を傷つけたかなかったからだよ」とわたしは説明した。「警部ともあろう者が、強盗流のやり口で簡単に自分の家へはいりこまれたとなると、面子を失うにきまっているじゃないか」

ハードキャスルはポケットから鍵を取りだし、玄関のドアを開けた。

「さあはいれよ、ばかなことを言っていないで」と彼は言った。

彼は居間に案内し、飲みものの用意にかかった。

「すぐに飲むか？」

わたしはそう急ぐことはないよと答え、やがてわれわれは飲みものを前にして落ちついた。

「捜査もようやく軌道に乗ってきたよ。被害者の身元が判明したからね」と彼は言った。

「知っている。ぼくも新聞のファイルで調べてみたのだ――ハリイ・キャスルトンというのは何者だい？」

「表面はれっきとした人物のようによそおっていたが、信じやすい裕福な女とみると、結婚するなり婚約するなりして、暮らしをたてていた男だ。女たちに自分の優秀な財政上の知識をひろうし、貯えていた金を委託させておいて、さっと姿を消してしまうというやり口だ」

「そういう種類の男のようには思えなかったがなあ」とわたしは言って、最初の印象を想い浮かべてみた。

「それがあの男のおもな資本だったのだよ」

「起訴されたことはないのかい」

「ない——われわれも調べてみたのだが、情報をえるのが容易ではない。相当何度も名前を変えているのでね。警視庁でも、ハリイ・キャッスルトンと、レイモンド・ブレア、ローレンス・ドールトン、ロジャ・バイロンが、同一人物だと見てはいるが、立証できないでいるしまつなのだ。女たちは口を開こうとしないしね。財産上の損失だけですますほうがましというわけだ。当の男は事実上は名前だけの存在にすぎないときている。あちらこちらにひょいと姿を現わし、同じやり口を繰りかえす。だが、信じられないほど実体をつかませない。例えば、ロジャ・バイロンがサウスエンドから姿を消したと思うと、ローレンス・ドールトンと名乗る男が、タイン川のほとりのニューキャッスルで工作を開始しているというしまつだ。写真を撮られるのをいやがり、女性の友だちがスナップを撮りたがっても逃げている。そうした事実はずっと前のことなのだ——十五年か二十年ほどもね。そのころにその男は事実上すがたを消してしまったらしいのだ。死んだというううわさもひろまっている——国外へ出たのだと言う者もあるがね——」

「いずれにせよ、ミス・ペブマーシュの家の居間のカーペットの上に死体となって出現するまでは、ぜんぜん消息が絶えていたというわけかね？」

「そのとおりだ」

「すると、いろんな可能性が開けてくるね」

「たしかにね」

「笑いものにされた恨みが忘れられない女というわけか？」とわたしは言ってみた。

「よくあることだよ。何年たっても恨みを忘れない女もいるから――」

「かりにそういう女が盲目になったとしたら――最初の苦悩にまた苦難が重なったわけだから――」

「それは推測にすぎないよ。まだ何ひとつ証拠があがっていないのだから」

「例の細君はどういう女だった？――何といったかな――そうだ、マーリナ・ライヴァル。奇妙な名前じゃないか！　本名のはずはないね」

「実際の名前はフロッシイ・ギャップだ。マーリナとしたのは自分の想いつきだそうだ。そのほうが自分の暮らしかたに向いているというわけでね」

「何をしているのだい？　売春婦か？」

「職業にしているわけではない」

「体裁のいい言葉で、よろめき夫人と言われているたぐいか？」

「性質は善良だと言っていいし、友だちには喜んで尽くしそうな女だ。以前は舞台に出ていたと自分では言っている。ときおりは〝ホステス〟の仕事もしたらしい。好感をもたれそうな女だ」

「信頼度のほうは？」

「普通だろう。確認したときの態度はさっぱりしたものだった。ぜんぜん躊躇（ちゅうちょ）なしだ」

「それは幸運だったね」

「そうなんだ。こちらは絶望しかかっていたところだったのだから。何人、細君連の話を聞かされたことか！　自分の亭主のことを知っている細君はよほど賢い女だという気がしてきたよ。ことわっとくが、ミセス・ライヴァルも、本人が見せかけている以上に亭主の内情を知っていたのかもしれないとは、ぼくだって考えているんだよ」

「あの細君のほうも犯罪に関係していたことがありはしないかね？」

「前科はない。うしろ暗い連中とつきあっていたことはあるかもしれないし、いまもつきあっていそうだとは思っている。犯罪といっても、詐欺程度の、たかがしれたことだろうがね」

「置き時計のほうはどうだったね？」

「あの女にはぜんぜん心あたりがないらしかった。うそをついていたとはぼくには思えない。あの置き時計の出所はさぐりあてたよ——ポートベロ・マーケットだった。オルモルのと、ドレスデンの陶器のがね。ところが、それでいて、ほとんど役にたたなかったときている！　土曜日のあの店の混雑ぶりはきみも知っているだろう。買ったのはアメリカの婦人だったと思うと店の主人は言うのだが——ぼくに言わせればあてずっぽうにすぎないよ。ポートベロはアメリカの観光客でいっぱいだからね。細君のほうは買ったのは男のひとだったと言っている。人相は想いだせないと言うのだ。銀製のほうはボーンマスの銀細工師から出たものだった。背の高い女性が娘への贈りものにすると言って買っていったなどと！　しかも店の女の想いだせることといったら、その女性は青い帽子をかぶっていたということだけなのだ」

「四つめの置き時計のほうは？　例のすがたを消したやつだよ」

「その問題はノー・コメントだ」

　わたしには彼がその言葉にふくませている意味がわかった。

第二十三章

コリン・ラムの話

わたしの滞在していたホテルは駅の近くのみすぼらしいホテルだった。グリルはましなほうだったが、ほめられるのはその点だけだった。もちろん宿賃が安いのを除けばだが。

翌朝の十時に、わたしはカヴェンディッシュ秘書引受所に電話をかけ、手紙の口述筆記や取り引き上の契約書のタイプの打ちなおしを頼みたいから、速記タイピストをよこしてほしいと言った。こちらはダグラス・ウエザビイという者で、クラレンドン・ホテル（貧弱きわまるホテルほど堂々とした名前をつけているから、おかしなものだ）に滞在している。ミス・シェイラ・ウエッブはあいているだろうか？　友人から非常に有能なひとだと聞いているのだが。そんなふうに言ってみたわけだ。

わたしは運がよかった。すぐにシェイラをうかがわせるということだった。もっとも、十二時にはほかに約束があるそうだった。わたしは、自分も面会約束があるので、十二時にはじゅうぶん間に合うように仕事を終わらせると言っておいた。

シェイラが姿を現わしたときには、わたしはクラレンドン・ホテルの自在ドアの外側にいた。わたしはそばへ歩み寄って、声をかけた。

「ダグラス・ウエザビイと申します。どうぞよろしく」

「まあ、あなたでしたの、電話をおかけになったのは？」

「そのとおり」

「だって、そんなことをしてはいけないわ」彼女は憤慨した顔つきになった。

「なぜいけないのだい？　カヴェンディッシュ事務所にはちゃんときみの派遣費を支払うつもりでいるんだよ。〝三日づけお手紙たしかに拝受〟に始まる退屈な手紙の口述筆記をするかわりに、二人ですぐ筋向かいのキンポウゲ・カフェで、きみの貴重で高価な時間を費やしたって、事務所にとってはどうでもいいことではないか。さあ、来たまえ。平和な環境でまずいコーヒーでも飲むことにしよう」

キンポウゲ・カフェは、その名のとおりに、眼ざわりなほどやたらに黄色を使っていた。フォーマイカのテーブルトップも、プラスチックのクッションも、コーヒーカップや受け皿も、みんなカナリヤ色だった。

わたしは二人分のコーヒーとスコーンを注文した。まだ早い時間だったので、わたしたちだけで店を占領したようなものだった。

ウエイトレスが注文をひかえて去っていくと、わたしたちはテーブルごしに顔を見合わせた。

「シェイラ、きみは大丈夫かい？」

「それ、どういう意味──大丈夫かって？」

彼女の眼の下にはくまができていて、それが青いというよりも紫色に見えた。

「きみはつらいめにあっていたのだろう？」

「さあ、どうかしら。あなたはどこかへ行ってしまったものと思っていたわ」

「行ったのだ。だが、帰ってきたよ」

「なぜなの？」

「それはきみにはわかっているはずだが」

彼女は眼をふせた。

「わたし、あのひとが怖いわ」少なくとも一分間は──長いあいだのような気がしたが──黙りこんでいたと思うと、彼女はそう言った。

「怖いというのは、誰が？」

「あなたのあのお友だち——警部さんよ。あのひとときたら……例の男を殺したのはわたしだと、エドナを殺したのもわたしだと、思いこんでいるのだもの……」

「ああ、あれはあの男のもちまえの態度にすぎないよ」とわたしは安心させようとして言ってみた。「いつもあの男は、誰に対しても、疑っているように振る舞うのだ」

「ちがうのよ、コリン。そんな態度とはぜんぜんちがうわ。わたしを元気づけるためだけに、そんなことを言ってもだめよ。あのひとはわたしがこの事件に関係があると、最初から思いこんでいるんだから」

「きみに不利な証拠は何ひとつとしてないではないか。あの日現場にいたというだけで、何者かに現場に居合わせられたというだけで……」

彼女はわたしの言葉をさえぎった。

「あのひとはわたしが自分の意志で現場にいたと思っているのよ。何もかも作り話だと。エドナは何かのことでそれを知ったのだと。ペブマーシュがかけてきたことになっている電話は、実際はわたしの声だったのに、エドナが気がついたのだと、あのひとは思いこんでいるのよ」

「あれはほんとうにきみだったのかい？」とわたしは訊いてみた。

「もちろんちがうわよ。わたしは絶対にあんな電話をかけてはいないわ。あなたにも前からそう言っているじゃないの」

「いいかい、シェイラ、ほかの人間にはどんなふうに話すにせよ、ぼくにだけは、ほんとうのことを言ってくれなきゃいけないよ」

「あなたったら、わたしの言うことをぜんぜん信じていないのね！」

「信じているよ。きみはあの日、何か無邪気な理由で、ああいう電話をかけたのかもしれない。誰かに頼まれて、たぶんちょっといたずらをしてやるのだからとでも言われて、ああいう電話をかけはしたものの、あとで怖くなり、いったんうそをついた以上は、そのうそをつらぬくしかなくなる場合もありうる。そういう事情だったのではないのかね？」

「ちがうったら。幾度同じことを言わなきゃならないの？」

「それならいいんだよ。だがね、ぼくにもうちあけないつもりでいることが何かありそうだ。どうかぼくを信用してくれないか。かりにハードキャスルが何かきみに不利な証拠をつかんでいて、ぼくには隠しているのだとしても——」

彼女はまたわたしの言葉をさえぎった。

「あなたになら、警部さんも何もかも話してくれるものと思っているの？」

「そりゃね、そうしてはいけない理由はないのだから。ぼくらはだいたい同じような仕事にたずさわっているのだからね」

そのときにウエイトレスが注文したものを搬んできた。コーヒーは、最新流行のミンクの色合いと同じで、うすい色をしていた。

「あなたが警察と関係のあるひとだとは知らなかったわ」シェイラは、ゆっくりとコーヒーをかきまわしながら、そう言った。

「正確に言えば、警察ではないのだ。ぜんぜんちがった分野なのだよ。だがね、ぼくの言いたかったのは、かりにハードキャスルがきみのことで何かつかんでいながら、ぼくには隠しているとしても、それには特別の理由があるからなのだ。ぼくがきみに関心を抱いていると思っているからなんだよ。そりゃ、ぼくはきみに関心を抱いている。いや、それ以上なのだ。シェイラ、ぼくはきみの味方なのだよ、きみが過去にどんなことをしていようとね。あの日、きみはほんとうにおびえきっていた。あれは見せかけではなかった。きみにあれだけの演技ができるはずがないからね」

「もちろんわたしはおびえていたわ。恐怖にかられていたのよ」

「きみがおびえていたのは、死体を見つけたからだけだったのかい？　何かほかにも理由があったのかね？」

「ほかの理由って、何があって？」

わたしはからだをひきしめた。

「なぜきみはローズマリーという文字のある置き時計をかすめたのだい？」

「それ、どういう意味？　なぜわたしがそんなことをしなきゃならないの？」

「こちらこそ、なぜなのだと訊いているんだよ」

「わたしはそんなものにさわりもしなかったわ」

「きみは手ぶくろを置き忘れたからと言って、あの部屋へ引きかえしていった。きみはあの日は手ぶくろなんかしていなかったよ。九月のいい天気の日だった。きみが手ぶくろをはめているのをぼくは見たことがない。それはともかくとして、きみはあの部屋へ引きかえしてゆき、あの置き時計をかすめとった。その点でぼくにうそをついたりしないでくれ。あれはきみのしわざなんだろう？」

彼女は一、二分は黙りこんで皿のスコーンを突きくずしていた。

「しかたがないわ」と彼女はささやくように言った。「わたしがしたのよ。わたしはあの置き時計をバッグに押しこみ、外へ出てきたの」

「なぜそんなことをしたんだい？」

「あの名前のせいなの、ローズマリーという。あれはわたしの名前なのよ」

「きみの名前はシェイラではなくてローズマリーなのか？」

「両方ともよ。ローズマリー・シェイラ」

「ただそれだけの理由でかい？　あの部屋の置き時計のうちの一つに書きこまれていた名前が、自分の名前と同じだったというだけの？」

彼女はわたしの不信の言葉を耳にしても、やはりいままでの態度にしがみついた。

「いまも言ったとおりに、わたしはおびえていたからよ」

わたしは彼女の顔を見つめた。シェイラはわたしの女だ——わたしの望む女性——永遠に自分のものにしておきたい女性だ。だからといって、彼女について幻想を抱いてみてもしかたがない。シェイラはうそつきだったし、おそらく今後もうそをつくだろう。それが彼女の生存のための戦いの手段だったのだ——その場の想いつきのでたらめな言葉で否定するのが。うそは子供の武器だが——おそらく彼女はそうした子供っぽい武器を使うことからはぬけだせそうにない。自分はこのひとを妻に望んでいるのなら、ありのままの彼女をうけいれなきゃいけない——そばにいて、そうした弱点を支えてやるつもりにならなきゃいけないのだ。人間はみんなそれぞれの弱点をもっているものだ。ぼくにも、シェイラの弱点とはちがっていても、弱点はある。

わたしは決心をかためて、攻撃にかかった。それが唯一の手段だったのだから。

「あれはきみの時計だったのではないのかね？　きみのものだったんだろう？」

彼女は喘ぐような息づかいをした。

「どうしてそれがわかったの？」

「何もかも話してくれないか」

やがて、しどろもどろな言葉で事情が明るみに出てきた。あの置き時計は、ほとんど生まれたとき以来、彼女が持っていたものだった。六歳になるころまでは、彼女はローズマリーという名前でとおっていた――だが、彼女はその名前がきらいで、シェイラと呼んでくれと言い張ったのだった。あの置き時計は最近は故障ばかり起こしていた。それで、事務所からそう遠くないところにある時計修理店に預けておくつもりで、家から持ちだした。ところが、どこかに置き忘れてしまった――たぶんバスのなかか、でなければ、昼休みにサンドイッチをたべにいったミルクバーだと思うと、彼女は言った。

「それは、ウイルブラーム・クレスントの殺人事件より、どのくらい前のことなのだね？」

一週間ばかり前だと思うという返事だった。あの時計はもう古物で、しじゅう故障ばかり起こしているから、新しいのを買ったほうがよくはないかとも思っていたので、彼女も大して問題にしなかったそうである。

ところが、

「わたしも最初はあれに気がつかなかったのよ。あの部屋にはいっていったときにはね。そのうちに——あの死体が眼にはいったでしょう。わたしはからだが麻痺したようになったの。死体にさわってみてから、からだを起こし、呆然と突っ立っていると、眼の前の暖炉のそばのテーブルに、わたしの置き時計があるじゃないの——わたしの置き時計が——わたしの手には血がついているし——そこへあの女のひとがはいってきて、死体を踏みつけそうになったものだから、わたしは何もかも忘れてしまったの。そして——だからなのよ——飛びだしたのは。そのときには——ただもう逃げだすことだけしか考えていなかったわ」

わたしはうなずいた。

「それから？」

「そのうちに、わたしは考えさせられたの。あの女のひとはわたしの派遣を求める電話なんかかけていないと言っている——それなら、いったい誰が——誰がわたしをここへおびき寄せ、わたしの置き時計をここへ置いたりしたのだろうか、と。だから——だからなのよ、手ぶくろを置き忘れたなどと言って——自分のバッグにあれを押しこんだりしたのは。いま思うと——おろかしいことをしたものだわ」

「よりによって一番おろかしいことをしたというものだよ」とわたしは言ってやった。

「シェイラ、きみは、ある点では、まるっきり常識に欠けているよ」

「だって、誰かがわたしを巻きぞえにしようとしているんだもの。あの絵葉書だって。あれをよこしたのは、わたしがあの置き時計を持ち去ったことを知っている人間にちがいないわ。それに、あの絵葉書の絵——刑事裁判所なんかの。もしかしてわたしの父が犯罪者だったのだとすると——」

「両親のことは、きみはどの程度まで知っているの？」

「父も母も、わたしがまだ赤ん坊のころに、奇禍で亡くなったのよ。叔母はわたしにはそんなふうに話して聞かせたし、わたしはいつもそう聞かされてきたの。だけどね、叔母は両親のことをぜんぜん話そうとしないのよ。わたしには何にも話してくれようとしないの。ときにはね、一、二度は、こちらから訊くと、前に話してくれたこととはちがったことを言ったりしたこともあるわ。それで、何か、い、悪いことがあるにちがいないと、わたしは前から悟っていたわけなの」

「続けて」

「だからね、わたしの父は何かの犯罪をおかしたのではないかと——殺人罪だっておかしたのかもしれないと——思っているわけなの。ことによると、母親のほうがそうだったのかもしれないしね。お前の両親は亡くなったのだと言いながら、両親の話をしたがらない場合は、ほんとうの理由が別にあるんだわ——子供に知られるとショックを与えるおそれがあるようなことが」

「だからきみは神経質になっているわけだね。たぶんその理由は単純なことなのだろうよ。私生児だったというだけのことかもしれないね」

「わたしもそれは考えたのよ。子供にはそういう種類のことは隠そうとする場合がときどきあるものね。ばかげたことだわ。ほんとうのことを話してやったほうがずっとましなのに。近ごろはそんなことは問題ではないんだもの。でもね、わたしにとって何よりも気になるのは、自分が知らないということなのよ。背後にどういう事情がひそんでいるのか知らないのだもの。なぜローズマリーと呼ばれていたのかしら？　家に伝わっている名前ではないわ。あれは想い出という意味ではないの？」

「ということは、愉しい意味がふくませてあるのかもしれないよ」とわたしは指摘した。

「そうね、そういう場合もありそうね……でも、わたしにはそうではなかったという気がするわ。どっちにしても、あの日、警部さんの訊問をうけてからは、わたしは何かと考えさせられるようになったの。何者にせよ、なぜわたしをあの家に行かせたがったのか？　知りもしない人の死体のあるあんなところへ？　もしかすると、あの死んでいた人があの家でわたしに逢いたがっていたのではないのか？ あのひとはたぶん――わたしの父親で、何かわたしにしてもらいたいことがあったのではないのか？ そこへ何者かがやってきて、あのひとを殺したのでは？ でなければ、何者かが最初からわたしを殺人犯にでっちあげようとしていたのではないのか？ そんなことを考えていると、頭が混乱してきて、おびえてしまうのよ。何もかもが、わたしが犯人だと指し示すように、細工してあるような気がしてくるの。わたしをあの家へ行かせたことも、死体も、ローズマリーという名前いりのわたしの置き時計が、何の関係もないあの家に置いてあったりしたことも。だから、さっきも言ったように、わたしは怖ろしさのあまりにおろかなことをしてしまったのよ」

わたしは彼女に向かって頭を振った。

「きみはスリラーもののミステリを読みすぎるか、そういう作品をタイプに打ちすぎたのだよ」とわたしは叱りつけるように言った。「エドナのことはどうなんだい？ あの娘がきみのことをどんなふうに思いこんでいたのか、想いあたるふしはないかね？ 毎日事務所で顔を合わせるのに、なぜわざわざきみの家まで話しにいったりしたのだろうか？」

「わたしにもぜんぜん見当がつかないわ。わ、わたしが殺人事件に関係があるなどと、あの子が考えるはずがないのよ。そんなことはありえないわ」

「何か聞きかじって、誤解していたのかもしれないとか」

「何の根拠もないというのに。何ひとつとして！」

わたしははたしてそうだろうかと疑った。疑わないではおれなかった……そのときになっても、シェイラが真実を語っているとはわたしは信じていなかった。

「誰かきみに恨みを抱いている者がいないかな？　はねつけた青年か、きみに嫉妬を抱いている女か、多少精神状態が狂っていて、きみを恨んでいそうな人間が？」

そう言ったとたんに、自分でもばかげたことを言っているという気がした。

「そんな人間なんかありはしないわよ」

これでお手あげだった。そのときになっても、わたしはあの置き時計の話には信頼がもてなかった。あれは奇怪な話だ。四一三。あの数字はいったいどういう意味なのか？　記憶せよ、という言葉といっしょに、同じ数字を絵葉書にも書いたりしたのは、あの絵葉書を送りつけられた相手には、その意味がわかると思ったからではないのか？

わたしは溜息をつき、勘定をはらって、立ちあがった。

「心配することはないよ」とわたしは言った（英語では、ほかの言語にしてもだが、これほど空疎な言葉はないのだが）。「コリン・ラム私設機関が活躍してあげるからね。

きみは安全になれるし、ぼくらは結婚して、今後ずっと、金はなくても、幸福に暮らすことになるのだ。ところでね」とわたしは、こうしたロマンチックな言葉で終わりにしておけばよかったのだが、ついコリン・ラム私設好奇心に駆られて、言葉をついだ。

「あの置き時計はどう処置したのだい？　きみの部屋の靴下用の引き出しにでも隠したのかい？」

彼女はほんのちょっと間をおいてからこう答えた。

「隣りの家のごみ箱にほうりこんでおいたのよ」

わたしはすこぶる感銘をうけた。単純でしかも効果のありそうな処分のしかただ。そんな手段を考えついたのは頭のいい証拠だ。どうやらわたしはシェイラを過小評価していたらしい。

第二十四章

コリン・ラムの話

1

シェイラが帰っていくと、わたしは通りを横ぎってクラレンドン・ホテルへ引きかえし、荷物をまとめて、いつでも持ちだせるようにポーターに預けておいた。そこは正午前に勘定（チェックアウト）をすまして出るきまりになっている種類のホテルだった。

ついでわたしは出かけた。わたしのとった道筋が警察の前を通っていたので、ちょっと躊躇したものの、寄ってみることにした。ハードキャスルに面会を求めると、ちょうど署内にいた。彼は眉をよせて手にした手紙を見つめているところだった。

「ぼくはまた今夜出発する。ロンドンへ帰るのだ」とわたしは言った。

彼は考えこんだような表情でわたしを見上げた。

「ぼくの忠告を聞く気はないかね？」

「いやだよ」とわたしは即座に答えた。

彼はわたしの拒否なんか問題にもしなかった。忠告をしたがっている人間はいつでもそうだ。

「ぼくなら、この土地を離れるね——寄りつかないことにする——そうするのが最善の道だよ」

「ひとのことは、どうするのが最善か、誰にも判断できるものではないよ」

「それはどうかね」

「きみに話しておくことがある。いまの任務が片づいたら、ぼくは辞職するつもりなのだ。少なくとも、自分ではそのつもりでいる」

「なぜだい？」

「古風なヴィクトリア朝時代の牧師と同じさ。ぼくも懐疑にとらわれているのだ」

「じっくり考えたほうがいいぞ」

彼がどういう意味でそう言ったのか、わたしにはよくわからなかった。わたしは、そういうきみは何のことでそんなに心配そうな顔をしているのだいと、訊いてみた。

「これを読んでみるがいい」彼はさっきまで検討していた手紙をわたしに渡した。

前略、いまふと想いだしたことがあります。主人の身体に判別に役立つ傷痕でもありはしないかと訊かれたときに、わたしはそんなものはないと答えました。ところがあれは間違いだったのです。実際は左の耳のうしろに傷痕のようなものがあります。飼っていた犬が飛びついたために、剃刀があたってけがをし、縫ってもらったことがあったのです。些細なことなので、このあいだは想いだせなかったのです。

草々

マーリナ・ライヴァル

「なかなか達者な筆跡じゃないか」とわたしは言った。「もっとも、ぼくは紫色のインキはどうにも好きになれないがね。被害者には傷痕があるのかい？」

「間違いなくある。この女の書いているとおりのところに」

「死体を見せられたときに、あの女はそれに気がつかなかったのか？」

ハードキャスルは首を振った。

「耳のかげになっている。耳を前に曲げでもしなければ見えないのだ」

「それなら問題はないじゃないか。申しぶんのない確証だ。何が気にくわないのだい？」

ハードキャスルは、こんなしまつにおえない事件はないと、陰気な声で言った。ついで、ロンドンにいるフランス人だったかベルギー人だったかの友人に逢うつもりかと訊いた。

「たぶんね。なぜだい？」

「署長にそのひとのことを話したら、署長もそのひとならよくおぼえているというのだ——例の女性ガイド殺人事件だよ。そのひとにこちらまで足をのばす気があるのなら、大いに歓待するようにと命じられたんだ」

「あのひとは来るものか。青貝みたいに自分の家にへばりついている人間なのだから」とわたしは言った。

2

わたしがウイルブラーム・クレスント、六二号の家の呼びりんを鳴らしたときには、

十二時を十五分まわっていた。ミセス・ラムジイが玄関に出てきた。彼女はわたしの顔を見ようともしないで、

「何かご用ですか？」と言った。

「ちょっとお話ししたいことがあるのですが？　十日ばかり前にもお邪魔したことのある者です。おぼえていらっしゃらないかもしれませんが」

するとき、彼女もしげしげとわたしを見た。眉のあいだにちょっとしわが寄った。

「おいでになったことが——ああ、警部さんといっしょだった方ですね？」

「そうです。お邪魔させていただけますか？」

「お望みならねえ。誰でも警察の人に門前ばらいをくわせたりはしませんよ。そんなことをしたら、あやしいとにらまれますものねえ」

彼女は居間に案内し、そっけない手つきで椅子を指し示しておいて、自分も向かいあって座った。彼女の声にはどことなくとげが感じられたが、ものごしには、前に来たときには気がつかなかったものうそうなところがあった。

わたしは口をきった。

「今日はお宅が静かなようですが……お子さんたちは学校へ帰られたわけですね？」

「ええ。子供たちがいるのといないのとではずいぶんちがいます。たぶん今度の殺人事

件のことで何かお訊きになりたいのでしょうね？　若い女のひとが電話ボックスのなかで殺されていたということですから」

「いいえ、そうでもないのです。ぼくは警察に属している者とは言えないのでしてね」

彼女はかすかに意外そうな表情を浮かべた。

「わたしは——ラム巡査部長さんだと思っていましたが？」

「名前はラムなのですが、ぜんぜん違った部門の仕事をしている者なのです」

ミセス・ラムジイの態度からものうそうな様子が消えた。彼女はさっときびしい眼つきでわたしを見すえた。

「ああ、それでは、どういうご用件ですの」

「ご主人はまだ外国出張から帰っておられないのでしょう？」

「ええ」

「かなり長い滞在のようですね。出張先も相当遠隔の地のようだし」

「いったいあなたは何をご存じなのですか」

「ご主人は鉄のカーテンの向こう側へ行かれたのでしょう？」

彼女はちょっとのあいだ黙りこんでいたが、やがて、もの静かな無表情な声でこう答えた。

「ええ、そのとおりです」

「奥さんもご主人の行先はご存じだったのですか？」

「多少はね」彼女はちょっと間をおいてから、「わたしにも、向こうで落ちあうようにしてくれと言いました」とつけ加えた。

「ご主人はかなり前から計画しておられたのですか？」

「そうだと思います。わたしには最近までうちあけてはくれませんでしたが」

「奥さんは、ご主人の思想に共鳴しておられるわけではないのですか？」

「以前は共鳴していたような気がします。でも、そんなことは、あなたはもうご存じにきまっていますわね……そういったことは相当徹底的に調べておいでなのでしょう？過去にさかのぼり、誰がシンパで、誰が党員だったかといったようなことは、さぐりだしておられるはずですわね」

「奥さんなら、われわれの役にたつ情報を提供していただけるのではないかと思いますが」とわたしは言ってみた。

彼女は首を振った。

「それはだめですわ。といっても、協力する気がないという意味ではありませんよ。あのひとはわたしにははっきりしたことは何も語っていないのです。こちらも知りたくはありませんでしたよ。わたしはもう何もかもいやになったのです。マイクルがこの国を出ると、脱出してモスクワへ行くつもりだと、うちあけたときにも、わたしはさほど驚きもしませんでした。そのときに、わたしも態度をきめねばならなかったのです、自分はどうしたいのかをね」

「そこで、ご主人に同行するほどには、自分はその目的に共鳴していないと、見きわめをつけられたわけですか？」

「いいえ、わたしならそんなふうには表現しませんわ！　わたしのものの考えかたはぜんぜん個人的なのです。女の場合、結局はたいていそうだと思います。そりゃ、狂信的なひとはべつですがね。女でも猛烈な狂信家になれるひともありますが、わたしはそうではなかったのです。以前から穏健な左翼程度の考えかたしか抱いていなかったのですから」

「ご主人はラーキン事件に関係しておられたのですか？」

「わたしは知りません。関係していたのかもしれないとは思いますが、わたしにはそういうことは何も口にしませんでした」

彼女は急にいままでよりも活気をおびた態度でわたしを見やった。

「おたがいにはっきりとものを言おうではありませんか、ラムさん。もっとも、あなたは小羊(ラム)の毛皮を着た狼(ウルフ)さんなのかもしれませんがね。わたしは主人を愛していたのです。主人の政治思想に共鳴していようといなかろうと、いっしょにモスクワへ行ってもいいと思うほど、愛していたとも言えましょう。あのひとは子供たちも連れてくることを望みました。わたしは子供は連れていきたくなかったのです！　それだけの単純な理由だったのです！　ですから、わたしは子供たちといっしょに残らなければいけないと決心しました。マイクルとは、今後二度と逢えるかどうかもわかりません。あのひとは自分の道を行くしかなかったし、わたしも自分の道を選ぶしかなかったのですが、一つのことだけは、わたしははっきりと悟りました。あのひとがわたしにそのことを言いだしたあとでね。わたしは子供たちだけはこの祖国で育てたかったのです。あの子たちは英国人です。わたしはあの子たちを普通の英国の少年として育てたかったのです」

「なるほどね」

「これで話は終わったと思います」ミセス・ラムジイはそう言うとともに立ちあがった。いまは彼女にも急に決然とした態度が生じてきていた。

「さぞつらい選択だったことでしょう。心からお気の毒に思います」とわたしは優しく言った。

わたしはほんとうにそう思った。たぶんわたしの声にもふくまれていた偽りのない同情感が、彼女の心にも通じたのだろう。彼女はかすかにほほえみを浮かべた。

「たぶんあなたはほんとうにそう思っていてくださるのでしょう……あなたのような仕事にたずさわっていると、多少なりと人の心のなかにはいりこみ、何を感じ何を考えているか知ろうとする必要があるのでしょうから。わたしにとっては今度のことは完全にまいってしまいそうなほどの打撃でしたが、もう峠を越しました。これから今後の計画をたてなきゃなりません、何をするか、どこへ行くか、ここにとどまっているか、どこかへ引っ越すか。勤めに出る必要もありましょう。以前は秘書の仕事をしていたことがあるのです。たぶん速記やタイプの再教育を受けることになりましょう」

「それにしても、カヴェンディッシュ事務所へ勤めるのだけはよしたほうがいいですよ」とわたしは言った。

「なぜですの？」

「あそこに勤めている女のひとたちは不運に見舞われるみたいですからね」

「そのことで、わたしが何か知っているとお思いなのでしたら、間違いですよ。わたしは何も知らないのですから」

わたしは幸運を祈るという言葉を残して出ていった。あのひとからは何もさぐりだせなかった。ほんとうはさぐりだせるとも思ってはいなかったのだが、やりかけた仕事のかただけはつけておかなきゃいけない。

3

門を出たとたんに、ミセス・マクノートンにぶっつかりそうになった。彼女は買いもの袋をさげていて、いやによたよたした歩きかたをしていた。

「持ちましょう」とわたしは言って、買いもの袋をひきとった。彼女は最初は放すまいと買いもの袋にしがみつくようにしたが、頭を突きだして、わたしの顔を覗きこんでいたと思うと、つかんでいた手を放した。

「あなたは警察の若い方ですのね。最初はあなただとは気がつかなかったものですから」と彼女は言った。

わたしは玄関まで買いもの袋を持っていってやり、彼女は、身体をゆらゆらさせながら、ならんで歩いた。買いもの袋は意外に重かった。何がはいっているのだろうかとわたしは不思議に思った。何ポンドものジャガイモなのか？

「ベルを鳴らさなくてもいいのよ。鍵をかけていませんから」と彼女は言った。

ウイルブラーム・クレスントでは、誰も玄関に鍵をかけたりしないらしかった。

「お仕事のほうはうまくいっていますの？」と彼女は世間話口調で話しかけてきた。

「あのひとはずいぶん身分の下の女と結婚していたらしいですわね」

わたしには彼女が誰のことを言っているのか見当がつかなかった。

「誰がですか？――わたしは土地を離れていたものですからね」

「まあそうですの。誰かの尾行ですのね。わたしの言っているのはミセス・ライヴァルのことですよ。わたしも検屍審問には傍聴に行っていたものですからね。あんな下品な女なんかと。良人が亡くなったというのに、大して悲しそうにも見えませんでしたわ」

「十五年も逢っていなかったからでしょう」とわたしは弁解してやった。

「わたしたち夫婦はもう二十年もいっしょに暮らしてきているのですよ」彼女は溜息をついた。「ずいぶん長い年月ですわね。あのひともいまでは庭いじりばかりで、大学へも行っていませんしね……わたしは何をして暮らしたらいいのか困りますわ」

その瞬間に、マクノートンが鋤を手にして家のかどをまわってきた。

「ああ、帰ってきたのだね。買物を持ってあげよう――」

「台所へ置いといてくだされればいいのよ」とミセス・マクノートンはすぐにわたしに言った――肘でわたしをこづきながら。良人のほうには、「コーンフレークと卵とメロンだけなのだから」と明るい笑顔を浮かべて答えた。

わたしは買物袋を台所のテーブルの上に置いた。ガチャンと音がした。コーンフレークもないものだ！　わたしはスパイとしての本能が動きだすにまかせた。シート・ゼラチンのカムフラージュの下に、ウイスキーが三本しのばせてあった。

ミセス・マクノートンがときおりほがらかで、おしゃべりになったり、足もとがおぼつかなかったりする理由がわかった。おそらく、マクノートンが教授の椅子を去ったのもそのためだったのだろう。

その朝は奇妙に隣人たちに出くわす運命になっていた。オールバニ・ロードのほうへ新月通り(クレスント)を歩いてゆく途中、ブランドにも出くわした。ブランドは健康そのものみたいだった。彼はすぐにわたしだと気がついた。

「お元気ですか？　捜査のほうはうまくいっていますか？　例の死体は身元が判明しましたね。相当細君をひどいめにあわせた男らしいですなあ。ところで、失礼ですが、あなたはこの土地の警察の方ではないのでしょう」

わたしはロンドンから来ているのだとだけ答えた。

「すると、警視庁でも関心を抱いているというわけですか？」

「どうですかねえ――」とわたしは言葉をにごした。

「わかっていますよ。秘密はもらすべからず。それにしても、検屍審問には出席しておられませんでしたね」

わたしは外国へ行っていたのだと答えた。

「わたしもそうなのです。わたしも行ってきましたよ！」彼はわたしに片眼をつぶって見せた。

「はなやかなパリにですか？」こちらも同じようにウインクしてやった。

「そうだったらよかったのですがね。ちがうんですよ。ブーローニュへ日帰り旅行をしただけでね」

彼は肘でわたしの脇腹をこづいた（ミセス・マクノートンとそっくりのやり口ときている！）。

「家内は連れていかなかったのですよ。かわいいのと同伴でしてね。ブロンドのね。すてきなやつとですよ」

「商用旅行というやつですか？」とわたしは言った。どちらも世間人らしく愉快そうな笑い声をたてた。

彼は六一号のほうへ向かい、わたしはオールバニ・ロードのほうへ歩いていった。

わたしは自分という人間にあいそがつきるおもいだった。ポアロが言っていたように、隣人たちからもっと聞きだせたはずなのだ。誰ひとり、何ひとつ、眼にしていなかったなどということは、まったく不自然だ。たぶんハードキャッスルの質問のしかたが間違っていたのだろう。だが、はたしてわたしにもっとたくみな訊きかたを考えだせたろうか？　オールバニ・ロードへ曲がりこみながら、わたしは頭のなかで疑問点を表にしてみた。それはだいたいこんなふうになった。

カリイ（キャッスルトン）が麻薬を飲まされた時間——それは何時ごろか？
同人が殺害された場所——それはどこか？
カリイは一九号へ搬びこまれた——その手段は？
誰かが何かを見ていたにちがいない！——誰が？
——何を？

わたしはまた左へ曲がった。いまはわたしは、九月九日に歩いていたとおりに、ウイルブラーム・クレスントを歩いているわけだ。ミス・ペブマーシュを訪ねてみようか？　ベルを鳴らし、話しかけてみる——だが、どんなふうに話しかけたらいいのだ？　ミス・ウォーターハウスを訪ねてみるか？　だが、ああいう女性にどんなふうに話が持ちだせるというのだ？

ミセス・ヘミングにしては？　ミセス・ヘミングになら、こちらが何を言おうと大して問題ではないにちがいない。あのひとは聞いてもいないだろうし、あのひとの言うことは、とっぴょうしがなく、筋道が通っていなくても、何かの手がかりにはなるかもしれない̀い̀い̀のだから。

わたしはこの前と同じように番号に眼をつけながら歩いていった。殺されたカリイもやはり同じようにしてこの道を歩いてきたのだろうが、いったいどの家を訪ねるつもりだったのだろうか？

このときほど、ウイルブラーム・クレスントがとりすました感じに見えたことはなかった。わたしは思わずヴィクトリア朝時代風に、〝ああ、これらの石が語ってくれさえしたならば！〟と叫びそうになった。どうやら当時はそういう文句が流行していたらしいのだ。だが、石は語ってはくれないし、煉瓦やモルタルも、漆喰や化粧漆喰にしても、語ってくれはしない。ウイルブラーム・クレスントは静かにその本然の姿を示していた。多少はみすぼらしいが、古風で、超然としていて、口をきくのもいやそうだった。きっと、何をさがしているのかさえも知らない、よそものの徘徊者に反感を感じているのだろう。

人影もほとんどなく、少年が二人自転車でわたしの横を通りすぎていったのと、買いもの袋をさげた二人の女だけ。家そのものも、内部には生活している者のけはいが感じられはするものの、ミイラのように形骸をとどめているだけのようだった。なぜそうなのか、わたしも知らないわけではなかった。もうすでに英国の伝統によって昼の食事の時間として認められている、一時か、一時まぢかだったのだから。一、二軒の家では、カーテンの開けてある窓から、食堂のテーブルを囲んでいる二、三の人間の姿が見えはしたが、それもきわめて稀だった。窓々が、一時は流行したノッティンガムレースに代わる、ナイロンの網織りのカーテンで慎重に目隠しされているか、でなければ――このほうがはるかに可能性が多そうだったが――家にいる者たちは、一九六〇年代の習慣に従って、〝現代式（モダン）な〟台所で食事をしているにちがいなかった。

一日のうちでも人を殺すには理想的な時間なのだなと、わたしは考えさせられた。あのときの犯人もその点を頭にいれていたのだろうか？　それも殺人計画の一部分だったのか？　わたしはついに一九号までたどりついた。

多数のばかみたいな連中と同じように、わたしも立ちどまって、ぼんやり見つめた。いまはもうほかには人間は一人もいなかった。「一人の隣人もいない。観察眼を備えた傍観者は一人もいない」とわたしは情けない気持ちで呟いた。

ふいに肩に突き刺すような痛みを感じた。わたしは間違っていたわけだ。隣人はちゃんといたのだ、大いに役にたってくれそうな隣人が。ただし、その隣人が口がきけさえしたならば、の話だが。わたしは二〇号の門柱にもたれていたわけなのだが、その門柱には、前にもお目にかかっているオレンジ色の大きな猫が座りこんでいたのだ。わたしはまず彼のたわむれにかけた爪を肩からはずしてから、二、三言葉をかわした。「猫も口がきけたらなあ」きっかけをつくる意味で、わたしはそんなふうに話しかけたわけだ。

オレンジ色の猫は口を開き、音楽的な高い声で「ニャオッ」と答えた。

「きみが口がきけることはぼくも知っているよ」とわたしは言った。「きみもぼくと同じようにしゃべれることは知っているのだ。だが、きみのしゃべる言葉はぼくの国語ではない。あの日にも、きみはここに座っていたのだろう？　あの家にはいってゆくか出てゆくかした人間を見たかね？　きみはあの日の事件のいっさいを知っているのか？　ぼくにはきみが見のがしたとは思えないのだがね、猫君」

猫はわたしの言葉を善意にとってはくれなかった。ぷいとわたしに背を向け、尻尾を振りだした。

「これはどうも失礼を、陛下」とわたしは言った。

彼はうしろ向きのままわたしに冷ややかな視線を投げ、しきりに顔を洗いだした。わたしはにがにがしい気持ちでこう思った。隣人！　そいつがウイルブラーム・クレスントには不足していることは、疑問の余地のない事実だ。ぼくの望んでいるのは——ハードキャスルの望んでいるのは——時間をもてあましている、おしゃべりずきで、ひとのことをせんさくしたがるお婆さんなのだ。いつも何か陰口の材料がありはしないかと見張っているような。ところが、困ったことには、近ごろではそういうお婆さんたちは死に絶えてしまったみたいだ。みんな老人のためのあらゆる慰安設備を備えた養老院にかたまって暮らしているか、ほんものの病人のためのベッドが深刻な不足をつげている病院に、わんさとはいりこんでいるらしい。障害者も、足の不自由な人間も、老人も、いまではもう自分の家で、忠実な召使いなり、いい家庭に住みこめるのをありがたがる貧乏でうすのろの親戚なりに、付き添われて暮らすなどということもなくなっている。これは犯罪捜査にとっては重大な障害に相違ない。

わたしは通りの向かい側に眼をやった。本来なら、あそこにも隣人がいてくれていいはずなのだが。あんなでっかい非人間的なコンクリートの建てものではなくて、普通の住宅が整然とならんでいてくれてもよさそうなものなのだが。あんな人間の蜂の巣のようなアパートでは、住んでいるのは、働き蜂ばかりで、昼間はずっと外ですごし、夜には帰ってきても、こまかなものを洗濯するなり、お化粧のしなおしをするなりして、また青年に逢いに出かけるにきまっている。ああいうアパートの非人間性と対照すると、ウイルブラーム・クレストントの色褪せたヴィクトリア女王時代の上品さのほうに、わたしは好感を感じそうになってきた。

そのアパートの中階あたりで、何かがキラキラと光ったのがわたしの眼に映った。わたしは何だろうかと不思議に思い、じっと見上げていた。すると、またキラキラと光った。開いている窓があり、その窓から覗いている者がいた。顔の前に何かをかざしていて、顔がはっきりとは見えなかった。またキラリと光った。わたしは片手をポケットに突っこんだ。わたしのポケットにはいろんなものが、いざというときには役にたちそうなものが、いれてあったのだ。普通の人ならこんなものがと意外に思うようなものでも、役にたつものなのだ。のりつきの小さな巻テープ。鍵のかかっているドアでもたいていは開けることのできる、ほとんど無害そうな二、三の道具、中身とはちがうラベルの貼ってある灰色の粉のはいった缶と、それを使うための吹いこみ器、たいていの人間には何をするためのものかわからないに相違ない小道具が一つ二つ。そうしたもののなかには小型の小鳥観察用の望遠鏡もあった。強力なものではなかったが、じゅうぶん実際の役にはたった。わたしはそれを取りだし、眼にあてた。

窓辺にいたのは小さな女の子だった。長いお下げの髪が片方の肩にたれかかっているのが見てとれた。小さなオペラ・グラスを手にしていて、うぬぼれを感じてもいいほどしきりにわたしを見つめていた。もっとも、あたりにはわたし以外には何も眺めるものがなかったのだから、うぬぼれていい理由はなさそうだった。だが、その瞬間に、ウイルブラーム・クレスントにも正午らしい別の観物(みもの)が出現した。

いやに古ぼけたロールス・ロイスが、これまたずいぶんの齢らしい老運転手に運転されて、しずしずと通りをやってきた。運転手は威厳のある顔つきをしていたが、少々人生に失望しているみたいでもあった。彼は幾台もの自動車が行列行進しているような厳粛さでわたしの横を通りすぎていった。アパートの少女観察者も今度はその運転手のほうにオペラ・グラスを向けているのに、わたしは気がついた。わたしは突っ立ったままで考えこんだ。

辛抱して待っていれば何か幸運にめぐまれるものだというのが、わたしの前から抱いている信念なのだ。期待してもいなければ、ぜんぜん予想もしていなかったようなことが、偶然に起きるものなのだ。今度の場合も、そうした幸運にぶっつかったのかもしれない。わたしはもう一度その大きな四角い建てものを見上げ、両端からや地面から数えていって、関心をそそられた問題の窓の位置を入念に頭にいれた。三階だ。ついで、そのアパートの入り口まで道路を歩いていった。広い自動車用玄関道がぐるっとアパートをまわっていっていて、芝生のかっこうな場所にはきちんと間隔をおいて花壇が作ってあった。

何事も徹底してやるほうがいいことは前から悟らされていたことなので、わたしは玄関道をそれて建てもののほうに近より、ハッとしたように上のほうを見上げてから、芝生にかがみこみ、何かをさがしているようなふりをし、それを手からポケットへ移したように見せかけながら、立ちあがった。ついで、建てものをまわって玄関口へ行った。こういうアパートには昼間のたいていの時間には門衛がいるはずだが、一時から二時のあいだの神聖な時間だけに、玄関のホールには誰もいなかった。〈門衛〉と書いた大きな札の下がっているベルがあったが、わたしはそれを押さなかった。自動式エレベーターがあったので、そちらのほうへ行き、三階のボタンを押した。それからさきは相当慎重に見定めてかかる必要があった。

表から見ると目的の部屋の位置が簡単にわかりそうに思えるが、建てものの内部にはいってみると混乱してくるものなのだ。だが、わたしはいままでにこういう種類のことには相当訓練をつんでいたので、ドアを間違えてはいないという自信があった。そのドアについているナンバーは、吉兆かどうかはともかく、七七号だった。「セヴンは幸運(ラッキー)

な数字のはずだ。やってみるとしよう」とわたしは思った。わたしはベルを押し、うしろへのいて、どういうことになるか待ちうけた。

第二十五章

コリン・ラムの話

一、二分待っているうちに、ドアを開けてくれた。ほてった顔、華やかな色の服装をした、大柄なブロンドの北欧人らしい若い女が、うかがうようにわたしを見やった。急いで拭いたらしいが、両手にはまだところどころに小麦粉がくっついており、鼻の頭にもかすかに小麦粉がついていたので、何をしていたのかはわけなしに推測がついた。

「失礼ですが、お宅には女のお子さんがおいででしょう。その方が窓から落とされたものがあるのですが」とわたしは言った。

彼女は困ったようにほほえみかけてきた。まだ英語がろくにわからないらしかった。

「すみませんが――何とおっしゃいましたか？」

「お宅にお子さんが──女のお子さんが」

「ええ、ええ」彼女はうなずいた。

「何か落としたのです──窓から」

わたしはちょっと手まね(ジェスチャー)をまじえた。

「ぼくがそれを拾ったので、持ってきてあげました」

わたしは手を開いてさしだした。掌には銀製の果物ナイフが載っていた。彼女は見おぼえがなさそうにそれを見やった。

「どうも──見たことがないような……」

「あなたはご飯のしたくで忙しいのでしょう」わたしは同情的な口調になった。

「ええ、ええ、お料理します。そうなのです」彼女は勢いよくうなずいた。

「あなたの邪魔をしなくてもすむのですが、そのお子さんのところへぼくを連れていってくだされば」とわたしは言ってみた。

「何でしょうか？」

やがて、わたしの言っていることが彼女にも通じたらしかった。彼女はわたしを案内してホールを横ぎり、ドアを開けた。そこは居心地のよさそうな居間になっていた。窓ぎわに長椅子がひき寄せてあり、その上に、片脚にギプスをはめた、九歳か十歳くらいの少女がいた。

「この紳士が、言っています——あなた、ものを落としたと……」

その瞬間に、幸運とでもいうか、台所から何かの焦げているらしい強いにおいがしてきた。案内してくれた女は狼狽の叫び声をあげた。

「すみませんが、ちょっと」

「ご自由に」とわたしは快く答えた。「こちらはぼくにまかせてくださってよろしいから」

彼女はさっと逃げだした。わたしは室内にはいり、うしろ手にドアを閉めて、長椅子のほうへ寄っていった。

「こんにちは」とわたしは少女に話しかけた。

少女も「こんにちは」と答え、こちらが顔まけするほどの何もかも見透すような眼でじろじろとわたしを観察した。彼女はどちらかといえばそまつな顔をした少女で、まっすぐな鼠色の髪を両方に分けて編み、お下げにしていた。突きでた額、とがった顎、かしこそうな灰色の眼をしていた。

「ぼくはコリン・ラムという者なのだがね、きみは何というの？」

彼女はすぐに答えてくれた。

「ゼラルディン・メアリイ・アレグザンドラ・ブラウンよ」

「こいつは驚いた。ずいぶん長い名前なんだね。ふだんはどう呼ばれているの？」

「ゼラルディンよ。ときどきはゼリイと呼んだりするけど、わたしはそんなのきらいなの。パパも名前を縮めて呼んだりするのはよくないと言ってるわ」

子供が相手の場合の非常に有利な点の一つは、子供たちは彼ら独自の論理を持っていることとなのだ。おとなだったら、誰でもすぐに何用で来たのかと訊いたにちがいない。ゼラルディンには、そういうばかげた質問はぬきにして、話を始める心がまえがあった。彼女はひとりぼっちで、退屈であり、どんな客でもおしかけてきてくれれば、変わった出来事としてありがたいわけだった。わたしがおもしろみのない退屈な人間だとわかるまでは、喜んで話し相手になってくれそうだった。

「お父さんはお留守なんだね」とわたしは言った。

彼女はさっきと同じように、すぐに、やはりこまかな事実にまでわたって、答えてくれた。

「ビーヴァブリッジの、カーティングヘーヴン製作工場なの。正確に言うとね、ここから一四と四分の三マイルあるのよ」

「お母さんのほうは？」

「ママは亡くなったの」と彼女は少しも暗いかげも見せないで答えた。「わたしがまだ生まれて二ヵ月の赤ん坊のときによ。フランスからくる飛行機に乗っていたの。その飛行機が墜落したのよ。乗っていた者は一人残らず死んだのよ」

どことなく満足そうな話しぶりだったところをみると、子供にとっては、母親が亡くなっていい、いるにしても、大惨事で死んだのであれば、一種の名誉のように思えるらしかった。

「そうなのか」とわたしは言った。「それでだね、あの——」わたしは戸口のほうへ眼をやった。

「あれはイングリッドなの。ノルウェーから来ているのよ。来てから二週間にしかならないの。まだろくに英語がわからないから、わたしが教えてやっているのよ」

「その代わりに、あのひとはきみにノルウェー語を教えてくれるというわけだね？」

「大して教わってはいないわ」とゼラルディンは答えた。

「あのひと、好きかい？」

「好きよ。いいひとだもの。ときどき奇妙なものをたべさせるけど。あのひとはね、生のままでおさかなをたべるのが好きなのよ」

「ぼくだってノルウェーで生の魚を食ったことがあるよ。ときにはずいぶんおいしいものなんだぞ」

ゼラルディンはそんなこと信用できるものかという顔つきをした。

「今日はね、糖蜜のパイを作ってくれているところなの」

「そりゃおいしそうだね」

「そう、ねえ。わたしは糖蜜のパイが好きなの」ついで彼女は礼儀上からか、こうつけ加えた。「あんたもお昼ごはんに呼ばれてきたの？」

「そうでもないんだよ。じつを言うとね、ぼくはこの窓の下を通っていたんだよ。すると、きみが窓から何か落としたように思ったものだから」

「わたしが？」

「そう」わたしは銀の果物ナイフを差しだした。

ゼラルディンは最初は疑わしそうに見ていたが、やがて見とれたような眼の色になった。

「きれいなものね。何なの？」

「果物ナイフだよ」

わたしは開いてみせた。

「ああ、ほんとうだわ。リンゴの皮をむいたりなんかするものなのね」

「そうだよ」

ゼラルディンは溜息をついた。

「わたしのではないわ。わたしはそんなものおっことしたりしていないもの。なぜわたしがおっことしたのだと思ったの？」

「きみが窓から覗いていたし、それに……」

「わたしはたいていいつも窓から覗いているのよ」とゼラルディンは言った。「わたしね、倒れて、脚を折ったのよ」

「そいつは不運だったね」

「そうなのよ。だけどね、あまり威張れるけがのしかたじゃなかったのよ。バスを降りかかったときに、急にバスが動きだしたからなんだもの。最初は痛かったし、うずきもしたけど、いまはもうなんともないわ」

「それじゃ退屈だろうね？」

「そうなの。でもね、パパがいろんなものを買ってきてくれるわ。粘土細工用の粘土や、本や、クレヨンや、はめ絵（ジグソーパズル）なんかを。だけどね、いろんなことをしてみても飽きてくるでしょう。だから、たいていはこれで窓の外を覗いてすごしているのよ」

彼女はいかにも自慢そうに小さなオペラ・グラスを取りだした。

みた。

「ぼくにも見せてくれないか？」とわたしは言った。

わたしはオペラ・グラスを受けとり、自分の眼に合うように調節して窓の外を眺めてみた。

「ほほう、これはよく見える」とわたしはほめた。

実際に優秀なオペラ・グラスだった。ゼラルディンのパパは、これを買って与えたのがパパだったのだとすると、費用をおしまなかったらしい。ウイルブラーム、一九号の家も、その隣り近所の家々も、びっくりするほどはっきりと見えた。わたしはオペラ・グラスを彼女に返した。

「これは大したものだ。一級品だよ」

「ちゃんとしたものなのよ」とゼラルディンも誇らしそうに答えた。「ただの子供用のおもちゃや、見せかけものじゃないの」

「そうだね……ぼくにもそれはわかる」

「わたしは小さな手帳も持ってるのよ」とゼラルディンは言った。

彼女はそれをわたしにも見せた。

「これにいろんなことや、そのときの時間などを書きつけてるの。汽車見わけ遊びみたいなものよ。ディックといういとこがいるんだけど、そのいとこがそれをやっているわ。

わたしたち自動車の数でもやるのよ。知ってるでしょう、一から始めて、どのくらいの数にまでなるかかぞえるのよ」

「ちょっとおもしろそうな遊びだね」とわたしは言った。

「そうなの。だけどね、この通りにはそうたくさんは自動車が通らないのよ。だからわたしもあきらめて、ここんところはあまりやっていないの」

「この下の家々のことや、どんな人間が住んでいるといったようなことは、きみは何でも知っていそうだね」

わたしはなにげなさそうに持ちだしたのだが、ゼラルディンはすぐにその話題に応じてきた。

「そりゃそうよ。だけどあのひとたちの名前を知らないでしょう。だから自分で勝手に名前をつけてるのよ」

「そりゃおもしろそうだね」とわたしは言った。

「あの家のひとはカラバス侯爵夫人なのよ」と彼女は指さして教えた。「あのやたらに木の繁っている家よ。長靴をはいた猫みたい。あそこの女のひとは何匹も何匹も猫を飼ってるのよ」

「ぼくもついさっきそのうちの一匹と話をしてたんだよ、オレンジ色のやつとね」

「そうだったわね。わたしも見てたのよ」とゼラルディンは言った。「そんなふうだと、きみはずいぶん鋭い眼をしているらしいね」とわたしは言った。「きみが見のがしたりすることはないだろう?」

ゼラルディンは嬉しそうににっこりした。イングリッドがドアを開け、息をきらしてはいってきた。

「あなた、大丈夫でしょうね?」

「わたしたちのことは大丈夫よ」とゼラルディンはきっぱりと答えた。「心配しなくてもいいわよ、イングリッド」

彼女は勢いよくうなずき、両手で料理をするかっこうをしてみせた。

「引きかえして、料理をしていいのよ」

「それなら、あたし行きます。お客さんがいてくれて、いいですね」

「あのひと、料理をしているときには神経質になるのよ」とゼラルディンは説明した。「何かを初めて作ろうとしているときのことだけどね。そのおかげで、ごはんがずいぶんおくれることがあるのよ。あんたが来てくれてよかったわ。誰かいて、気をまぎらせてくれるとありがたいの。おなかがすいていることも忘れているもんね」

「あそこの家々のことをもっと話してくれないか」とわたしは言った。「きみが見たこともね。あの隣りの家――あのきちんとした家には、どういう人が住んでいるのだい？」

「ああ、あの家なら、眼が見えない女のひとよ。ぜんぜん見えないんだけど、まるで見えるみたいに歩くわ。門衛が話してくれたのよ。ハリイという男なんだけど。いい人なの。いろんなことを話してくれるのよ。人殺しがあったことだって話してくれたわ」

「人殺しだって？」わたしは適当に驚いたような声を出した。

ゼラルディンはうなずいた。大した情報を話して聞かせるのだというわけで眼が輝いた。

「あの家で人殺しがあったのよ。わたしはこの眼で見たようなものだったわ」

「そいつは興味のある話だね」

「そうでしょう。わたしだって人殺しを見たのは初めてだったわ。といっても、人殺しのあった家のことなんだけど」

「きみはいったい――何を見たんだい？」

「あのね、そのときには、通りにはそう動いているものもなかったのよ。一日のうちでも通りががらんとしてくる時間だったのだから。ドキッとさせられたのはね、誰かがあの家から悲鳴をあげながら飛びだしてきたときなの。それで、わたしも何か起きたにちがいないと悟ったわけなの」

「誰が悲鳴をあげてたのだい？」

「女のひとよ。まだ若い、ほんとうはちょっときれいなひとだったわ。玄関から出てきて、ひっきりなしに悲鳴をあげたわ。そのとき、通りに若い男が一人歩いていたの。その女のひとは門を飛びだすと、その青年にしがみつくようにしたわ——こんなふうに」

彼女は手を上げてそのしぐさをまねてみせた。と思うと、急にわたしをじっと見つめた。

「その男の人、あんたに似てたわよ」

「ぼくにそっくりの人間がいるにちがいないよ」とわたしは軽く逃げた。「それからどういうことが起きたの？こっちまで興奮させられるよ」

「それからね、その男の人が女のひとをペタンと座りこませたわ。そこの地面によ。そうしといて、家へ引きかえしたの。するとね、皇帝は——あのオレンジ色の猫のことよ、あまりえらそうにしているから、わたしは皇帝と呼んでいるのよ——顔を洗うのをやめて、びっくりしたような顔をするし、槍の柄（パイクスタフ）さんは自分の家から——あの向こうの家、一八号なの——出てきて、玄関の段に立ってぽかんと見ていたわ」

「槍の柄（パイクスタフ）さんというと？」

「すごくぶきりょうな女のひとだから、わたしは槍の柄さんと呼んでいるの。兄弟があって、そのひとにえらそうに言うのよ」

「それから？」とわたしは興味をもってうながした。

「それからはいろんなことが起きたわ。さっきの若い男がまた家から出てきたの——あれ、ほんとうにあんたじゃなかったの？」

「ぼくはこんなありふれた顔をしているからね、似た男がいくらでもいるんだよ」とわたしは謙遜した答えかたをした。

「そうね、そのようだわね」とゼラルディンはがっかりさせられるほど正直に言った。「どっちにしても、その男はこの通りを行って、あのさきの電話ボックスから電話をかけたわ。そのうちに警官がやってきたのよ」彼女の眼はきらめいた。「何人も何人もの警官が。そしてね、救急車みたいなもので死体を搬んでいったの。そのころにはもうたくさんの人が集まってきて、見まもっていたわ。そのなかにはハリイもまじっているのが見えたわ。このアパートの門衛なの。あとでそのときのことをいろいろ話してくれたのよ」

「殺されたのは誰なのか、話してくれたかい？」

「男の人だったと言っただけ。誰も名前は知らないんだって」

「ずいぶん興味のある話なんだね」とわたしは言った。

わたしは、その瞬間にイングリッドが糖蜜のパイか、何かおいしいものでも持って、はいってきたりしないでくれればいいがと、心から祈るおもいだった。

「だがね、もう少し前に話をもどしてくれないか。その前のことを聞かせてほしいんだ。きみはその男を——殺された男を——見たのかい？　その男があの家へやってきたところを？」

「見なかったわ。きっと前からあの家にいたにちがいないと思うのよ」

「あの家に住んでいたというわけかい？」

「そうじゃないの。あそこにはペブマーシュさんしか住んでいないんだもの」

「すると、きみはあのひとの名前を知っているんだね？」

「知ってるわよ、新聞に出ていたもの。人殺しのあったことも。悲鳴をあげていた若い女のひとはシェイラ・ウエッブというの。殺された男はカリイという名前だと、ハリイが教えてくれたわ。なんだか食べものみたいなへんな名前だわね。それからね、二度めの人殺しもあったのよ。同じ日にではないけど——あのあとで——このさきの電話ボックスのなかでよ。そのボックスはここからは見えないのよ。窓から頭を突きだして、横のほうへ首をまわしでもしなきゃ。だから、ほんとうはわたしは見たわけじゃないのよ。そりゃね。そんなことが起きるとわかってさえいたら、覗いてみていたにちがいないんだけど。そんなこと知らないでしょう。だから覗いてもみなかったわけよ。あの朝は、たくさんの人が通りに突っ立って、向かい側の家を眺めていたわ。あんなこと、ばかげているという気がしない？」

「そうだよ、まったくばかげているよ」とわたしは答えた。

そこへイングリッドがまた姿を現わした。

「わたし、すぐ来ます」と彼女は安心させるように言った。「もうすぐ来ますからね」

彼女はまた出てゆき、ゼラルディンは話を続けた。

「うちでも、ほんとうはあのひとにいてもらいたくはないのよ。食事を作るのを苦にするんだもの。朝ごはんのほか、あのひとに料理をしてもらうのは一度だけなんだけどね。パパは晩には料理店で食事をして、わたしにもそこから何かとどけさせてくれるの。おさかなや何かをね。ほんとうの正餐（せいさん）ではないのよ」彼女の声にはわびしそうな響きがあった。

「きみの昼ごはんはたいてい何時ごろなんだい、ゼラルディン？」

「わたしの正餐のこと？　昼ごはんがわたしの正餐になるのよ。わたしは晩には正餐ではなくて、夜食をたべるだけなの。そうね、わたしの正餐の時間はというと、イングリッドの料理のできぐあいでちがってくるわ。あのひと、時間のことになると変わってるのよ。朝ごはんだけは、パパが腹をたてるから、きまった時間に用意するけど、お昼の正餐のほうはいつになるかわかりゃしないわ。十二時にたべることもあれば、二時まで待たされることもあるの。イングリッドはね、食事なんかきまった時間にするものではなくて、用意のできたときにするものだって言うのよ」

「なるほど、気楽な考えかただね」とわたしは言った。「その人殺しのあった日には、何時に昼ごはん——ではない、正餐を——たべたのだい？」

「あれは十二時の日だったわ。あの日、イングリッドは外出することになっていたからなの。映画を観にいくか、パーマ屋さんへ行くので、そういうときにはペリイさんがわたしの話し相手に来てくれるの。ほんとうはね、いやなひとなのよ。ひとの頭を叩くんだもの」

「ひとの頭を叩く？」わたしはちょっととまどって訊きかえした。

「頭をよ。『いいお子さんだね』なんて言ったりして。ちゃんとした話なんかできる相手じゃないのよ。そりゃ、お菓子やなんかを持ってきてくれはするけど」

「ゼラルディン、きみはいくつなんだい？」

「十歳よ。十歳と三カ月」

「それにしてはおとなみたいに話ができるようだね」とわたしは言った。

「それはね、わたしはパパと話をすることが多いからなのよ」とゼラルディンはまじめな顔つきで言った。

「それでは、あの人殺しのあった日には、きみは早く正餐をすましたわけなんだね？」

「そうなの、イングリッドが洗いものを片づけて、一時すぎには外出できるように」

「すると、あの朝はきみは窓の外を眺め、いろんな人の動きを見まもっていたわけだな」

「そうよ。朝のもっと早いうちにもいくらかはね。十時ごろにはクロスワード・パズルをやっていたけど」

「もしかすると、きみは、カリイという男があの家に来たのを、眼にしてやしないかという気がするんだがね？」

ゼラルディンは頭を振った。

「ところが、見ていないのよ。へんだとわたしも思うけど」

「たぶんあの男はもっと早くに来たんだろうよ」

「玄関に行ってベルを鳴らしはしなかったわ。そうだったら、わたしは気がついたはずなんだから」

「庭を抜けてはいってきたのかもしれないね。家の反対側のさ」

「そんなことはないわよ」とゼラルディンは反対した。「ほかの家と背中合わせになっているんだから。その家の人たちが他人に庭を通らせたりするはずがないもの」

「それはそうだね。ぼくにもそんな気がする」

「どんなかっこうの人だったのか知りたいわ」とゼラルディンは言った。

「もう相当の齢の人だったんだよ。六十くらいかな。髭はなくて、ダークグレイの服を着ていた」

ゼラルディンは頭を振った。

「ありふれた人みたいね」と彼女は失望したように言った。

「いずれにしてもだね」とわたしは言った。「きみはそんなふうにいつも横になって眺めているのだから、どれが何日のことか、おぼえているのがむずかしそうだな」

「むずかしかないわよ」彼女はすぐにその挑戦に応じた。「あの朝のことなら、何だって話してあげられるわよ。カニさんが来た時間も、帰った時間も、知っているんだから」

「あの掃除婦のこと？」

「そうよ。あのひと、ちょこちょこと歩くの、カニみたいに。男の子があるのよ。ときどき連れてくるけど、あの日は連れてきていなかったわ。それから、ペブマーシュさんは十時ごろに家を出るのよ。盲人学校に教えに行くの。カニさんは十二時ごろに帰ってゆくわ。ときどきは、来たときには持っていなかったはずの包みをかかえていることもあるのよ。きっとバターやチーズじゃないかと思うけど。ペブマーシュさんが目が見えないのをいいことにして。わたしがあの日のことをとくによくおぼえているのはね、イングリッドとちょっと喧嘩したせいで、あのひと、わたしには口をきこうとしなかったからなのよ。わたしはあのひとに英語を教えてあげているでしょう。だから、『また逢う日まで』とはどう言っていいか、訊かれたのよ。あのひとはそれをドイツ語で言うしかなかったの。アウフ・ヴィーダーゼン。わたしは前にスイスへ行ったことがあって、そこの人たちが言っていたから、わたしもその言葉は知ってるのよ。向こうの人たちはグリュース・ゴットとも言ってたわ。英語になおすと乱暴な言葉になるけど」

「それで、きみはイングリッドにどう教えたのだい？」

ゼラルディンは笑いだした。心の底から出るような意地のわるいくつくつ笑いだった。話そうとしてもくつくつ笑いに邪魔されたが、それでもやっと言葉が出てきた。

「わたしはね、こう教えたのよ。『出てうせろ！』って言うんだと。そしたらね、隣りのバルストロードさんにそのとおりに言ったものだから、バルストロードさんがカンカンに怒ったのよ。それで、イングリッドも事情がわかって、わたしにすっかり腹をたてたものだから、あくる日のお茶の時間近くなって、やっと仲直りしたというわけなのよ」

わたしはこの情報に納得した。

「それできみはオペラ・グラスにかかりきりだったというわけだね」

ゼラルディンはうなずいた。

「だからなのよ、カリイという人が玄関からははいらなかったことを知っているのは。きっと夜のうちに何とかしてはいりこみ、屋根裏に隠れていたんだと思うわ。あんたはそうは思わない？」

「そりゃね、どんなことだってあるかもしれないとは思うよ。だが、どうもそんなことはありそうにない気がするね」とわたしは答えた。

「そうね」とゼラルディンも言った。「それだと、おなかがすいて困ったにちがいないもの。ペブマーシュさんに朝ごはんをたべさせてくれとは言えないしね。こっそりしのびこんだのだとすれば」

「それでは、誰もあの家には来なかったかね？」とわたしは訊いた。「誰一人として？自動車に乗った者も――商人も――訪問客も？」

「食料品屋は月曜日と木曜日に来るのよ」とゼラルディンは言った。「牛乳屋は朝の八時半ごろだし」

　この子はまったく百科事典といってよかった。

「カリフラワーや何かはペブマーシュさんが自分で買ってくるのよ。洗濯屋のほかは、ぜんぜん誰も来なかったわ。それも新しい洗濯屋だったけど」彼女はつけ加えた。

「新しい洗濯屋？」

「そうよ。いつもはサザン・ダウンズ洗濯店なの。たいていの人はそこに頼んでるわ。あの日に来たのは新しい洗濯屋だったの――スノーフレーク洗濯店という。雪片洗濯店なんてわたしは初めて見たわ。新たに開店した店にちがいないわね」

わたしは、いまの立場には不似合なほどの関心をそそられた声になりそうなのを、けんめいにおさえた。わたしは彼女を空想に走らせたくはなかった。

「それは、洗濯ものをとどけてきたのか、注文ききだったのかい？」とわたしは訊いた。

「とどけてきたのよ」とゼラルディンは答えた。「それも、大きな籠でよ。いつものよりはずっと大きかったわ」

「ペブマーシュさんがそれを受けとったのかね？」

「ちがうわよ。あのひとはまた外出していたんだもの」

「ゼラルディン、それは何時ごろのことだい？」

「かっきり一時三十五分よ」と彼女は答えた。「わたしは書きつけといたんだもの」と彼女は自慢そうにつけ加えた。

彼女は小さな手帳のほうへ手をのばし、手帳を開いて、うす汚れた人差し指で次のような記入を示した。一・三五、洗濯屋きたる。一九号。

「きみは警視庁にはいるといいね」とわたしは言った。

「女の刑事もとるのかしら？　それならなってみたいわ。婦人警官にではないのよ。婦人警官なんかつまらない気がするもの」

「その洗濯屋が来たとき、どういうことが起きたのか、まだ話してくれていないじゃないか」

「べつにどうってこともなかったわ」とゼラルディンは答えた。「運転していた男が降りて、荷物台の蓋を開け、さっき言った籠を取りだして、よろよろしながら家の横側をまわって、裏口へ搬んでいったの。きっとなかへははいれなかったろうと思うわ。ペブマーシュさんは裏口には鍵をかけていたにちがいないんだから、籠はそこへ置いてきたんだと思うのよ」

「どんなふうな男だった？」

「ただの普通の男よ」とゼラルディンは答えた。

「ぼくみたいな？」とわたしは訊いてみた。

「ちがうわよ、もっとずっと年上」とゼラルディンは答えた。「だけどね、ほんとうはよく見えなかったのよ。あの家に自動車を横づけにしたのだもの――この道に」彼女は左側をさした。「一九号のすぐ前に停めたんだから、交通違反のはずよ。だけど、こんな通りではそんなこと問題にならないのよ。それから、籠の上にかがみこむようにして門をはいっていったの。だから、わたしには頭のうしろ側しか見えなかったし、出てきたときにも、顔を拭いていたのよ。あんな籠を搬んでいったんだから、きっと暑くてつらかったんだと思うわ」

「それからまた自動車で帰っていったのかね？」

「そうよ。なぜあんたはそんなことに興味をもつの？」

「さあ、自分にもよくわからないなあ」とわたしは答えた。「たぶんその男が何か興味のあることを見ていそうだという気がするからだろうよ」

イングリッドがパッとドアを開けた。彼女は手押し車を押してきていた。

「さあ、ごはんですよ」と彼女は陽気にうなずきながら言った。

「よかったわ。わたしは飢え死にしそうだったんだもの」とゼラルディンは言った。

わたしは立ちあがった。

「ぼくはもう行かなきゃ。さよなら、ゼラルディン」

「さよなら。これはどうするの？」彼女はさっきの果物ナイフを差しだした。「これはわたしのものじゃないわ」彼女はものほしそうな声になった。「わたしのだったらいいんだけど」

「べつに誰のものというのでもなさそうじゃないか」

「所有者不明の発見物、とか何とかいうことになるわけなの？」

「まあそういったところだよ」とわたしは言った。「きみが持っていたらいいと思うなあ。誰かが自分のものだと言ってくるまではね。そんな人間は出てきそうにないと思うけど」これは間違いのないところだった。

「イングリッド、リンゴを持ってきて」とゼラルディンは言った。

「アップル？」

「ポンム！　アッフェル！」

今度は彼女の語学も最高だった。わたしは語学の練習をしている二人をあとに残して出ていった。

第二十六章

ミセス・ライヴァルはピーコック旅館のドアを開け、多少ふらついた足どりで酒場のカウンターのほうへ行った。彼女ははっきりしない声でブツブツ呟いていた。この宿屋には初めてではないとみえて、バーテンからも親しそうに声をかけられた。

「こんばんは、フロー。元気かね?」

「正しいことじゃないわ」と彼女は言った。「不公平よ。どう考えても正しいことじゃないわ。こう見えてもわたしはしっかりしているんだからね、フレッド、そのわたしが正しいことじゃないと言ってるんだよ」

「たしかに正しいことじゃないね」とフレッドはなだめるように言った。「だがね、世のなかに正しいことなんてあるかね? いつものにするかね?」

ミセス・ライヴァルはうなずいた。彼女は酒代をはらい、グラスの中身をちびちびと飲みだした。フレッドは別の客のほうへ離れていった。酒はいくぶん彼女を元気づけてくれた。相変わらずブツブツ呟いてはいたが、さっきよりも機嫌のよさそうな表情になってきた。フレッドがもう一度近づいてきたときには、さっきよりもいくぶんなごやかな態度で話しかけた。

「それにしてもね、わたしはがまんする気なんかないんだからね」と彼女は言った。

「そんな気はないわよ。わたしには騙されるほど腹にすえかねることってないんだから。いままでだってそうだったけど、わたしはひとを騙したりするのは大きらいなんだから」

「たしかにあんたは前からそうだったなあ」とフレッドは言った。

彼は訓練をつんだ眼で彼女を見まもった。〝もうだいぶきこしめしてるな〟と彼は頭のなかで呟いた。〝それにしても、まだ二杯くらいは大丈夫そうだ。何かにむしゃくしゃさせられているらしいな〟

「ひとを騙したり、ごまかし――ごまかし――よく言えないけど、わたしの言いたいこと、わかって」

「よくわかるとも」とフレッドは言った。

彼は別の知人のほうへ行って挨拶した。犬みたいなやつらの不愉快なしわざが頭に浮かんできた。ミセス・ライヴァルはブツブツ呟きつづけた。

「わたしは気にくわないわ。不愉快だわ。面と向かってそう言ってやるから。わたしをあんなふうに扱って、それですむと思っていたら、大間違いだわよ。いまに悟らせてやるから。あんなことは正しいやり口ではないし、自分で自分をまもらなきゃ、誰がまもってくれるのよ。ちょっと、もう一杯くれない」と彼女は声を高めてつけ加えた。

フレッドは言われたとおりにした。

「わしがあんたなら、この一杯で家へ帰るがね」と彼は忠告した。

彼は何のことでこんなにむしゃくしゃした気持ちになっているのか不思議に思った。ふだんは彼女は平静なほうだった。いつもよく笑う、親しみのもてる女だったのに。

「わたしはね、フレッド、ひどいめにあいそうなのよ」と彼女は言った。「普通なら、何かしてくれと頼んだときには、何もかもうちあけて話すのがほんとうじゃない？　それがどういう意味あいをふくんでて、何をしようとしているんだということをさ。それに、あのうそつきどもときたら。きたならしいうそつきだわよ、あの連中は。わたしはあんなやり口は大きらいよ」

「わしならまっすぐに家へ帰るがね」とフレッドは言った。涙でせっかくのマスカラが流れ落ちそうになっているのを眼にしたからだった。「まもなく雨になりそうだよ。それも、どしゃぶりにね。あんたのきれいな帽子がだいなしになるよ」

ミセス・ライヴァルはちょっと嬉しそうな笑顔を浮かべた。

「わたしは前からヤグルマギクが大好きなのよ」と彼女は言った。「困ったわ。どうしたらいいかしら?」

「わしなら、家へ帰って、気持ちのいい寝床にもぐるがね」とバーテンは親切味をこめて言った。

「そうね、たぶん――でもね――」

「そのほうがいいよ。あんただってその帽子をだいなしにしたかないだろうし」

「それは真理だわね」とミセス・ライヴァルは言った。「間違いのない真理だわ。それこそ、深(しん)――深愛――ではないわね――わたしはどう言いたかったのかしら?」

「それこそ深遠な言葉だ、だろう」

「では、さよなら」

「また来ておくれね」とフレッドは言った。

ミセス・ライヴァルは高いスツールからすべり降り、さほど危なっかしいほどでもない足どりで、戸口へ向かった。

「今夜のフローはよほど気分をそこねているらしいなあ」と客の一人が言った。

「ふだんは陽気な女なんだが――しかし、誰だって浮き沈みがあるものだよ」と陰気な顔つきをした別の男が言った。

「ジェリイ・グレインジャーが五着になるなんて、あれほどクイーン・キャロラインにはなされるなんてなあ。そんな予想をするやつがあったとしても、おれはぜんぜん問題にしなかったにちがいないよ」と最初の男が言った。「おれに言わせりゃ、どうもインチキくさいところがある。近ごろの競馬は正直じゃないからなあ。馬に麻薬を飲ませたりする。みんなやってやがるんだ」

ミセス・ライヴァルはピーコック旅館を出ていた。彼女は不安そうに空を見上げた。たしかに雨になりそうだわ。彼女は多少急ぎ足になって通りを歩いてゆき、街角を左へ曲がり、ついでまた右へ曲がって、少々うす汚れた感じの家の前に足を止めた。鍵を取りだし、玄関の石段をのぼりかかると、下の勝手口から声をかけた者があり、玄関の横側から頭が突きでて、彼女を見上げた。

「紳士の方が、上でお待ちよ」

「わたしを？」

ミセス・ライヴァルの声にはかすかに意外そうな響きがあった。

「紳士と呼ぶことにすれば、の話よ。服装やなにかは堂々としているけど、何々侯爵さまと言えるがらではないわね」

ミセス・ライヴァルはどうにか鍵穴を見つけ、鍵をまわして、なかへはいった。

家のなかにはキャベツや魚やユーカリ油のにおいが漂っていた。あとのほうのにおいは、このホールには年じゅう漂っているといってよかった。ここの家主の細君は冬の季節に衣類の手入れをしておく習慣の大の信奉者で、九月の半ばごろからもうその作業を始めるからだった。ミセス・ライヴァルは手摺にすがって階段を上がった。二階のドアを押し開け、はいりこんだが、そのとたんに、はたと立ちどまり、一歩あとじさりした。

「ああ、あなたでしたの」と彼女は言った。

ハードキャスル警部は座りこんでいた椅子から立ちあがった。

「こんにちは、ライヴァルさん」

「あなたが、何のご用で？」と彼女はいつもなら見せたはずの如才のなさに欠けた訊きかたをした。

「じつは、公用でロンドンまで来る必要があったのでね」とハードキャスル警部は言った。「それに、一つ二つあなたと話しあってみたいこともあったものだから、逢えるかもしれないと思って来てみたわけですよ。あの――下の女のひとが、まもなく帰ってみえるかもしれないと言うものだから」

「それにしても」ミセス・ライヴァルは言った。「いったい――」

ハードキャスル警部は椅子を押しやった。

「まあおかけになっては」と彼は丁寧に言った。

おたがいの立場が逆になり、彼のほうが主人で、彼女が客みたいだった。ミセス・ライヴァルは腰をおろした。彼女はまじまじと彼を見つめた。

「一つ二つのこと、と言いますと？」

「些細なことなのです。些細な事実が浮かびあがったのでね」と警部は答えた。

「と言いますと――ハリイのことで？」

「そのとおりです」

「前もって言っときますがね」ミセス・ライヴァルの声には多少挑戦的な調子がまじってきた。と同時に、ハードキャスル警部の鼻にも酒気がはっきりと感じとれた。「わたしはもうハリイのことなんかじゅうぶんですわ。もう二度とあのひとのことなんか想いだしたくないのですよ。新聞で写真を見たとき、わざわざ出頭してあげたじゃありませんか。出かけていって、あの人のことは話してあげましたよ。過ぎ去った昔のことだし、何かと想いださせられるのもいやだったのに。もう話してあげられることは何もありません。想いだせるかぎりのことは話してしまっているし、わたしはもうあのことでは何を耳にするのもいやなんですからね」

「ほんのちょっとしたことですよ」とハードキャッスル警部は言った。おだやかな、弁解するような言葉つきだった。

「しかたがないわ」とミセス・ライヴァルは投げ棄てるように言った。「何ですの？ 言ってしまってくださいよ」

「あなたはあの男を自分の良人だと、いまはともかく、十五年前ごろには結婚の形式をふんだ相手だと、お認めになった。そのとおりですね？」

「もうあなたのほうでは、何年前だったか、正確に調べずみのはずだと思いますがね」

〝思ったよりも頭が鋭い〟とハードキャッスル警部は心のなかで呟いた。彼は言葉をついだ。

「ええ、その点はご想像のとおりです。調べましたよ。あなたは一九四八年五月十五日に結婚しておられる」

「五月の花嫁は不運になることが多いと、よく言いますわね」とミセス・ライヴァルは陰気な調子で言った。「たしかにわたしにはなんの幸運ももたらしてはくれませんでしたわ」

「それだけ年月がたっているにもかかわらず、あなたはやすやすとご主人だと見分けることがおできになった」

ミセス・ライヴァルは多少不安そうに身体を動かした。

「大して齢をとっていませんでしたからね。いつも身ぎれいにしている人でしたから、ハリイは」

「身元確認の追加の証拠を提出することもおできになりましたね。たしか傷痕のことで、ぼくに手紙をくださった」

「そのとおりですわ。左耳のうしろにあったのです。ここにね」ミセス・ライヴァルは片手を上げて、その場所を示した。

「左耳のうしろにね？」ハードキャスルは左という言葉に力をこめて訊いた。

「そうですね――」彼女は一瞬自信のなさそうな顔つきをした。「ええ、そうだったと思います。たしかにそうですわ。急いで答えようとすると、左か右かわからなくなるものですわね。でも、たしかにあれは首の左側でしたわ。ここのところ」彼女はまた同じところに片手をあてた。

「髭を剃っていて、けがをされたという話でしたね？」

「そのとおりです。犬が跳びついたのですわ。あのころ、いやにはねまわる犬を飼っていましたから。猛烈な勢いで飛びこんでくるんですの――人なつこい犬でしてね。ハリイに跳びついたとき、剃刀を手にしていたものですから、刃が深くはいったのです。ずいぶん血が出ましたわ。なおりはしましたけど、傷痕は消えないままになったのです」

彼女もいまはさっきよりも確信のある話しかたになっていた。

「あれはすこぶる貴重な事実なのですよ、ライヴァルさん。なんといっても、よく似た人間がいるものだし、ずいぶん年月もたっているときているのだから。ところが、ご主人に酷似している人間で、同じところに傷痕があるとなると――それなら、間違いの起こるおそれのない、完全な身元確認になるというものでしょう。これでわれわれも証拠がつかめたような気がしますよ」

「喜んでいただいてわたしも嬉しいですわ」とミセス・ライヴァルは答えた。

「そこでですね、その剃刀での事故が起きたというのは――いつごろでしたか？」

ミセス・ライヴァルはちょっと考えてみていた。

「それはですね――そうだわ、結婚して六カ月後ごろだったと思います。たしかにそうですわ。その夏に、その犬をもらったことをおぼえていますから」

「すると、一九四八年の十月か十一月に起きたことになりますね。そのとおりですか？」

「そのとおりですわ」

「あなたのご主人は一九五一年にあなたを棄てて……」

「棄てたというよりもわたしが追いだしたのですわ」とミセス・ライヴァルは威厳を見せて言った。

「そうでしたね。その点はあなたのお好きなように表現することとして、一九五一年に追いだして以後は、彼には、新聞の写真を見るまで、一度も逢っておられないのですか?」

「そうですよ。そのことはすでにお話ししたじゃありませんか?」

「しかし、その点に絶対に間違いがありませんか、ライヴァルさん?」

「もちろん、間違いありませんよ。あの日以来、死顔を見るまでは、一度もハリイ・キャスルトンを見かけたことがないのですから」

「それだと、奇妙ですよ」とハードキャスル警部は言った。「すこぶる奇妙ですなあ」

「なぜ——それはどういう意味ですの?」

「おかしなものなのですよ、傷痕の皮膚の組織というやつはね。そりゃ、われわれのような一般人には見分けはつきませんよ。傷痕は傷痕です。けれどもね、医者にはいろんなことが見てとれるのです。その人間がけがをしてから何年くらいたつか、だいたいのことは鑑定できるのですよ」

「わたしにはわかりませんわ、何を言おうとしておられるのか」

「簡単なことなのですよ。警察医やとくに依頼した医師の鑑定によるとね、あなたのご主人の耳のうしろの傷痕の組織は、問題の傷がせいぜい五、六年前のものだということを、明白に示しているのです」

「そんなばかなことが」とミセス・ライヴァルは言った。「信じられませんわ。わたしは——誰にだってわかるはずがないじゃありませんか。いずれにしても、あのけがをしたのは……」

「だからですね」とハードキャッスルはなめらかな語調で言葉をついだ。「あの傷痕がわずか五、六年前のけがのものだとすると、かりにあの男があなたのご主人だとすれば、一九五一年にあなたを棄てていったときには、傷痕なんかなかったということになる」

「たぶん、なかったのかもしれません。でも、とにかくあれはハリイですわ」

「しかし、あなたは彼にずっと逢っていなかったはずです。なのにミセス・ライヴァル、あなたはどうして彼が五、六年前に傷をこしらえていたと知っていたのですか？」

「そんな、わたしを混乱させるようなことを」とミセス・ライヴァルは言った。「頭のなかがごっちゃになるじゃありませんか。たぶん、一九四八年などという、昔のことではなかったのですわ。そういうことというものは、おぼえていられるものではないのですからね。いずれにしたって、ハリイにはああいう傷痕があったのだし、わたしはそれを知っているのですから」

「そうですか」とハードキャスルは言って腰を上げた。「ライヴァルさん、あなたもあの陳述についてはよく考えてみたほうがいいと思いますよ。あなただって厄介な問題を起こしたくはないでしょうしね」

「それ、どういう意味ですの、厄介な問題を起こすって？」

「それはね」ハードキャスル警部は弁解するような口調でこう言った。「偽証罪ですよ」

「偽証罪。わたしが！」

「そうです。そういうことは重大な法律違反になるのですよ。厄介なことになるだけでなく、刑務所へだってほうりこまれないともかぎらない。もちろん、検屍審問では宣誓なさったわけではないが、いずれは正式の法廷で宣誓のうえで同じ証言をするはめにおちいらないともかぎりませんよ。そうなったら――とにかく、慎重に考えてみてほしいですね。もしかすると、何者かに――あの傷痕の話を警察にもちこめと、そそのかされたのではありませんか？」

ミセス・ライヴァルは立ちあがった。眼をきらめかせ、そりかえった。その瞬間には、彼女も荘厳（そうごん）といっていいほどだった。

「そんなたわごとを聞かされるのは、わたしは生まれて初めてですよ。そんな根も葉もないことを。こちらは国民としての義務をはたそうとしているのですよ。わざわざ警察へ足をはこび、想いだせるかぎりのことを話してあげてもいる。たとえ記憶ちがいがあったとしても、当然じゃありませんか。なんといっても、大勢の——男の方のお友達に逢ってきているのですからね、多少はごっちゃになっていることだってありましょうよ。ですがね、わたしは記憶ちがいをしていたとは思っていませんよ。あの男はハリイだし、ハリイには左耳のうしろに傷痕があったのです。その点はたしかですよ。ハードキャスル警部さん、わたしがうそをついていたなどとほのめかしたりなさるのなら、出ていってもらいましょうか」

ハードキャスル警部はすぐに席を立った。「さよなら、ライヴァルさん。よく考えてみることですよ。ぼくの言いたいのはそれだけです」

ミセス・ライヴァルは頭をつんとさせた。ハードキャスルは戸口から出ていった。彼が姿を消すとともに、とたんにミセス・ライヴァルの態度が変わった。堂々とした挑戦的な態度はくずれた。彼女はおびえた、心配そうな顔つきになった。

「わたしをこんなめにおとしいれるなんて」と彼女は呟いた。「もう、もう、こんなことはごめんだわ。ひとのために、警察ざたにされたりしてたまるものか。うそっぱちをならべ、わたしを騙すなんて。とんでもない話だわ。こんなひどいことってあるものか。わたしはそう言ってやる」

彼女はふらつく足どりで部屋のなかを歩きまわっていたが、ついに決心をかため、片隅からこうもり傘を取りだして、また表へ出た。街のはずれまで歩いてゆき、電話ボックスの前でちょっと足を止めたが、郵便局へはいってゆき、小銭に換えてもらって、電話ボックスの一つにはいりこんだ。市外電話係にダイアルをまわし、ある番号に申しこんだ。立ったままで待っているうちに電話が通じた。

「お話しください。お出になっています」

彼女は口をきった。

「もしもし……あんたなの。フローよ。そりゃ、かけるなと言われていたことは知ってるけど、そういうわけにはいかなかったのよ。あんたはわたしをごまかしたわね。例の男の身元が判明したら都合のわるいことがあると、話してくれただけじゃないの。わたしはね、殺人事件なんかにまきこまれることになるなんて、夢にも思っていなかったわ……そりゃ、あんたの立場としてはそう言うところだろうけどさ、いずれにしたって、あんたの話してくれたことは事実とはちがってるじゃないの……そうよ、あんたはあの事件に何か関係があるにちがいないと、わたしはにらんでるわよ……とにかく、よく言ことと、事後従犯(アクセサリイ)とかいうことっとくけど、そんなこととの味方はまっぴらよ……事後なんとか、事後従犯とかいうことがあるんだから。わたしはいままでは身につけるアクセサリイのことかと思っていたんだけど。とにかく、事後なんとかということになるそうなんだから、わたしだっておびえるじゃないの……あんな傷痕の作り話なんかを警察に書いて出せなどと言って。ところが、あの傷はほんの一、二年前のものらしいのに、こっちは何年も前に別れたときからあった瘍痕だなどと誓言しているしまつじゃないの……しかも、それが偽証罪になって、わたしは刑務所へほうりこまれるかもしれないときているんだから。わたしを説きふせようたって、むだよ……だめ、だめ……ひとに親切にするのもことによるわよ……そりゃわたしもわかってるわ……あんたがお金をはらってくれたことはわかってるわよ。それも、大した金額じゃなかったけど……わかったわよ、聞いてはあげるけど、わたしはもう……いいわ、秘密にしてあげてもいいけど……ええ、なんと言ったの?……どのくらい?……それなら大したお金だわね。あんたがそんなにもっているかどうかも知らないし……そりゃそうね、そういうことなら、もちろん話はちがってくるわよ。あの事件とは何の関係もなかったと誓ってくれる?……そうね、あんたならそんなことはしないだろうとはわたしも思うわ。もちろん、それはわかっているわよ……あんたはときおり大勢の人のなかに出ていくし――自分はそのつもりではなくても、ついいきすぎをやることもあるけど、それはあんたが悪いんじゃない、というわけね……あんたはいつももっともらしいことを言うから……前からそうだったわよ……まあいいわ、わたしもよく考えてみるけど、すぐでなきゃだめよ……明日？　何時に？　ええ……ええ……そりゃ行くけど、小切手じゃだめよ。不払いにならないともかぎらないんだから……それにしても、いつまでもこんなことにまきこまれていていいものか、ほんとうは自分でも判断がつかないんだけど……わかったわよ。とにかく、あんたがそう言うのなら……べつにへそを曲げるつもりじゃなかったのよ。それじゃ、そういうことにして」

彼女は、にやにや笑いを浮かべて、郵便局を出ると、のたくるように舗道を歩いていった。

あれほどの額のお金のためなら、少々ぐらい警察といざこざを起こす危険をおかしてみるだけのねうちはある。あれだけのお金があれば、ちゃんとした生活にはいれもしよう。それに、ほんとうは大して危険があるわけでもない。忘れていたとか、想いだせなかったと、答えればすむことだ。つい一年前に起きたことだって、想いだせない女がいくらでもいるんだから。ハリイとほかの男とを混同していたとでも答えてやろう。言いのがれの言葉くらい、いくらでも想いつけるはずではないか。

ミセス・ライヴァルは生まれつき気の変わりやすいタイプだった。さっきまでめいりこんでいたのとは逆に、いまは彼女はすっかり上機嫌になっていた。あの金がはいったらまず何につかってやろうかと、本気で考えはじめた……

第二十七章

コリン・ラムの話

1

「きみは例のラムジイの細君から大して聞きだせなかったらしいね」とベック大佐は文句を言った。

「大して聞きだすこともなかったのです」

「その点はたしかかね？」

「たしかです」

「あの女は実際活動には加わっていないというわけか？」

「そうです」

ベックはわたしにさぐるような視線を向けた。

「完了したというわけか？」

「ほんとうはそうとは言えません」

「これ以上の成果を期待していたのか？」

「あれだけでは間隙がうまっていません」

「そうだな――他の方面に調査の手をのばす必要があろう……クレスントはあきらめることにするか？」

「そうですね」

「きみはいやに口数が少ないな。二日酔いか？」

「ぼくはこういう仕事には向きません」とわたしはのろのろと言った。

「わしに頭をなでてもらって、『よしよし、いい子だからな』とでも言ってもらいたいのか？」

わたしは思わずふきだした。

「それでいい」とベックは言った。「さて、そこで、何が原因なのだ？ どうせ女の問題だろうが」

わたしは首を振った。「しばらく前から感じていたことなのです」

「じつのところは、わしも気がついてはいたのだ」とベックは想いがけないことを言った。「近ごろは世界情勢も渾沌としてきている。以前のようには争点がはっきりしていない。失望に襲われだすと、立ち枯れになってしまう。壁の隙間から生えでた大きな茸をひっぱたくようなものだ！　そういう事情だとすれば、われわれにとってのきみの有用性は終わっている。きみは第一級の仕事をしてくれたよ。そう思って満足してくれ。本職の海藻の研究にでももどるのだなあ」

彼はちょっと言葉をきり、さらにこう言った。「きみはほんとうにあんなきたならしいものが好きなのかい？」

「ぼくはああいうものに情熱的な興味をそそられるのです」

「わしなら嫌悪を感じそうだがなあ。自然に見出されるすばらしい変形というわけか？　趣味の問題だね。例のきみの専売の殺人事件のほうはどうなった？　あの若い女が犯人にちがいないぞ」

「それはちがいますよ」とわたしは言った。

ベックは伯父さん流の訓戒するような態度でわたしに指を振った。

「わしの言っておくことはこれだけだ。〝警戒をおこたるな〟――ボーイ・スカウト流の意味で言っているのではないぞ」

わたしは深く考えに沈みながらチャリング・クロス・ロードを歩いていった。

地下鉄の駅で新聞を買った。

その記事によると、昨日ヴィクトリア駅で、ラッシュにもまれて倒れたものと思われ、病院へかつぎこまれた女があった。病院に搬びこんでみると刃物で刺されていることがわかった。その女は意識を回復しないまま息絶えた。

その女の名前はミセス・マーリナ・ライヴァルだった。

2

わたしはハードキャスルに電話をかけた。

「そうなのだ。新聞に出ているとおりだよ」と彼はわたしの問いに答えた。

彼の声はにがにがしい響きをおびていた。

「ぼくは一昨夜あの女に逢いにいったのだ。きみのあの傷痕の話には裏づけがないぞと言ってやった。傷痕の組織が比較的近年のものだったとね。奇妙なものだよ、そういう失策をやる場合が多いんだから。図にのってやり過ぎをやるわけだ。何者かがあの女に金をつかませて、あの死体は何年も前に姿をくらました自分の亭主だと、認めさせたにちがいない。

あの女の狂言のやりかたもうまいものだったよ！　ぼくはあいつの言うことを信じた。あとになって、あとで、何者にもせよその黒幕が少々頭のよさを発揮しすぎた。あとになって、あの些細な傷痕を想いだしたことにすれば相手を信じさせることができ、身元の確認がぴったりといく。すぐにあれをもちだしたのでは、少々口が軽すぎるという印象を与えるおそれがあると、考えたのだろう」

「すると、マーリナ・ライヴァルも事件に深入りしていたというわけか？」

「ところが、ぼくはその点に少々疑問を抱いているのだ。かりに前からの友人なり知人なりがあの女のところへやってきて、こう言うとする。『じつは、わたしはいま少々窮地におちいっている。商取り引きをしていた相手が殺されたのだ。警察がその男の正体を知ると、いままでのいっさいの取り引きが明るみに出ることになり、とんだ災難をこうむりそうなのだよ。そこでだね、あんたが出ていって、この男は十五年前にずらかった自分の亭主のハリイ・キャスルトンだと言ってくれれば、事件全体がたち消えになるのだがね』

「あの女なら、そんな話には乗りそうにないがね――危険すぎるからと言って」

「その場合は、相手はこう言うだろうよ。『そんな危険なんかたかがしれているじゃないか。最悪の場合でも、見間違いだったと言えばいいんだ。十五年もたっているのだから、見間違いということもある』と。たぶんそこのところで、飛びつきそうな金額の報酬の話ももちだしたろうよ。そこで、あの女も、それなら思いきってやってみるわ、ということになったろう」

「何の疑惑も抱かずにかい？」

「あの女は疑い深い人間ではなかったよ。それにね、コリン、われわれが殺人犯を捕えるたびに、そいつと長年つきあってきていながら、あの男がそんなことをしようとはぜんぜん信じられないと言う人間が出てくるんだぞ！」

「きみが逢いにいったときにはどういうことが起きたのだい？」

「ぼくはあの女にネジをまいてやったのだ。ぼくが帰っていったあとで、あの女はぼくの予想どおりの行動に出た——自分をこの事件にまきこんだ相手の男か女に連絡をつけようとした。もちろんぼくはあの女に尾行をつけておいたわけだ。あの女は郵便局へ行って、自動公衆電話で電話をかけた。残念なことには、それがぼくの予想していたあの通りのはずれにある電話ボックスではなかったのだよ。小銭に換えてもらう必要があったせいなのだ。電話ボックスから出てきたときには、あの女は満足そうな顔つきをしていた。その後も監視をつけていたのだが、関心をそそられるようなことは何事も起きないままに、あの日の夕方になった。あの女はヴィクトリア駅へ行き、クローディンまでの切符を買った。六時半だから、ラッシュ・アワーだ。あの女は警戒してはいなかった。クローディンで何者かと落ちあうつもりだったわけだ。ところが、その狡猾なやつのほうが一歩先んじた。人混みのなかでまぎれて相手の背後にしのびより、ナイフを突き刺すくらい、わけのない仕事はないのだ……本人も刺されたとは気がつきもしなかったろうと思う。たいていそういうものなのだから、レヴィティ集団強盗事件の際のバートンの場合をおぼえているかい？　パタリと倒れて息が絶えるまでに、一つの街筋のはずれからはずれまで歩いていた。ただ不意に鋭い痛みを感じるだけ——そのあとはべつに異常はないように思う。ところが、そうではないのだ。自分では気がつかないけれども、もう死んでいるわけだ」

彼は「畜生、畜生、畜生！」という言葉の連発で話をしめくくった。

「きみはもう——誰かの行動を調べたのだろうね？」

わたしはそう訊くしかなかった。訊かずにはおれなかったのだ。

彼はすぐに突き刺すような言いかたでこう答えた。

「ペブマーシュという女は、昨日ロンドンへ行っていた。何か学院関係の用事をすまし、七時四十分の汽車でクローディンへ帰ってきた」彼はそこでちょっと間をおいた。「それから、シェイラ・ウエッブは、ニューヨークへ渡る途中ロンドンに滞在している外国人作家と、原稿の照らしあわせをするために、タイプに打った原稿を持っていっていた。五時半ごろにリッツ・ホテルを出て、映画を観にいっている——一人でね——帰ってくる前に」

「じつはね、きみに聞かせておいてやることがあるんだよ」とわたしは言った。「ある目撃者から得た情報なのだ。九月九日の一時三十五分に、ウイルブラーム・クレスント、一九号の家の前に、洗濯屋の自動車が横づけになった。運転していた男が大きな洗濯ものの用の籠を家の裏口へ搬んでいった。それは洗濯もの用の籠にしてはとくに大きなものだった」

「洗濯屋？　何という洗濯屋だ？」

「スノーフレーク洗濯店。知っているかい？」

「いまのところ頭に浮かばん。しじゅう新しい洗濯屋ができるからね。洗濯屋にはありふれていそうな名前でもある」

「とにかく——調べてみるがいい。それを運転していたのは男だ——籠を家のなかへ搬びこんだのも男で——」

急にハードキャスルの声は疑わしそうな警戒の響きをおびてきた。

「コリン、それはきみのでっちあげじゃないのか？」

「ちがう。目撃者から得た情報だと言ったじゃないか。ディック、調べてみるがいい。さっそくとりかかることだ」

わたしは彼からそれ以上問いつめられないうちに電話をきった。

ボックスを出ると、時計を見た。わたしにはすることがたくさんあった——それに、そのあいだはハードキャスルの手のとどかないところにいたい気持ちもあった。自分の将来の生活のおぜんだてをする必要があったのだから。

第二十八章

コリン・ラムの話

1

わたしはそれから五日後の午後十一時に、クローディンに着いた。クラレンドン・ホテルに行き、部屋をきめて、寝床についた。前夜は疲れていたので、そのあくる朝は寝すごした。眼をさましたのは、十時に十五分前だった。

わたしはコーヒーとトーストと新聞を注文した。持ってきたのを見ると、わたし宛ての大きな角封筒が添えてあって、封筒の左側の上隅に〝直接手渡すこと〟とあった。

わたしは多少意外な気持ちで封筒を調べてみた。手紙がこようとは予想もしていなかったのだ。紙は分厚い高価なもので、上書きはきちんとした活字体で書かれていた。

わたしはひっくりかえしたり重みをはかってみたりしてから、やっと封をきった。なかには便箋が一枚はいっているだけだった。便箋には大きな文字で次のような言葉が書いてあった。

カーリュー・ホテル、十一時三十分

四一三号室

（三度ノックすること）

わたしは啞然としてその文字を見つめ、便箋を裏返してみたりした――いったいこれはどういう意味なのだ？

わたしは部屋の番号にも気がついた――四一三――置き時計と同じだ。偶然の一致か？　それともそうではないのか？　わたしはカーリュー・ホテルに電話してみようかと思った。ついで、ディック・ハードキャスルに電話してみようかと思った。結局どちらもしなかった。

だらけた気持ちも吹き飛んだ。わたしは立ちあがり、ひげを剃り、顔を洗い、服を着がえ、遊歩道をカーリュー・ホテルのほうへ歩いていって、指定の時間に着いた。

夏のシーズンはもう終わったといってよかった。ホテルにはあまり客もいなかった。わたしはフロントに尋ねたりなどしなかった。エレベーターで四階へ上がり、四一三号室のほうへ廊下を歩いていった。

わたしは一、二分その前に突っ立っていた。ついで、ばかみたいな気がしながらも、三度ノックした……

「おはいり」という声がした。

ノブをまわしてみると、ドアには鍵はかけてなかった。わたしはなかへはいったが、とたんに、はたと立ちどまった。

ぜんぜん思いもかけなかった人物が眼の前にいた。

エルキュール・ポアロが、眼の前に座りこんでいたのだ。彼はわたしににっこり笑いかけた。

「多少は驚いたろう？　だが、嬉しい驚きであってほしいものだよ」

「ポアロ、この古狸」とわたしはどなった。「あなたが、どうやってここへ来たのですか？」

「ダイムラーのリムジンに乗ってきたのだよ――快適だったね」

「それにしても、いったいここで何をしているのですか？」

「すこぶる困ったことになったのだよ。アパートの者がわたしの部屋も修理するといって、どうしてもきかないのだ。わたしの困惑を想像しておくれ。わたしに何ができよう？　どこへ行けばいいのだ？」

「行くところはいくらでもありますよ」とわたしは冷淡につきはなした。

「おそらくはね。だが、かかりつけの医者から、海辺の空気が健康にいいだろうとすすめられたのだ」

「患者の行きたがっている土地をさぐりだして、そこへ行けとすすめる、とりいり上手な医者の一人とみえますね！　これをよこしたのもあなただったのでしょう？」わたしはさっき受けとった手紙を振りまわした。

「当然ね――ほかに誰がある？」

「四一三という番号の部屋に泊まったのは偶然の一致なのですか？」

「偶然の一致ではない。わたしがとくに求めたのだ」

「なぜ？」

ポアロは頭をかしげ、わたしに眼で笑いかけた。

「いまの場合にふさわしそうに思えたからだよ」

「三度ノックせよ、というのは？」

「あれは誘惑に抗しきれなかったからだよ。ローズマリーの小枝も同封できたら、なおおもしろかったろうがね。指を切って、ドアに血で指紋をつけておこうかとも思ったのだ。だが、やり過ぎはけがのもと！　黴菌（ばいきん）でもはいるとたいへんだからね」

「どうやら子供にかえられた証拠らしいですね」とわたしは冷ややかな言葉をあびせた。

「午後になったら、風船や羊毛で作った兎でも買ってあげることにしましょう」

「どうやらきみはわたしの不意打ちをおもしろがっていないらしいね。わたしに逢ってもぜんぜん嬉しそうな顔も見せない」

「あなたはそれを期待していらしたのですか？」

「当然（ブルクオア・パ）だろう？　さて、ちょっとしたいたずらもやってのけたわけだし、まじめな話にかえるとしよう。わたしは手助けをしてあげたいと思っているのだ。ここの署長さんを訪ね、大いになつかしがってもらったわけだが、こう言っているうちにも、きみの友人ハードキャスル警部も来るはずなのだ」

「あの男に何を言うつもりなのですか」

「三人で話しあってみてはどうかという考えがわたしにはあったのだ」

　わたしは彼の顔を見やり、笑いだした。彼はそれを話しあいと呼ぼうと、ひとりでしゃべりまくるのは誰かわかっているのだから。

エルキュール・ポアロにきまっているのだ！

2

ハードキャッスル警部も到着した。紹介や挨拶も終わった。わたしたちはいまはうちとけて仲間同士のように腰を落ちつけていて、ディックは、さしあたり動物園で新来の珍獣を見まもっている人間そっくりの顔つきで、ときおりポアロのほうをぬすみ見ていた。きっとポアロのような男にでっくわしたのは生まれて初めてにちがいないのだ！

ついにお愛想も礼儀上の言葉も言いつくしたので、ハードキャッスルは咳ばらいを一つして、口をきった。

「ポアロさん、たぶんあなたは――事件に関するいっさいを、ご自分の眼で見たいとお望みなのでしょうね？」と彼は慎重にきりだした。「そういうことは簡単にはいかないのですが――」彼はそこでちょっと言いよどんだ。「署長からは、できるかぎりの便宜をはかるよう言われています。ですが、いろんな厄介なことが、何かと疑問や異論が起きかねないことは、理解しておいていただかねばなりません。それにしましても、とくにこの地へお出でくださったのですし——」

ポアロはしまいまで言わせず口をはさんだ——多少冷ややかな口調だったが。

「わたしが当地へまいったのは、ロンドンのわたしのアパートが改築を始めているからなのです」

わたしはゲラゲラ笑いだし、ポアロはとがめるような視線をわたしに向けた。

「ポアロさんには、現場を見にいったりする必要はないのだよ。安楽椅子に座りこんでいていっさいのことがやれるというのが、いつもの主張なのだからね。ですがね、ポアロさん、あれはそのとおりとは言えないでしょう？　でなければ、なぜここまで足をはこばれたのですか？」

ポアロは威厳をもって答えた。

「わたしは猟犬や警察犬みたいに、臭跡をたどってあちらこちら駆けまわる必要はないと述べたのだ。しかし、追跡するためには犬も必要だということは認めよう。獲物をくわえてくる者がね。その道の有能者が」

彼は警部のほうへ向きなおった。片手では満足そうな手つきで口髭をひねった。

「おことわりしておきますがね、わたしはイギリス人とはちがって、犬狂いではないのです。わたし個人としては、犬がいなくても暮らせます。けれども、あなた方の犬についての理想は受けいれますよ。人間は犬を愛し、犬に敬意を感じる。犬をあまやかし、自分の飼い犬の知性や聡明さを友人に自慢する。ところが、ご自分でも想像を働かせてごらんなさい、その逆もまた起こりうるのですよ！　犬も主人が好きなのだ。犬も主人をあまやかす！　犬も自分の主人を、その聡明さや知性を、自慢する。人間は、ほんとうは外出したくないときでも、犬が散歩を嬉しがるのを知っているから、元気を出して飼い犬を散歩に連れていくのと同じように、犬も主人のほしがるものを与えようと努力する。

このわたしの若い友人コリン君の場合もそうだったのです。彼はわたしに逢いにきたが、自分のかかえこんでいる問題について援助を求めるためではなかった。それは自分で解決できる自信をもっていたし、どうやら解決したらしいとわたしは推察しています。コリン君はわたしがすることがなく淋しそうなのを気にしていたから、興味を感じそうな問題をもってきて、わたしに考える材料を与えてやろうとしたわけです。彼はその問題でもってわたしに挑戦しました——わたしがしじゅう言っていたとおりのことをやってみろと——椅子に座りこんだまま、論理を追って問題を解決してみろと挑戦したわけですよ。その挑戦のうらには、多少の悪意は、罪のない程度の少しばかりの悪意は、ひそんでいたかもしれないと、わたしは想像しています。結局のところ、わたしの言うようなことは容易ではないことを、事実で証明したかったのだと言っていいでしょう。ところが(メ・ウィ)ね、わが友(モナミ)、あれは真実なのだよ！　きみにはわたしをあざ笑いたい気持ちがあった——多少はね！　わたしはきみを責めはしないよ。きみはまだエルキュール・ポアロという人間を知らなかっただけのことだ」

彼は胸を突きだし、口髭をひねった。

わたしは彼を見やり、親しみをこめてにやにや笑った。

「よろしい。それなら、ぼくらにあの問題の解答を提供してくださいよ——あなたが知っておられるのなら」

「もちろん、わたしは知っている！」

ハードキャスルは信じられないように彼の顔を見つめた。

「ウイルブラーム・クレスント一九号の家で殺されていた男の犯人を、ご存じだとおっしゃるのですか？」

「そのとおり」

「それから、エドナ・ブレント殺害犯も？」

「もちろんですよ」

「あの被害者の身元もご存じなのですか？」

「推測はついています」

ハードキャスルはすこぶる疑わしそうな表情を浮かべていたが、署長のことが頭にあるせいか、礼儀はまもっていた。それでも彼の声には懐疑がこもっていた。

「失礼ですがね、ポアロさん、あなたは三人の人間の殺害犯を知っていると言われるが、その動機もですか？」

「そうです」

「動かない事実をつかまれたというわけですか？」

「それは、ちがいます」

「つまり、直感的に悟っているだけだというわけですね」とわたしは無遠慮に言った。

「言葉のことできみにとやかく言うつもりはないがね、コリン君、わたしはただこう言っているだけなのだよ、知っている、と」

ハードキャスルは溜息をついた。

「ですがね、ポアロさん、わたしのほうは証拠が必要なのですよ」

「それは当然でしょうが、あれだけの利用できる機関を備えておられるのだから、証拠をつかむことも可能なはずだと思いますがね」

「わたしにはそんな自信はありませんよ」

「警部さん、まあそう言うものではありませんよ。知れば、ほんとうに知れば、それが第一歩になりませんか？　ほとんどの場合あなた方はそこから手をつけることができるのでしょう？」

「そうともかぎらないのですよ」とハードキャッスルは溜息とともに言った。「いまだって、刑務所にはいっていいはずの人間が街をうろついていますよ。連中もそれは知っているし、われわれも知っているのです」

「しかし、それはごくわずかなパーセンテージにすぎないのでは――」

わたしはそこで口をはさんだ。

「よろしい。あなたは知っておられる……そこで、ぼくらにも知らせてくださいよ！」

「どうやらきみはまだ疑念を抱いているらしい。だが、まず最初に次のような定義をくだしておこう。確信をもつとは、正しい解決に到達し、あらゆることがそれぞれの位置にぴたりとはまった場合のことをさすのである、と。それ以外の形では、物事が起こるはずがないことは、きみにもわかっているはずだ」

「頼むからそのさきを話してくださいよ！」とわたしは言った。「あなたの主張してこられた論点はすべて認めますよ」

ポアロはらくな姿勢に座りなおし、警部にも、身ぶりで、勝手にグラスについで飲んでくれるようにすすめた。

「さて、皆さん、明確に理解しておく必要のあることが一つあります。なんらかの問題を解決するためには、事実をつかまなければいけない。そのためには、犬が、獲物をくわえてくる者が、必要になる。断片を一つ一つくわえてきて――」

「主人の足もとに置いてくれる者がでしょう。その点はもう認めましたよ」とわたしは言った。

「椅子に座りこんでいて、新聞の報道を読むだけで、事件を解決しようとしても不可能です。事実は正確でなければいけないし、新聞記事が正確である場合は、あったにしても、しごく稀です。新聞が事件の起きたのは四時だと書いていても、実際は四時十五分だったり、誰かにエリザベスという姉妹があると書いていても、実際はそれはアレグザンドラという義理の姉妹だったりする。ところが、このコリン君の場合には、わたしは非凡な能力のある犬にめぐまれたわけです――その能力のおかげで、この青年はその職務にも成功してきたといってよろしいでしょう。この青年は以前から非凡な記憶力をもっていた。数日前にかわした会話でも暗誦して聞かせることができる。それも、正確にね――たいていの人間のやりがちな、自分の印象を基礎にして、言いかえて話すようなことはしないのです。だいたいこういうふうです――この青年なら、『十一時二十分に郵便が来た』とは言わないで、実際に起きたとおりに描写する。つまり、最初に玄関のドアにノックの音がし、誰かが手に手紙を持って部屋へはいってきた、というふうに。こうしたことがすこぶる重要なのです。わたしがその場にいたら聞いたにちがいないとおりに聞き、見たにちがいないことを見ている、というわけです」

「ただ、そのあわれな犬には、必要な推理ができなかっただけだというわけですか？」

「したがって、わたしは可能なかぎりの事実をつかんでいる――〝現場感覚をもっているというわけですよ。これはこの国の戦時中にはやった言葉なのでしょう？〝現場感覚をもたせる〟というふうに。コリンがあの事件を話してくれたときに、何よりもわたしの感銘をうけたのは、その高度に怪奇的な性質でした。いずれも正確な時間よりはほぼ一時間進んでいる四つの置き時計、しかもそれがその家の居住者の知らないうちに持ちこまれていたときている。少なくとも、その居住者はそう言っている。ただし、その陳述が入念に裏づけされないかぎりは、聞かされたとおりに信じることは禁物です。そうでしょう？」

「あなたの頭の働きかたはわたしのと同じですよ」とハードキャスルは同感の意を表した。

「床には男の死体が横たわっている――れっきとした人物らしい風采の年輩の男。その男が何者であるかは誰も知らない(ここでも、みんなはそう言っているという意味ですがね)。ポケットに、R・H・カリイ、デンヴァーズ通り、七。メトロポリス保険会社、と書いた名刺がある。デンヴァーズ通りなどという通りは存在していないし、カリイという名前の男も存在していないらしい。これは消極的な証拠ですが、証拠ではある。そこで、さきへ進むことにしましょう。表面上の事実によると、二時十分前ごろに、秘書引受所の電話が鳴り、ミス・ミリセント・ペブマーシュというひとから、ウイルブラーム・クレスント一九号に、三時に、速記タイピストを派遣してほしいと言ってくる。その電話はとくにミス・シェイラ・ウエッブの派遣を求める。ミス・ウエッブが派遣されて行く。彼女は三時数分前に着く。指示どおりに居間へはいってゆき、床の上に死体を発見し、悲鳴をあげてその家から飛びだす。彼女はある青年の胸にしがみつく」

ポアロはそこで言葉をきり、わたしの顔を見た。わたしは頭を下げた。

「物語の青年主人公登場」とわたしは言った。

「いまの言葉でもわかるように」とポアロは指摘した。「きみだって、その話をするときには、道化たメロドラマ的な言いかたをしないではおれない。事件全体がメロドラマ的であり、空想的であり、まったく非現実的だからなのだ。例えば、ギャリイ・グレグソンのような作家の書くものにでも起きそうな出来事だ。ここでちょっと言っておきますが、この若い友人があの事件の話をもってやってきたときには、わたしはここ六十年間のスリラー作家たちの歩みを調べていました。すこぶる興味をそそられましたよ。おかげで、現実の犯罪を小説の観点から見そうになるほどです。つまりですね、犬が吠えるはずのないときに吠えたのを耳にしたとすれば、わたしはこう呟く。〝ははあ！　シャーロック・ホームズ的犯罪だな！〟と。同じように、死体が密室のなかで発見された場合は、当然わたしは、〝ははあ！　ディクスン・カー的犯罪だな！〟と呟く。わたしの友人のミセス・オリヴァーという作家もいます。かりにわたしが――まあそんな話はもうよしましょう。わたしの言おうとしていることはおわかりでしょう？　そういうわけで、ありそうにもない、すこぶるとっぴな犯罪状況にでっくわすと、わたしたちはすぐにこう思う。〝この小説は現実に忠実ではない。こんなことはまったく非現実的だ〟ところが、困ったことには、いまの場合はそれがあてはまらない。そのほうが現実なのですからね。現実に起きたことなのだから。そこで、わたしたちは猛烈に考えこませられることになる。そうでしょう？」

ハードキャスルならそんなふうには表現しなかったろうが、その気持ちには全面的に同感だったとみえて、彼は勢いよくうなずいた。ポアロは言葉をついだ。

「いわば、チェスタートン説の逆ですよ。〝木の葉なら、どこへ隠すか？　森のなかへ。

小石なら、どこへ隠すか？　浜辺へ〝これは誇張であり、空想的であり、メロドラマ的ですよ！　わたしがチェスタートンをまねて〝中年女性なら、その色褪せた美をどこへ隠すか？〟と自問した場合、〝ほかの色褪せた中年の顔のなかへ〟とは答えません。絶対にね。中年女性はそれをお化粧の下に、ルージュやマスカラの下に、身にまとったすてきな毛皮や、首にまきつけたり、耳に下げたりしている、宝石類で隠しますよ。そこまではわかっていただけましたか？」

「そりゃ——」と警部はよくはわからなかったことを恥じたのか、あいまいな答えかたをした。

「なぜなれば、人はその毛皮や宝石、髪型(クワヒュール)や衣裳(オウト・クチュール)だけを眼にとめ、その女性そのものの実体をぜんぜん観察しようとしないからですよ！　だから、わたしはこう呟く——コリン君にも言いましたがね——この殺人事件は、数多くの奇怪な飾りものでひとの眼をそらそうとしているところを見ると、実際はすこぶる単純な事件に相違ない、と。そうだったろう？」

「たしかにね」とわたしは答えた。「しかし、ぼくは依然としてあなたの説が正しいとは納得できないのですがね」

「いまに納得できるよ。そこで、わたしたちはこの犯罪の飾りものを剝ぎすて、本質的な事実にせまってゆく。一人の男が殺されていた。なぜ殺されたのか？　その男は何者なのか？　第一の疑問への解答は、明らかに第二の疑問への解答に左右される。これらの二つの疑問の正しい解答が出るまでは、おそらく捜査を進行させることが不可能でしょう。あの男は恐喝者でもありうるし、あるいはまた詐欺師でも、細君に憎まれるなり危険視されるなりしていた亭主でも、ありうるでしょう。そんなふうにいろいろに想像できるわけです。聞けば聞くほど、誰もが、あの男はごく普通の、裕福で、社会的地位もある年輩の人間のように見えたという点で、意見が一致しているようです。そこで、わたしはふとこんなふうに考えてみる。〝お前はこれは単純な犯罪に相違ないと言っているではないか。それなら、そうとしてみよう。あの男も外見どおりの人間だとしよう——裕福で、れっきとした身分の年輩の男だと〟」彼は警部の顔を見た。「わかりますか？」

「そうですね」——と警部はまたあいまいな答えかたをしただけで、批評は避けた。

「そこで、普通の感じのいい年輩の男がいて、何者かがその男を亡きものにする必要を感じたとする。その何者かはどういう人間であろうか？　こうしてわたしたちはやっと多少は範囲をせばめることができる。この方面についての知識ももっている——ミス・ペブマーシュやその習慣のこと、カヴェンディッシュ秘書引受所のこと、シェイラ・ウエッブというそこに勤めている若い女性のこと。そこで、わたしはコリン君にこう言う。〝隣人たちだよ。隣人たちと話をしてみたまえ。隣人たちのことをさぐりだすのだ。彼らの過去を。だが、何よりも話しあってみることだ〟と。なぜなら、こちらの問いへの答えがえられるだけではない——何かと世間話をしているうちには、いろんなことが飛びだしてくるものなのだから。自分の身に危険が及ぶおそれのあるような話題の場合は、人は警戒するが、世間話になると同時に気がゆるみ、真実を語る気やすさに身をまかせたくなる。うそをつくよりもそのほうがずっとしゃべりやすいですからね。したがって、本人は気がつかないが、大きく事態を左右しそうな、ちょっとした事実をもらすことになる」

「その説明はすばらしいが、残念ながら、今度の事件ではそういうことは起きませんでしたよ」とわたしは言った。

「ところがね、わが友（モン・シエル）、起きたのだよ。はかりしれないほどの重要性をおびた、ちょっとした言葉が飛びだしている」

「なんですって？　誰の話に？　いつですか？」とわたしはつめよった。

「話には順序というものがあるのだよ、わが友（モン・シエル）」

「ポアロさん、どうかさっき言いかかっていらしたことの続きを」と警部が丁寧な言葉でポアロをもとの話題にひきもどした。

「一九号の家のまわりに円を描くとすると、その範囲内の者は、一人残らずカリイ氏を殺せる可能性をもっていたわけです。ミセス・ヘミング、ブランド夫婦、マクノートン夫婦、ミス・ウォーターハウス。しかし、それよりもなお重要なのは、すでに現場にいた人間がいることとです。ミス・ペブマーシュは、一時三十五分ごろに外出する前に、被害者を殺害できたはずですし、ミス・ウエッブも、あの家でおちあうように被害者とうちあわせておき、殺害してから家を飛びだして、叫びたてることができたはずです」

「ああ、どうやら当面の問題に近づいてきましたね」と警部は言った。

「それから、もちろん」とポアロは言って、くるりとふりむいた。「コリン君、きみもだ。きみも現場にいた。小さな数の番号の家しかないあたりで、大きな数の番号の家をさがしていた」

「ばかげたことを」とわたしは憤然としてくってかかった。「この次には何を言いだすつもりですか」

「わたしかね、わたしは何でも言う！」とポアロは大みえをきった。

「ところが、あなたの膝に何もかもほうりこんであげたのは、このわたしじゃありませんか！」

「殺人犯にはうぬぼれやが多いのだ」とポアロは指摘した。「おまけに、きみはおもしろがっていたのかもしれないという点もある——そんなふうにしてわたしをからかってみるのをね」

「あなたの口にかかったら、こちらまで信じさせられそうだ」とわたしは言った。

わたしは落ちつかない気持ちにされかかっていた。

ポアロはハードキャスル警部のほうへ向きなおった。

「この事件には単純な犯罪がひそんでいるに相違ないと、わたしは自分に言い聞かせる。理屈に合わない置き時計の存在、時計を一時間進めていたこと、見えすいた策略で死体を発見させる手はずをととのえておいたこと、そうしたことのすべては、いまのところ横へ押しやっておかねばいけない。それらのことは、あなたの国の不滅の傑作『アリス』のなかに書かれているとおりの〝靴や船や封蠟やキャベツの王様〟みたいなものであろう。かんじんな点は、一人のありふれた、中老の男が死んでおり、何者かがその男の死を望んでいた、という事実なのだ。その死者が何者であるかがわかれば、犯人への手がかりがつかめることになる。その死者が有名な恐喝者だった場合は、恐喝されそうな人間をさがさなければいけない。探偵だった場合は、犯罪的な秘密をもっている人間をさがすことになる。資産家の場合は、遺産をもらえるはずの者たちを調べることになる。しかし、被害者が何者であるかがわからない場合は——その場合には、いっそう困難な仕事にはなるが、周囲の者たちのなかから、殺害する理由をもっている人間をさがすしかない。

一応ミス・ペブマーシュとシェイラ・ウエッブを別にすれば、外見とはちがった人間である可能性のあるのは誰か？　それに対する答えは失望ものでしたよ。ラムジイ氏を除けば——この人は外見とはちがった人物だったらしいのだが？」ここでポアロはわたしに尋ねるような視線を向け、わたしはうなずいた。「誰もがありのままの人たちでした。ブランドはこの土地の有名な建設業者だし、マクノートンはケンブリッジで講座をもっていた人だし、ミセス・ヘミングはこの土地の競売人の未亡人だし、ウォーターハウス兄妹は古くからいるれっきとした身分の居住者です。そこで、わたしたちはカリイ氏に帰ってゆく。あの男はいったいどこから来たのか？　どういう理由でウイルブラーム・クレスント、一九号の家を訪れることになったのか？　ここで、隣人の一人のミセス・ヘミングのきわめて貴重な言葉が浮かんでくる。被害者が一九号に住んでいた者ではないと聞かされたとき、彼女はこう言っている。〝まあ、そうですの。殺されにきたわけですね。なんて奇妙な〟この女性は自分の考えだけに頭を奪われていて、ひとの言っていることには注意をはらおうともしない人間に多い、問題の核心に到達する天性の才能を備えていたわけです。この女性はこの犯罪の全貌を要約してくれている。カリイ氏はウイルブラーム一九号の家に殺されにきた。この事件はこの言葉どおりの単純なものだったのです！」

「あのとき、ぼくもミセス・ヘミングのその言葉には感銘をうけましたよ」とわたしは言った。

ポアロはわたしの言うことなんか問題にもしなかった。

「〝ディリイ、ディリイ、ディリイ――殺されにおいで〟カリイ氏はやってきた――彼は殺された。だが、それだけでは問題は片づかなかった。身元が判明しないようにすることが必要だった。あの男は財布も、証明書も、身につけていなかったし、服の洋服屋の商標も剝ぎとってあった。だが、それだけではじゅうぶんではないはずです。保険代理人、カリイ、という印刷した名刺も一時的な手段にすぎなかった。あの男の身元を永久に隠そうとする場合には、にせの身元を与えるしかない。したがって、早晩誰かが出頭して、あの男の身元を確認するだろうし、それがにせの身元を与える方法に相違ないとわたしは考えた。兄弟か、姉妹か、細君がね。出頭してきたのは細君だった。ミセス・ライヴァル――あの名前だけからでも疑惑をそそられてもよかったはずですよ。サマセットにある村がある――わたしはその近くの友人の家に滞在していたことがあるのです——カリイ・ライヴァルという村がね——なぜその二つの名前が頭に浮かんだのかも気がつかずに、無意識的に選んだ名前でしょう。ミスター・カリイ——ミセス・ライヴァル。

そこまでのところはこの計画は明白ですが、わたしが頭を悩ましたのは、なぜ犯人は、実際の身元が判明するはずがないと確信していたのか、という点です。あの男には一人の家族もなかったとしても、少なくとも家主なり、召使いなり、商取り引きの仲間なりがいるはずです。そこからわたしは次の推定に導かれました——あの男は行方不明者とは見なされていいなかったのだ。さらに推定をかさねると、あの男はイギリス人ではなくて、この国を訪れていたにすぎない、ということになります。そう考えれば、歯の治療をうけていたにかかわらず、この国の歯科医の診療簿に載っていないという事実とも一致するはずです。

わたしの頭には、被害者についても、殺人犯についても、漠然とした観念が浮かんできました。だが、それだけのことだったのです。この犯罪はたくみに計画され、知能的に実行されていますからね——ところが、そのときになって、どんな殺人犯にも予想できなかったに相違ないような、まったくの不運な出来事が起きてくれました」

「それは何だったのですか？」とハードキャスルは訊いた。

想いがけなく、ポアロは頭をそらし、次のような文句を派手に暗誦して聞かせた。

一本の釘が抜けたために蹄鉄がはずれ
蹄鉄がはずれたために馬がだめになり
馬がだめになったために戦争に負け
戦争に負けたために王国がほろびたが
それもみな蹄鉄の一本の釘が抜けたため

彼は身体をのりだした。

「カリイ氏を殺せたはずの人間は幾人もいます。けれども、エドナという娘を殺せたはずの、でなければ、殺すだけの理由をもっていたはずの、人間は、一人しかいません」

わたしたちはどちらも啞然として彼を見つめた。

「カヴェンディッシュ秘書引受所について考えてみましょう。あそこには八人の若い女性が勤めています。九月九日には、そのうちの四人はかなり離れたところに派遣されていて、事務所にはいませんでした――つまり、それぞれの行ったさきで昼食を提供されたわけです。この四人は通常は十二時半から一時半までに最初の昼休みをとっていました。残りの四人、シェイラ・ウエッブとエドナ・ブレント、それからジャネットとモーリーンという二人の娘は、一時半から二時半までの次の昼休みをとっていました。ところが、その日には、エドナ・ブレントは事務所を出るとまもなく事故を起こした。通りの格子蓋に靴をひっかけ、ヒールがはずれたわけです。それでは歩こうにも歩けません。そこで彼女はパンを買って事務所へ引きかえした」

ポアロは強調するようにわたしたちに向かって指を振った。

「わたしたちはエドナ・ブレントが何か心配ごとをかかえていたと聞かされていた。彼女は事務所以外のところでシェイラ・ウエッブに逢おうとしたが、うまくいかなかった。その心配ごとというのは、シェイラ・ウエッブに関係したことであろうと推定されていたが、その証拠は何ひとつとしてありません。エドナ・ブレントは、自分の当惑している問題について、シェイラ・ウエッブに相談したかっただけのことかもしれませんが——いずれにしても、次の点だけは明白でした。彼女は事務所とは離れたところでシェイラ・ウエッブと話をしたかったのです。

あの娘が何を苦にしていたかという点については、検屍審問廷で巡査に話した言葉だけが手がかりになっている。〝あの女のひとの述べたとおりだったとは、あれがほんとうだったとは、どうも思えないのです〟だいたいそういったことを口走っていました。

あの朝、証言をした女性は三人でした。エドナはミス・ペブマーシュのことを言っていたのだと考えられないことはない。あるいはまた、一般に推定されているように、シェイラ・ウエッブのことを言っていたのだとも考えられる。しかし、第三の可能性もあるのです——ミス・マーティンデールのことを言っていたのかもしれないという」

「ミス・マーティンデールですって？　しかし、あのひとの証言はわずか数分だったのですよ」

「そのとおり。その証言の内容は、ミス・ペブマーシュからかかってきたことになっている、電話に関するものでした」

「すると、エドナは、あの電話がミス・ペブマーシュからかかってきたのではないと、知っていたとおっしゃるのですか？」

「わたしはもっと単純なことなのだと思っていますよ。あの電話はぜんぜんかかってきていなかったのだと言おうとしているのです」

ポアロは言葉をついだ。

「エドナの靴のヒールがはずれた。問題の格子蓋は事務所のすぐそばにあったのです。彼女は事務所へ引きかえしてきた。ところが、ミス・マーティンデールは、私室にいたために、エドナが引きかえしてきているとは知らなかった。彼女の知っているかぎりでは、事務所には自分一人しかいないはずでした。したがって、一時四十九分に電話がかかってきたと、自分が言えばすむわけです。エドナは、最初のうちは、自分の知っている事実のもつ意味を悟っていない。シェイラはミス・マーティンデールに呼ばれて、とりきめられていた仕事に出かけるように命じられる。そのとりきめが、いつ、どういうふうにして、行なわれたものであるかは、エドナは聞かされていない。殺人事件の報道が伝わり、その間の事情が少しずつ明白になってゆく。ミス・ペブマーシュが電話をかけて、シェイラ・ウエッブの派遣を求めたことになっている。ところが、本人は電話をかけたのは自分ではないと言っている。その電話は二時十分前にかかってきたことになっている。だが、エドナはそんな事実はありえないことを知っている。その時刻ごろには、どんな電話もかかってはこなかった。ミス・マーティンデールが間違えたに相違ない――だが、ミス・マーティンデールは間違いをおかすようなひとではない。エドナは、考えれば考えるほど、わけがわからなくなってくる。シェイラに相談してみなきゃいけない。シェイラなら判断してくれるだろうから。

そのうちに検屍審問の日がやってくる。事務所の者たちは全部傍聴に行く。ミス・マーティンデールは問題の電話についての話を繰りかえし、そのときに、エドナは、時間についてもきっぱりとした答えかたをしているミス・マーティンデールの明確な証言が、実際は偽りだと、はっきりと悟る。そのときでしょう、彼女が警部さんに話したいことがあるのだがと巡査に言ったのは。おそらく、ミス・マーティンデールも傍聴者の群れにまじってコーンマーケットを出かかっていて、エドナがそう言っているのを耳にしたのでしょう。そのころにはミス・マーティンデールも、ほかの者たちが、その奥にふくまれている意味は知らないで、靴のヒール事件のことでエドナをからかっているのを、聞いていたはずです。いずれにせよ、彼女はウイルブラーム・クレスントまでエドナのあとをつけていった。なぜエドナはあんなところへ行ったのか、ちょっと不思議ですがね」

「ただ事件の起きた場所を眺めたかっただけでしょうよ」とハードキャスルは溜息とともに言った。「みんなそうですからね」

「さよう、たしかにそうのようですね。おそらく、ミス・マーティンデールはそこでエドナに話しかけ、いっしょに歩いてゆくうちに、エドナは自分の抱いていた疑問をぶちまけてしまう。ミス・マーティンデールは敏速に行動する。二人は電話ボックスのすぐそばに来ている。彼女はこう言う。〝これはたいへん重要なことだわ。あなたはすぐに警察に電話しなさい。警察の電話番号はこれこれよ。電話して、これから二人でうかがうと言うのです〟命令されたとおりにするのがエドナの第二の天性になっている。彼女はボックスにはいっていって、受話器をはずし、ミス・マーティンデールはそのうしろからはいってきて、エドナが首に巻いていたスカーフを引っぱり、締め殺す」

「それでいて、誰もそれを見ていなかったのですか？」

ポアロは肩をすくめた。

「目撃した者があってもよかったはずなのだが、実際は誰も見ていなかった！　一時まぢかの時刻だったのですからね。昼食の時間です。おまけに、クレスントにいた者たちは、一九号の家を見つめていたときときている。その機会を、大胆で、躊躇を知らない女が利用したというわけです」

ハードキャスルは疑わしそうに頭を振っていた。

「ミス・マーティンデールがねえ？　あのひとが事件に関係している可能性があるとは、どうにも考えられないのですがね」

「そうでしょう。誰でも最初のうちはそうは考えられませんよ。しかし、エドナを殺害したのは疑いもなくミス・マーティンデールであるとなると――その点には疑問の余地はありませんよ――エドナを殺せたはずの人間はあの女だけですからね。そうとすると、あの女は最初の事件の関係者でもあると考えるしかない。わたしはね、ミス・マーティンデールという女性に、今度の犯罪のマクベス夫人を、無慈悲で、想像力の欠けた女を、感じているのですよ」

「想像力の欠けた？」とハードキャスルは不審そうに訊きかえした。

「そうですとも、ぜんぜん想像力がない。非常に有能でもあり、頭のいい計画者でもありますがね」

「しかし、理由は？　動機は何なのですか？」

エルキュール・ポアロはわたしのほうを向き、とがめるように指を振った。

「どうやら隣人たちとの会話もきみには何の役にもたたなかったとみえるね？　わたしはすこぶる啓発的な言葉を見つけたがね。おぼえているかね、外国で暮らす話が出たときに、ミセス・ブランドが、いいかい、この土地には姉もいるから、いいかい、クローディンで暮らすほうが好きだ、と言ったのを？　ところが、ミセス・ブランドには姉なんかいないはずになっていたのだよ。あのひとは、一族のうちのただ一人の生存者だというわけで、一年前にカナダの大伯父の残した大きな財産を相続したのだからね」

ハードキャスルはさっと座りなおした。

「するとあなたは――」

ポアロは椅子によりかかり、両手の指さきを合わせた。彼は半ば眼を閉じ、夢みるように語った。

「かりに一人の男が、しごくありふれた、あまり良心的ではない男が、財政上の危機に当面していたとする。ある日、弁護士事務所から手紙がきて、あなたの奥さんはカナダの大伯父の大きな資産を相続されることになったとしらされる。その手紙はミセス・ブランド宛てになってはいるが、ただ一つの障害は、いまのミセス・ブランドは——最初の細君ではなくて——後妻だという点なのだ。想像してもみたまえ——そのときの残念さを！　腹だたしさを！　そのとき、ある考えが浮かんでくる。その手紙が別人のミセス・ブランドに宛てたものだということは、誰にもわかるはずがないではないか。クローディンの人間で、ブランドが以前結婚していたことを知っている者は一人もない。あの男の最初の結婚は戦争中に海外にいたときのことだったのです。おそらく最初の細君は結婚後まもなく死亡し、ブランドはその後すぐに再婚したのでしょう。あの男は最初の時の結婚証明書もいろんな家族関係の書類も、いまは亡くなっているカナダの親戚の写真も、手もとにもっている——ことはすらすらとはこびそうでもある。いずれにしても、冒険してみるだけのねうちはある。二人は冒険してみることにし、それが成功する。法律上の手続きも完了する。こうして、ブランド夫婦は財政上の困難を切りぬけ、裕福な身分になる——

そこへ——それから一年後に——何事かが起きる。何が起きたか？　わたしの想像では、カナダの誰かがこの国を訪れることになったのだと思う。しかも、替えだまでは欺けないほどブランドの最初の細君をよく知っている人間がね。その男は、先妻の一族の頼みつけの弁護士事務所でも先輩格の人間か、その一家の親しい友人だったのかもしれないが――いずれにしても、その男は見抜くに相違ない。たぶんあの夫婦は顔を合わせないようにする方法も何かと考えたろう。細君が病気していることにしてもいいし、国外旅行に出ることもできるが――その種の手段を用いたのでは、疑惑をそそるだけの結果になるに相違ない。訪問者はわざわざ逢いにきた女性にひと目でも逢うことを主張するだろうし――」

「そこで――殺してしまうことに？」

「そのとおり。そこのところで、ブランドの細君の姉が指導的な役割を演じたのではないかと、わたしは想像しているわけです。その姉が頭をしぼって、いっさいの計画をたてたのであろうと」

「ミス・マーティンデールとミセス・ブランドとは姉妹だとみておられるわけですね」

「そう考える以外には理屈が合いませんよ」

「ミセス・ブランドに逢ったとき、これは誰かを想いださせられる顔だという感じは、わたしも抱きましたよ」とハードキャスルが言った。「あの二人はタイプがぜんぜんちがう――それは事実だが――似たところもあります。それにしても、そんなことをしても罪をまぬがれると考えるなんて、へんではありませんか？　その男が行方不明になったことがわかるに相違ないし、調査が開始されれば――」

「その男が海外旅行をしていたのだとすると――おそらく用件をおびてではなく、遊覧旅行でしょうから――旅行日程が漠然としたものだったにちがいありませんよ。手紙なり、絵葉書なりが、ちがった土地からくるというふうで、消息が絶えたのを不思議がるまでにはかなり日数があるはずです。騒ぎだしたころには、すでにハリイ・キャスルトンとして身元が確認され、埋葬された男と、このあたりではぜんぜん見かけたことさえない、カナダの金持ちの旅行者とを、結びつけて考える者なんか、誰がありますか？　わたしが犯人だったら、フランスかベルギーへこっそり日帰り旅行に出かけて、被害者のパスポートを汽車か電車のなかに棄てておき、調査が別の国から始まるようにしむけるでしょうよ」

わたしは思わず身体を動かしたので、ポアロはわたしのほうをふりむいた。

「何だね？」

「ブランドは最近ブーローニュへ日帰り旅行をしたと話していましたよ――ブロンドの女といっしょだったらしいが――」

「そうだと、きわめて自然にやれることにもなる。きっとあの男はしじゅうそういう遊びをやっているのだろうしね」とハードキャスルが異論をとなえた。

「まだすべては推測のいきを出ていませんよ」とポアロは答えた。

「しかし、調査はできるはずです」

彼は眼の前の棚からホテルの便箋を一枚とりだし、ハードキャスルに渡した。

「S・W・七、エニズモア・ガーデンズ、一〇、のエンダビイという人に手紙を出してごらんなさい。わたしのために、カナダでのある種の調査をしてくれる約束になっているのですから。有名な国際的な弁護士なのです」

「例の置き時計の件はどうなのですか？」

「ああ！　あの置き時計。あの問題の置き時計ねえ！」ポアロはにやりとした。「あれはミス・マーティンデールのしわざだということが判明すると思いますよ。すでに述べたようにこの犯罪は単純な犯罪だったのだから、怪奇な犯罪であるかのように偽装をこらしたわけですよ。シェイラ・ウエッブが修理に出すつもりで持ちだした、例のローズマリーと書いてある置き時計。あれはシェイラが秘書引受所で紛失したのです。ミス・マーティンデールがそれをしまっておいて、ああいう筋道の通らない狂言の基礎にしたわけですが、シェイラを死体を発見させる人間に選んだのも、一つにはあの置き時計のことがあったからでしょう——」

ハードキャスルがいきなり口をはさんだ。

「それに、あなたはあの女を想像力に欠けているとおっしゃるのですか？　あれだけの計画を考えだしているのに？」

「ところが、あれはあの女の考えだした計画ではなかったのです。そこがすこぶる興味のある点なのですよ。あれはすでにあったものなのです——あの女を待ちうけていたようなものでしてね。わたしは最初からこの犯罪はある型（パターン）にはまっていると見破りました よ——わたしの知っている型（パターン）にね。つい最近そういう型の犯罪小説をいくつか読んでなじみになっていたのです。その点すこぶる幸運だったわけです。コリンにお聞きになればわかりますが、わたしは今週作家のギャリイ・グレグソンの原稿の競売に行ってみたのです。売りに出ていたもののうちには、ギャリイ・グレグソンの原稿もありました。どうせだめだろうと思っていたのに、運よくわたしの手にはいりました。これですよ、これ——」手品師のような手つきで、彼は二冊の安っぽいノートブックをさっとデスクの引き出しから取りだした。「これにすべてが書いてあるのです！　グレグソンがひかえていた小説のプロットのなかにね。彼はその小説はついに書かずじまいで亡くなったのですが——ミス・マーティンデールは、グレグソンの秘書をしていたおかげで、そのプロットのことはすみずみまで知っていたのです。だから、自分の目的に合うように、それをまるごと剽窃（ひょうせつ）したにすぎなかったというわけですよ」

「しかし、元来は置き時計が何かの意味をもったものだったにちがいないと思いますがね、グレグソンのプロットでは」

「それはそうです。そのプロットのなかでは、三つの置き時計がそれぞれ、五時一分、五時四分、五時七分をさしていることになっていました。それは五一五四五七という、金庫の組み合わせ数字だったわけです。金庫は複製のモナ・リザの絵の背後に隠してありました。金庫のなかにはね」ポアロはいやらしそうな口調で言葉をついだ。「ロシアの皇族の戴冠式用の宝石類がしまいこんであったというわけです。くだらない話（アン・タ・ド・ベティス）ですよ！　もちろん、物語の筋も似たようなものでした――迫害されている若い女性も出てくるしね。たしかにマーティンデールにとっては便利なものでしたよ。自分の周囲の人物を選び、あてはまるように物語の筋を書きかえるだけでよかったのですからね。あんな派手くるしい見せかけの手がかりをたどっていったとしたら――どこへ行きつくか？　行きつくところなし、ときている！　たしかに有能な女ですよ。なんだか気になりますね――グレグソンはあの女に遺産を残したのでしょう？　あの男は何が原因で、どういう死にかたをしたのか、ちょっと気になりますねえ」

ハードキャスルは過去の事件などには関心を示そうともしなかった。彼は問題のノートブックをかき集め、わたしの手からさっきのホテルの便箋を取りあげた。わたしは、この二分間ばかりというもの、吸いつけられたようにその便箋を見つめていたのだった。ハードキャスルは、便箋を向けかえる手数をはぶいて、エンダビイの住所を走り書きしていた。ホテルのアドレスは、さかさまになって、左下隅にきていた。

その便箋を見つめているうちに、わたしは自分がいかにおろかだったかを悟った。

「それでは、ポアロさん、何かとありがとうございました」とハードキャスルは言った。「あなたのお話には、われわれも大いに考えさせられる点があったことはたしかです。それがどういう成果を生むかは——」

「わたしが多少なりとお役にたったのであれば、大いに嬉しく思います」

ポアロは謙遜したような態度を演じていた。

「いずれいろんな点を調査し確認する必要がありましょうが——」

「当然ですよ——当然です——」

別れの挨拶がかわされた。ハードキャスルは出ていった。

ポアロはわたしのほうへ注意を向けた。彼の眉がつりあがった。

「おや（エ・ビアン）——失礼だが、なぜそうふさぎこんでいるのだね——幽霊でも見たような顔つきをしているぞ」

「ぼくは自分のおろかさを悟らされたのですよ」

「ははあ。だがね、そんなことはたいていの人間が味わわされることなのだよ」

だが、おそらくポアロだけは例外だろう！　わたしは彼をやっつけてやる必要を感じた。

「一つだけお訊きしたいことがあるのですがね。自分で言っておられるとおりに、ロンドンのお宅の椅子に座りこんだままで、何でもやってのけられるのでしたら、ぼくやディック・ハードキャスルをそちらへ呼び寄せることもできたはずなのに、なぜ――いったいなぜ、こんなところまでやってきたりなさったのですか？」

「さっきも話したように、アパートの持ち主がわたしのいる部屋を修理しているからだよ」

「それなら、別の部屋を貸してくれたはずですよ。でなければ、リッツ・ホテルに滞在することになさってもよかったはずです。そのほうが、カーリュー・ホテルなんかにいるよりも、ずっと居心地がいいでしょうね」

「たしかにね」とエルキュール・ポアロは言った。「ここのコーヒーときたら。まったく（モン・デュー）、ここのコーヒーときたら！」

「それなら、なぜですか？」

エルキュール・ポアロはかんしゃくを起こした。

「よろしい。それくらいなことが推測できないほどきみが間抜けなら、しかたがない、話してやろう。わたしだって人間だろう？　わたしは必要とあれば機械にもなれる。椅子によりかかって考えることもできる。そんなふうにして問題を解決することもできる。だが、わたしだって人間なのだよ。それに、いろんな問題は人間に関係してもいる」

「それで？」

「その説明はさっきの殺人事件が単純だったように単純なのだ。わたしは人間的な好奇心からやってきたのだよ」とエルキュール・ポアロはなんとか威厳をつくろって言った。

第二十九章

わたしはもう一度ウイルブラーム・クレスントへやってきて、西のほうへ歩いていた。わたしは一九号の門の前に足を止めた。今度は悲鳴をあげながら家を飛びだしてくる者もなさそうだった。家は整然としていて、平和に満ちていた。

わたしは玄関へ行って、ベルを鳴らした。

ミス・ミリセント・ペブマーシュがドアを開けてくれた。

「コリン・ラムです。ちょっとお話ししたいことがあるのですが」

「どうぞおはいりください」

彼女はわたしを居間へ案内した。

「ラムさんはこのあたりでずいぶん時間を費やしておられるようですね。わたしの聞いているところでは、この土地の警察には関係のない方だとか――」

「あなたのお聞きになっているとおりです。ほんとうは、最初の日にぼくに話しかけられたときから、あなたはぼくが何者かはご存じだったと思います」

「それはどういう意味なのか、わかりかねますが」

「ペブマーシュさん、ぼくはとんでもない間抜けでしたよ。ぼくがこのあたりへやってきたのは、あなたをさがしだすためだったのです。ここへ来た最初の日に、あなたを見つけもした——それでいて、あなたをさがしあてたとは気がつかなかったのです！」

「たぶん殺人事件に気をとられておられたからでしょう」

「おっしゃるとおりです。ぼくはまたある紙片をさかさまに見るというおろかさもおかしました」

「そういうことをおっしゃるご要点は？」

「すべてはばれたということを、お告げするためだけですよ。ぼくは計画の行なわれた本拠をつきとめました。必要と思われる記録やメモは点字によるマイクロ・ドット方式であなたの手もとに保存されている。ラーキンがポートルベリーで得た情報はあなたに伝達されていた。ついでその情報はお宅から目的地へラムジイを通じて送られていた。ラムジイは、必要な場合には、夜間に庭を通ってお宅へ来ていた。あの男はある日お宅の庭にチェコの銅貨を落とした——」

「あの男としては不注意なことをしたものですね」

「誰しもときおりは不注意なことをするものですよ。あなたの偽装は完璧に近いですね。あなたは眼が見えないし、身体障害児のための教育施設に勤めておられるし、自宅に点字の教科書を置いておられても、しごく当然なこととしか思われない——あなたは非凡な知性と個性を備えた女性でもある。あなたを動かしている原動力が何なのかぼくは知りませんが——」

「なんなら、主義に身を捧げた人間とでもしておきましょう」

「ぼくもそういうふうなのかもしれないと想像していましたよ」

「なぜあなたはそんなことをわたしに話して聞かせるのですか？　異例なような気がします」

わたしは時計を見た。

「ペブマーシュさん。二時間余裕があるのですよ。二時間たてば、情報部の者たちがここへ来て、いっさいの処理を——」

「どうもあなたという人がわかりません。なぜ仲間の人たちよりも先に来て、わたしに警告とも思われるようなことを——」

「まさに警告なのです。わたしは自分でここへやってきて、仲間の者たちが着くまでとどまり、監視することになっています。この家から何ひとつ外へ出さないように——ただ一つの例外を除けば、その例外はあなたご自身です。立ち去る気になれば、二時間は先んじられますよ」

「ですが、なぜ？　なぜですの？」

わたしはゆっくりとこう言った。

「もしかすると、ぼくはまもなくあなたの娘婿になるかもしれないからです……ぜんぜんぼくの見当ちがいかもしれませんが」

沈黙が起きた。ミリセント・ペブマーシュは立ちあがり、窓のほうへ行った。わたしは彼女から眼をはなさなかった。わたしはミリセント・ペブマーシュについては何の幻想も抱いてはいなかった。彼女は盲目だが、眼の見えない女でもこちらの油断につけこむことはできるのだから。彼女の場合は、機会を見て、わたしの背筋に自動拳銃をつきつけようと思えば、眼が見えないこともハンディキャップにはならないに相違ない。

彼女は静かにこう言った。

「あなたの見当ちがいかどうかは、わたしの口からは言わないことにしましょう。あなたは何から——そう考えておられるのですか？」

「目ですよ」

「ですが、わたしたちは性格は同じではありません」

「ちがっていますね」

彼女は挑戦するような態度でこう言った。

「わたしはあの子のためにできるだけのことはしました」

「それは考えかたの問題ですよ。あなたの場合には、主義がさきにたっていました」

「当然そうあるべきですよ」

「ぼくには賛成できませんね」

また沈黙が起きた。やがて、わたしは訊いてみた。「彼女が何者なのか、ご存じだったのですか――あの日に？」

「いいえ、名前を聞くまでは……あの子の様子は、しじゅうしらせてもらっていました――いつも」

「あなたは、自分でそう思いたがっておられるほど、非人間的ではなかったわけですよ」

「ばかなことを言わないでください」

わたしはまた時計を見た。

「時間がすぎてゆきますよ」

彼女は窓から引きかえしてきて、デスクのほうへ行った。

「ここにあの子の写真があるのです——赤ん坊のころの」

彼女が引き出しを開けたときには、わたしはすぐうしろにいた。それは自動拳銃ではなかった。小さいが、鋭利そうなナイフだった。

わたしは彼女の手をおさえ、それを奪いとった。

「ぼくは情にもろい人間かもしれないが、ばかではないのですよ」とわたしは言った。

彼女は椅子を手さぐりして、腰をおろした。なんの感情も示さなかった。

「わたしにはあなたの申し出を利用する気はありません。そんなことをしてなんの役にたちましょう？ わたしはここにとどまっています——その人たちがやってくるまで。常に機会はあるものです——刑務所にいれられていても」

「主義を宣伝する機会がですか？」

「そんなふうに表現したければね」

わたしたちは、おたがいに敵意を抱くと同時に理解も抱いて、その部屋に座りこんでいた。

「ぼくは情報部からは辞職したのです」とわたしは話して聞かせた。「もとの仕事にもどるつもりです——海洋生物学ですがね。オーストラリアのある大学に地位が見つかりそうなのです」

「わたしもそのほうが賢明だと思います。あなたはいまのような仕事に向いている人柄ではありません。あなたはローズマリーの父親に似ていますよ。あのひとにはレーニンの教えが理解できなかったのです。〝優しさは棄て去れ〟という」

わたしはエルキュール・ポアロの言葉を想いだした。

「ぼくは人間的であることに満足ですよ」とわたしは答えた。

わたしたちは黙ってこの部屋に座りこんでいた、どちらも相手の見解が間違っているという確信を抱いて。

ハードキャスル警部よりエルキュール・ポアロへの書簡。

ポアロ様

われわれもいまではいくつかの事実をつかんでおりますから、関心をおもちかと思い、ご報告しておきます。

ケベックのクェンティン・ダゲスクリンという人物が、ほぼ四週間前に、欧州旅行に出かけるといってカナダを出発しています。この人には近親は一人もなく、帰ってくる日の予定もはっきりしていませんでした。彼のパスポートはブーローニュの小さな料理店の主人が見つけ、警察にとどけていました。いままでのところ、そのパスポートを受けとりに来た者はありません。

ダゲスクリン氏はケベックのモントレサー一家とは子供時代からの友人でした。

その一家の主人のヘンリー・モントレサー氏は十八カ月前に亡くなり、その多額の資産を、生存している唯一の親族である兄弟の孫娘、イギリスのポートルベリーのジョサイア・ブランドの妻と記載されているヴァレリイに、のこしました。ヴァレリイとカナダの彼女の一家との文通は、家の者たちがその結婚には反対であったため、結婚した時以来とだえていました。ダゲスクリン氏は、以前からヴァレリイをかわいがっていましたから、英国へ行ったらブランド夫婦を訪ねてみるつもりだと、友人の一人にもらしていました。

いままでハリイ・キャスルトンであるとみなされていた遺体は、クェンティン・ダゲスクリンであることが確認されました。

ブランドの建築資材置場の隅に、広告板がしまいこまれているのが発見されました。急いでペンキで塗り消してはありましたが、専門家による化学的処理によって、〈スノーフレーク洗濯店〉という文字が明白に見てとれます。

瑣末な事実を書きつらねるのは遠慮しますが、検事はジョサイア・ブランドの逮捕状がとれるものと考えています。ミス・マーティンデールとミセス・ブランドとは、あなたのご推測どおり、姉妹でしたし、マーティンデールがこれらの犯罪の共犯者である点については、わたしもあなたのご意見どおりだと思っていますが、確とした証拠をつかむことが困難だと思われます。マーティンデールはすこぶる抜け目のない女のようです。もっとも、わたしはミセス・ブランドには希望をかけています。仲間を裏切りそうなタイプの女ですから。

ブランドの先妻の死はフランスでの敵軍との戦闘中に生じたことであり、ヒルダ・マーティンデール（この女も陸海軍酒保経営機関に勤めていたのでした）との再婚もフランスでのことらしく、当時の記録の多くは破棄されてはいますものの、いずれも明確な裏づけがとれました。

あの日あなたにお逢いできたのはこの上ない喜びでしたし、あの際のあなたからの非常に有益な示唆に対しても感謝の念にたえません。あなたのロンドンのアパートの改築があなたの満足のゆくものであってくれることを望みながら。

リチャード・ハードキャスル拝

ハードキャスル警部よりエルキュール・ポアロへのその後の書簡。

いいおしらせです！　ブランドの細君が口を割りましたよ！　いっさいを認めたのです！　姉と亭主にすべての罪をなすりつけています。自分は〝二人が何をたくらんでいるのかぜんぜん知らず、気がついたときにはもうおそすぎた〟！　あの二人は〝自分がにせ者であることをあの男に悟らせないために、麻薬を飲ませようとしている〟だけなのだと思っていた！　もっともらしい作り話ですよ！　しかし、あの女が主犯ではなかったことだけは事実だと言ってよろしいでしょう。

ポートベロー・マーケットの者たちは、マーティンデールを、例の置き時計二つを買った〝アメリカ〟の婦人だと認めました。

ミセス・マクノートンは、ダゲスクリン氏を乗せたブランドの貨物自動車がブランドの家のガレージへはいるのを見たと、言っています。はたして実際に見たのかどうか？

われわれの友人コリン君は例の娘と結婚しました。わたしの意見を問われれば、どうかしていると言いたいところです。何事も天の配剤でしょう。

リチャード・ハードキャスル拝

イギリスの「サザエさん」

翻訳者
柿沼　瑛子

イギリス人にとって日常生活に欠かせない三種の必須アイテムがあるとすれば、それは「ミステリ」と「チョコレート」と「お犬様」（イギリスでは明らかに子供より犬の方が地位が高い）である。イギリス人がチョコレート好きの国民であることはよく知られているが、日本人が見て驚くのは、かなり年配の紳士でさえも平気で地下鉄や公園でぱくついていることである。日本でいうなら、ひと仕事を始める前の景気付け、もしくはひと仕事を追えたあとの一服というところだろうか。そうした人達が食べているチョコレートというのはきまってヌガーやらウェハースだのナッツだのが入った、いかにも甘そうな厚いチョコレートバーなのだ（ちなみにイギリスではハーシーよりキャドバリーの方がずっとポピュラーである）。もちろんこのチョコレートへの傾倒ぶり（というより依存症？）は年配男性だけにはとどまらない。売店やスーパーを見ても、実にチョコレートのバリエーションの豊かさに驚かされる。

もっと面白いのは、そうやってチョコレートをぱくつきながら読んでいるのが、P・D・ジェイムズの『策謀と欲望』のペーパーバックだったりすることだ。日本ではP・Dといったらかなりのミステリ・マニアくらいしか読まないが、イギリスではその辺の若いOLさんが地下鉄の中で夢中になってページを繰っている。足元にはこれまたイギリスでは地下鉄におおっぴらに乗車が許されている「お犬様」が客の脚に平気で鼻息を吹きかけながら寝そべっていたりもする。ロンドンではごくごくあたりまえの光景である。

クリスティーとならんでイギリス女流作家の中でも、もっともイギリス的といっても過言ではない、今はなきサラ・コードウェルが、最後の作品『女占い師はなぜ死んでいく』で登場人物のひとりに「分別のある女」が完全な満足のために求めうるすべては「グラス一杯のワインとトースト・サンドイッチと、まだ読んだことのない推理小説」といわせているが、これはけだし名言であると思う。つまりそれだけミステリはイギリス人の生活の中にしっかりと根を下ろしているということなのだ。そしてもちろん女王といえば誰がなんといってもアガサ・クリスティーである。クリスティーはもしかしたらイギリス人にとっての「サザエさん」みたいなものなのかもしれない。

本作『複数の時計』は発表年代が一九六三年と、クリスティーの作品の中では後期、それも晩年に近い時期の作品である。日本では『アクロイド殺し』『オリエント急行の殺人』『そして誰もいなくなった』『予告殺人』などといった中期の円熟期の作品群に目がいきがちで、六〇年代以降から晩年にかけての作品はあまり評価されていないようだ。

まあ、確かにクリスティー作品のもっている本質的な階級意識、若者たちへの不信や、ほとんど生理的ともいえる社会主義への嫌悪や、イギリス階級制度の保守性が鼻についてくるのは否めない。クリスティーの二大探偵たるポアロとマープルもまた年を経るにしたがって、悪くいうなら頑固というか偏屈になっていくのだが（ポアロが加速度的に弱々しく、爺むさくなっていくのに対して、マープルはますます意地悪ばあさんぶりに磨きがかかっていくのがおかしい）、そうやって心が不自由になればなるほど、クリスティーの世界はどんどんファンタスティックな神秘性を帯びていくと思うのはわたしだけだろうか？　実際、この時期には『バートラム・ホテルにて』や『ハロウィーン・パーティ』『親指のうずき』などといった、クリスティーがもともと持っていた幻想小説体質と、本格の妙味がうまくかみ合った傑作が生まれている。どんどん世界が黄昏れていくほろ苦さの中に、そこだけ残っている一抹のピンク色のような美しい夢を後期のクリスティーは見せてくれるのだ。

『複数の時計』もまた冒頭で、目の不自由な老婦人の家に派遣されたタイピストが、身元不明の死体を発見、そのまわりをいっせいに四時十三分をさした時計がぐるりと囲んでいる、というとびきり魅力的でファンタスティックな謎が飛び出す。事件を担当する警部と、友人の諜報部員から交互に事件が語られるが調査は暗礁に乗り上げ、ついにエルキュール・ポアロの登場となる。なんといっても被害者の正体が判明すると同時にそれまでバラバラに起きていたように見えた出来事が有機的につながっていくさまが見物である。いったん解決したかに見えた事件の奥にさらにひとつの解決があるというのも、実にクリスティーらしい。

もうひとつの読みどころは、ポアロの口から語られる推理小説論だ。一部の作家を除いては名前は変えられているが、明らかにそれとわかるものもある。中でもハードボイルドはどうかと聞かれたとたん、ポアロがまるでうるさいハエか蚊を追うような顔になったというくだりには思わず笑ってしまった。なぜならかつてロンドンのバウチャーコンで、当時まだ健在だったシーリア・フレムリンとドロシー・ソールスベリ・デイヴィスがロバート・B・パーカーの名前を聞いたとたん、まさしくそのような顔をしてみせたからだ。

この作品には重要な舞台となるウィルブラーム新月通りという地名が出てくるが、実は筆者はかつてロンドンでモーニングトン・クレセントというところに滞在していたことがある。これは新月というよりは三日月形の上と下をなぞったような形で家が半円形を描いて並んでいるような行き止まりの通りで、その眺めは実に壮観なのだが、おもしろいことに、天候やこちらの気分しだいでひどく印象が違ってくる。こちらが新参者だったり、気分的に落ち込んでいたり、はねつけられるような、あるいはひどく圧迫的に感じられる。逆になじんでくると、ひどく安心するというか、通りに抱き締められているような錯覚にすらおちいるのだ。クリスティーは作中で登場人物の口を借りて、このように表現している。

「ウィルブラーム・クレセントは静かにその本然の姿を示していた。多少みすぼらしいが、古風で、超然としていて、口をきくのもいやそうだった。きっと、何をさがしているのかさえも知らない、よそものの徘徊者に反感を感じているのだろう」

クリスティーの魅力はなんといってもその「ノスタルジー」にあると思う。このノスタルジーというのは、単なる懐古趣味のことではなく、「居心地のいい感じ」(いわゆるコージーというのとは違う)、「心のふるさと」のような色合いを帯びている。ハワード・ヘイクラフトが『娯楽としての殺人』の中で、空襲下のロンドンでミステリだけを提供する「空襲図書館」というものが存在し、人々が日々の恐怖と苦しみをひととき忘れてクリスティーに読みふけり、「アガサ・クリスティーにたいしては、大勢の人々が謎解きへの普通の嗜好を越えて、ある特別な感情を抱いているようである。〝心あたまる〟〝慰められる〟という言葉が何度も聞かれた」と記している。

実際クリスティーの作品はいささか後味の悪さを残すことはあっても、読者を決して傷つけることはない。読み終わったあとで〝世の中そう捨てたもんじゃないかもしれない〟〝これがあればとりあえず生きていけるかもしれないな〟と思わせてくれる独特の温かみがある。ひとたびページを繰れば、常にポアロのマープルのいるあの世界に戻ることができる、たとえ帰るべき故郷がなくなってしまっても、本の中では帰ることのできる「家」がある。イギリスの読者たちはそのような心のよすがとしてクリスティーを読み継いできたのだろう。どんなに世の中や人の心が変わっても、わたしたちにはそうしたものが必要なのである。だから、まさしくクリスティーはイギリス人にとっての

「サザエさん」なのだ。昔も、今も、そしておそらくはこれからも永遠に。

灰色の脳細胞と異名をとる

〈名探偵ポアロ〉シリーズ

本名エルキュール・ポアロ。イギリスの私立探偵。元ベルギー警察の捜査員。卵形の顔とぴんとたった口髭が特徴の小柄なベルギー人で、「灰色の脳細胞」を駆使し、難事件に挑む。『スタイルズ荘の怪事件』（一九二〇）に初登場し、友人のヘイスティングズ大尉とともに事件を追う。フェアかアンフェアかとミステリ・ファンのあいだで議論が巻き起こった『アクロイド殺し』（一九二六）、イニシャルのABC順に殺人事件が起きる奇怪なストーリーが話題をよんだ『ABC殺人事件』（一九三六）、閉ざされた船上での殺人事件を巧みに描いた『ナイルに死す』（一九三七）など多くの作品で活躍し、最後の登場になる『カーテン』（一九七五）まで活躍した。イギリスだけでなく、イラク、フランス、イタリアなど各地で起きた事件にも挑んだ。

映像化作品では、アルバート・フィニー（映画《オリエント急行殺人事件》）、ピーター・ユスチノフ（映画《ナイル殺人事件》）、デビッド・スーシェ（TVシリーズ）らがポアロを演じ、人気を博している。

1 スタイルズ荘の怪事件
2 ゴルフ場殺人事件
3 アクロイド殺し
4 ビッグ4
5 青列車の秘密
6 邪悪の家
7 エッジウェア卿の死
8 オリエント急行の殺人
9 三幕の殺人
10 雲をつかむ死
11 ＡＢＣ殺人事件
12 メソポタミヤの殺人
13 ひらいたトランプ
14 もの言えぬ証人
15 ナイルに死す
16 死との約束
17 ポアロのクリスマス
18 杉の柩
19 愛国殺人
20 白昼の悪魔
21 五匹の子豚
22 ホロー荘の殺人
23 満潮に乗って
24 マギンティ夫人は死んだ
25 葬儀を終えて
26 ヒッコリー・ロードの殺人
27 死者のあやまち
28 鳩のなかの猫
29 複数の時計
30 第三の女
31 ハロウィーン・パーティ
32 象は忘れない
33 カーテン
34 ブラック・コーヒー〈小説版〉

好奇心旺盛な老婦人探偵

〈ミス・マープル〉シリーズ

本名ジェーン・マープル。イギリスの素人探偵。ロンドンから一時間ほどのところにあるセント・メアリ・ミードという村に住んでいる、色白で上品な雰囲気を漂わせる編み物好きの老婦人。村の人々を観察するのが好きで、そのうちに直感力と観察力が発達してしまい、警察も手をやくような難事件を解決するまでになった。新聞の情報に目をくばり、村のゴシップに聞き耳をたて、それらを総合して事件の謎を解いてゆく。家にいながら、あるいは椅子に座りながらゆったりと推理を繰り広げることが多いが、敵に襲われるのもいとわず、みずから危険に飛び込んでいく行動的な面ももつ。

長篇初登場は『牧師館の殺人』（一九三〇）。「殺人をお知らせ申し上げます」という衝撃的な文章が新聞にのり、ミス・マープルがその謎に挑む『予告殺人』（一九五〇）や、その他にも、連作短篇形式をとりミステリ・ファンに高い評価を得ている『火曜クラブ』（一九三二）、『カリブ海の秘密』（一九六四）とその続篇『復讐の女神』（一九七一）などに登場し、最終作『スリーピング・マーダー』（一九七六）まで、息長く活躍した。

35 牧師館の殺人
36 書斎の死体
37 動く指
38 予告殺人
39 魔術の殺人
40 ポケットにライ麦を
41 パディントン発4時50分
42 鏡は横にひび割れて
43 カリブ海の秘密
44 バートラム・ホテルにて
45 復讐の女神
46 スリーピング・マーダー

バラエティに富んだ作品の数々

〈ノン・シリーズ〉

名探偵ポアロもミス・マープルも登場しない作品の中で、最も広く知られているのが『そして誰もいなくなった』（一九三九）である。マザーグースになぞらえて殺人事件が次々と起きるこの作品は、不可能状況やサスペンス性など、クリスティーの本格ミステリ作品の中でも特に評価が高い。日本人の本格ミステリ作家にも多大な影響を与え、多くの読者に支持されてきた。

その他、紀元前二〇〇〇年のエジプトで起きた殺人事件を描いた『死が最後にやってくる』（一九四四）、『チムニーズ館の秘密』（一九二五）に出てきたロンドン警視庁のバトル警視が主役級で活躍する『ゼロ時間へ』（一九四四）、オカルティズムに満ちた『蒼ざめた馬』（一九六一）、スパイ・スリラーの『フランクフルトへの乗客』（一九七〇）や『バグダッドの秘密』（一九五一）などのノン・シリーズがある。

また、メアリ・ウェストマコット名義で『春にして君を離れ』（一九四四）をはじめとする恋愛小説を執筆したことでも知られるが、クリスティー自身は四半世紀近くも関係者に自分が著者であることをもらさないよう箝口令をしいてきた。これは、「アガサ・クリスティー」の名で本を出した場合、ミステリと勘違いして買った読者が失望するのではと配慮したものであったが、多くの読者からは好評を博している。

名探偵の宝庫

〈短篇集〉

クリスティーは、処女短篇集『ポアロ登場』(一九二三) を発表以来、長篇だけでなく数々の名短篇も発表し、二十冊もの短篇集を発表した。ここでもエルキュール・ポアロとミス・マープルは名探偵ぶりを発揮する。ギリシャ神話を題材にとり、英雄ヘラクレスのごとく難事件に挑むポアロを描いた『ヘラクレスの冒険』(一九四七) や、毎週火曜日に様々な人が例会に集まり各人が体験した奇怪な事件を語り推理しあうという趣向のマープルものの『火曜クラブ』(一九三二) は有名。トミー&タペンスの『おしどり探偵』(一九二九) も多くのファンから愛されている作品。

また、クリスティー作品には、短篇にしか登場しない名探偵がいる。心の専門医の異名を持ち、大きな体、禿頭、度の強い眼鏡が特徴の身上相談探偵パーカー・パイン(『パーカー・パイン登場』一九三四 など) は、官庁で統計収集の事務を行なっていたため、その優れた分類能力で事件を追う。また同じく、ハーリ・クィンも短篇だけに登場する。心理的・幻想的な探偵譚を収めた『謎のクィン氏』（一九三〇）などで活躍する。その名は「道化役者」の意味で、まさに変幻自在、現われてはいつのまにか消え去る神秘的不可思議的な存在として描かれている。恋愛問題が絡んだ事件を得意とするというユニークな特徴をもっている。

ポアロものとミス・マープルものの両方が収められた『クリスマス・プディングの冒険』（一九六〇）や、いわゆる名探偵が登場しない『リスタデール卿の謎』（一九三四）や『死の猟犬』（一九三三）も高い評価を得ている。

51 ポアロ登場
52 おしどり探偵
53 謎のクィン氏
54 火曜クラブ
55 死の猟犬
56 リスタデール卿の謎
57 パーカー・パイン登場
58 死人の鏡
59 黄色いアイリス
60 ヘラクレスの冒険
61 愛の探偵たち
62 教会で死んだ男
63 クリスマス・プディングの冒険
64 マン島の黄金

波乱万丈の作家人生

〈エッセイ・自伝〉

「ミステリの女王」の名を戴くクリスティーだが、作家になるまでに様々な体験を経てきた。コナン・ドイルのシャーロック・ホームズものを読んでミステリのおもしろさに目覚め、書いた小説をミステリ作家イーデン・フィルポッツに送ってみてもらっていた。その後は声楽家をめざしてパリに留学するが、才能がないとみずから感じ、声楽家の道を断念する。第一次世界大戦時は陸軍病院で篤志看護婦として働き、やがて一九二〇年に『スタイルズ荘の怪事件』を刊行するにいたる。

その後もクリスティーは、出版社との確執、十数年ともに過ごした夫との離婚、種痘ワクチンの副作用で譫妄状態に陥るなど、様々な苦難を経験したがそれを乗り越え、作品を発表し続けた。考古学者のマックス・マローワンと再婚してからは、ともに中近東へ赴き、その体験を創作活動にいかしていた。

当時人気ミステリ作家としてドロシイ・L・セイヤーズがいたが、彼女に対抗して、クリスティーも次々と作品を発表した。特にクリスマスには「クリスマスにはクリスティーを」のキャッチフレーズで、定期的に作品を刊行し、増刷を重ねていた。執筆活動は、三カ月に一作をしあげることを目指していたという。メアリ・ウェストマコット名義で恋愛小説を執筆したり、『カーテン』や『スリーピング・マーダー』を自分の死後に出版する計画をたてるなど、常に読者を楽しませることを意識して作品を発表してきた。

ジャネット・モーガン、H・R・F・キーティングなど多くの作家による評伝・研究書も書かれている。

訳者略歴　1906年生，1930年同志社大学英文科卒，英米文学翻訳家　訳書『鏡は横にひび割れて』『鳩のなかの猫』クリスティー（以上早川書房刊）他多数

複数の時計

〈クリスティー文庫 29〉

二〇〇三年十一月十五日　発行
二〇〇九年十月三十一日　三刷

（定価はカバーに表示してあります）

著者　アガサ・クリスティー
訳者　橋本福夫
発行者　早川浩
発行所　株式会社早川書房
東京都千代田区神田多町二ノ二
郵便番号一〇一 - 〇〇四六
電話　〇三 - 三二五二 - 三一一一（大代表）
振替　〇〇一六〇 - 三 - 四七七九九
http://www.hayakawa-online.co.jp

乱丁・落丁本は小社制作部宛お送り下さい。
送料小社負担にてお取りかえいたします。

印刷・精文堂印刷株式会社　製本・株式会社明光社
Printed and bound in Japan
ISBN978-4-15-130029-5 C0197

＊本書は活字が大きく読みやすい〈トールサイズ〉です